父 与 子

［俄］屠格涅夫　著

张冰　李毓榛　译

中国画报出版社·北京

图书在版编目（CIP）数据

父与子 /（俄罗斯）屠格涅夫著；张冰，李毓榛译. --北京：中国画报出版社，2016.6（2019.3重印）

（插图典藏本）

ISBN 978-7-5146-1303-2

Ⅰ.①父… Ⅱ.①屠… ②张… ③李… Ⅲ.①长篇小说—俄罗斯—近代 Ⅳ.①I512.44

中国版本图书馆CIP数据核字（2016）第102584号

父与子

［俄］屠格涅夫 著　　张冰　李毓榛 译

出 版 人：于九涛
责任编辑：陈　君
责任印制：焦　洋
出版发行：中国画报出版社
　　　　　（中国北京市海淀区车公庄西路33号　邮编：100048）
开　　本：32开（880mm×1230mm）
印　　张：8.25
字　　数：188千字
版　　次：2016年6月第1版　2019年3月第4次印刷
印　　刷：三河市龙大印装有限公司
定　　价：30.00元

总编室兼传真：010-88417359　　版权部：010-88417359
发　行　部：010-68469781　　010-68414683（传真）

目 录

I / 译序
1 / 一
5 / 二
8 / 三
15 / 四
29 / 五
34 / 六
41 / 七
49 / 八
54 / 九
69 / 十

74 / 十一
81 / 十二
90 / 十三
96 / 十四
101 / 十五
113 / 十六
126 / 十七
132 / 十八
141 / 十九
153 / 二十
172 / 二十一
178 / 二十二
187 / 二十三
209 / 二十四
222 / 二十五
232 / 二十六
250 / 二十七

译　序

屠格涅夫的这部作品，如果按俄文原文直译，应该是《父亲们和孩子们》，写的是保守的老一代俄国贵族和年轻的平民知识分子之间在价值观念、社会理想和人生道路等方面的差异和矛盾。虽然屠格涅夫在小说中写的并非是父亲和儿子之间的故事，但是前辈译者将其译为《父与子》，不仅准确地表达出作品的含意，而且颇具汉语的神采，因此，数十年来各种汉语译本都沿用了这个译名。

屠格涅夫开始创作这部作品是在俄国沙皇政府宣布废除农奴制的1860年，两年后即1862年发表在《俄国导报》上。废除农奴制是十九世纪俄国历史上的一个重大事件，对俄国的社会发展和各种社会思潮都产生了深远的影响。特别是革命民主主义思想的兴起和传播在俄国社会发展史上翻开了崭新的一页。屠格涅夫正是在俄国的封建农奴制解体、俄国社会面临巨大变革、新兴的革命民主主义思潮异常活跃的背景上创作了这部小说，塑造了十九世纪俄国文学中一个"新人"的形象——平民知识分子巴扎罗夫。

小说的故事发生在废除农奴制的前夜，1859年的夏天。主人公医科大学的大学生巴扎罗夫应他的同学，贵族青年阿尔卡季·基尔萨诺夫之邀，到他父亲的贵族庄园去度暑假。巴扎罗夫的来访给这个宁静的贵族庄园带来一股清新的气息，也引起一阵阵的波澜。

这个贵族庄园的主人是阿尔卡季的父亲，尼古拉·彼得罗维奇·基尔萨诺夫，这是个比较开明的贵族，他对巴扎罗夫的到来表示欢迎。他的兄长巴维尔·彼得罗维奇是个典型的俄国旧式贵族，童年时在贵族家庭中受的是贵族的传统教育，后来进入军官学校，毕业后成为一名军官。在旧俄的军队中，他过着花天酒地、吃喝玩乐的花花公子生活。在一次舞会上他遇到一位贵妇人，很快就拜倒在她的石榴裙下。为了到国外追求她，巴维尔放弃军官的职位，退役出国。但是好景不长，他被贵妇人抛弃。此后，他浑浑噩噩地度过大半生，一事无成，最后心灰意懒，回到弟弟的庄园，过着闲散的日子。

巴扎罗夫是个平民出身的知识分子，他的祖父做过教堂的杂役，父亲是个乡村医生。巴扎罗夫在大学里学的是医学，但是他也研究过化学、物理学和其他自然科学，接触自然、研究科学，使他重视实际和实践。特别是对俄国腐朽的封建农奴制，他持彻底的否定态度，认为农奴制度下的一切，包括它的文化艺术、伦理道德、国家制度，都应该加以否定，进行彻底的改革。他的这些激进的思想和主张，为持保守的贵族观念的巴维尔·基尔萨诺夫所深恶痛绝。他们曾进行过一次针锋相对的激烈辩论，巴扎罗夫对俄国社会的彻底否定态度激起巴维尔对他的敌视。巴维尔，这个军官出身的老贵族，竟然向巴扎罗夫挑战，要同巴扎罗夫决斗。这场决斗的结局颇有讽刺意味和象征意义。这个代表封建顽固势力的、在军校中受过训练的贵族军官在决斗场上却被代表进步思想和力量的朝气蓬勃的平民百姓一枪击中，败下阵来。屠格涅夫是个现实主义的作家，他对俄国社会现实的观察和感受是非常敏感的。1860年，他在《前夜》中塑造了英萨罗夫这个保加利亚革命者和俄国贵族少女叶琳娜的形象，被评论界誉为，这是在俄国文学中最早出现的"新人"形象。但是英萨罗夫毕竟不是俄国人。很快，屠格涅夫就在俄国社会变革的浪潮中发现了那些主张变革的先进的平民知识分子，找到了他要塑造的"新人"。巴扎罗夫对俄国封建农奴制彻底否定的主张和激情，对屠格涅夫来说，也许是不能完全接受的，但是他分明感觉到，封建顽固的贵族势力在农奴制解体、社会前进的激流中是注定要失败的。在屠格涅夫看来，巴维尔·基尔萨诺夫和巴扎罗夫的冲突是两代人之间在思想认识和价值观念上的差异和矛盾。他认为，巴维尔所坚持的是俄国贵族的正统思想，而这一切都是巴扎罗夫要彻底否定的，因此，他在小说中把巴扎罗夫称为"虚无主义者"。作为一个现实主义的作家，屠格涅夫的创作是从生活出发，而不是从思想、概念出发的，所以，他在表现"父与子"两代人的矛盾时，并不是以年龄划线，因此小说中巴维尔的弟弟，尼古拉·基尔萨诺夫就是一个比较开明的贵族庄园主，他的儿子，巴扎罗夫的同学，阿尔卡季却和巴扎罗夫不同，他不但没有那种激进的否定精神，而且最后子承父业，成了一个庄园主。

自《父与子》问世以来，评论家对巴扎罗夫这个形象就一直议论纷纷。有的人说他是"虚无主义者"，对他大加答伐，有的人则认为他是反对封建农奴制的年轻一代的代表，更有人认为，巴扎罗夫是一个"新人"的典型，是俄国的英萨罗夫，革命民主主义者在文学上的投影。但是也有评论者认为，巴扎罗夫并不是革命民主主义者，车尔尼雪夫斯基和杜勃罗留波夫等革命民主派的思想境界要比巴扎罗夫高得多，巴扎罗夫只不过是一个思想激进的"时代青年"而已，然而作为十九世纪俄国文学中第一个平民知识分子的艺术形象，其在文学上的意义也是划时代的。

早在1922年《父与子》就由我国著名的翻译家耿济之译成汉语，在商务印书馆出版。随后，1930年，商务印书馆又出版了陈西滢翻译的《父与子》的第二个汉语译本。1939年，上海平明书局出版了蓝文海翻译的《父与子》的第三个汉语译本。1943年，文化生活出版社出版了巴金翻译的《父与子》，这是该书的第四个译本。新中国成立后，特别是二十世纪八十年代改革开放以来，屠格涅夫的《父与子》又有多种重译本问世。这说明屠格涅夫的作品在我国流传之广，受读者的喜爱之深。

对于外国作家经典作品的重译，我国前辈翻译家孙绳武先生说过一段非常精辟的话，他说，京剧《四郎探母》是一出名剧，一代代有才华的演员都想在这个剧目上一试身手，而且也的确有一代代的演员唱这出戏唱出了水平，唱出了名气，同时也把自己的艺术才华注入剧中，使它成为几百年长盛不衰的剧目。翻译文学名著也是如此，一部外国文学名著经过几代有才能的译者的翻译，千锤百炼，就会有了比较成熟的译文。前辈的这番话非常鼓舞人心，也使我们深感责任重大。我们的译文如果能为屠格涅夫的经典名著在我国的流传尽上微薄之力，我们将感到莫大的欣慰。

李毓榛
2016年4月10日

一

"怎么？彼得，还没看见？"问话的是位40岁左右的贵族老爷。这会儿，1859年5月20日，他光着头，穿着落满尘土的大衣和方格纹裤，正从某某公路上一家客店里走出来，站在低矮的小台阶上，跟他的听差，一个下巴上长了些浅白色柔毛、两只小眼睛混浊无神的小伙子讲话。

听差的一切：无论是他耳朵上的绿松石耳环，擦了油的杂色头发，以及文雅的举止，总之，一切都显示出他属于崭新的、进步的一代。他敷衍了事地向路上望了望，回答道："一点儿影子也没有，什么也看不见。"

"什么也看不见吗？"贵族老爷重复问道。

"什么也看不见。"听差又回答了一句。

贵族老爷叹了口气，便坐在了一条小板凳上。现在，我们趁他盘腿坐着，沉思地向四周张望的时候，向读者们介绍一下他。

他叫尼古拉·彼得罗维奇·基尔萨诺夫。在离这个小客店十五俄里①的地方，他有一处有二百个农奴的上好庄园，或者，按照他同农民们划清地界、建立起"农庄"以后，他自己的说法，这是一处有两千俄亩②的田产。他的父亲，一位1812年卫国战争中的将军，是个识字不多的粗人，但是人不坏，是个地道的俄罗斯人。他一生都在辛劳奔波，起初做旅长，后来任师长，经常驻扎在外省，在那里凭借自己的官职，成了一个举足轻重的人物。尼古拉·彼得罗维奇生在俄国南部，同他的哥哥巴维尔（以后会谈到他）一样，14岁以前一直在家里受教育，周围尽是些庸俗的家庭教师，举止随便、却又奴颜婢膝的副官和其他联队以及司令部的军官们。他的母亲，出身于科利亚津家庭，出嫁前叫阿嘉特③，当了将军夫人后改称阿加福克列娅·库齐米尼什娜·基尔萨诺娃，成了名副其实的"司令太太"。她戴着华美的帽子，穿着窸窣作响的绸缎衣服，在教堂里总是第一个走到十字架前，她讲起话来声音响亮，而且说个不停；孩子们照她的吩咐每天早晨吻她的手，每天晚上接受她的祝福，——总而言之，她过着舒心的生活。作为将军的儿子，尼古拉·彼得罗维奇——不仅没有一点儿勇敢之举，甚至还落下个"胆小鬼"的绰号，——可是，他也必须像哥哥巴维尔那样去入伍当兵；然而，恰好就在他得知任命消息的那天，他跌断了腿，于是，在床上躺了两个月后，他便一辈子都成了"瘸子"。父亲不再对他抱有什么希望，让他去做文官。等他年满18岁以后，父亲带他到彼得堡，安排他进了大学。正好这时，他的哥哥做了近卫军一个团里的军官。两

---

① 1俄里等于1.06公里。——译者注。
② 1俄亩等于1.09公顷。——译者注。
③ 此处原文为法语：Agathe.——译者注。

个年轻人开始住在一起，共同生活，他们的表舅伊里奇·科利亚津是位大官，虽然能够照看他们，但鞭长莫及。父亲回到了他的师里和妻子在一起，偶尔给儿子们来封信，灰色的大四开纸上，涂满了一个个粗大的公文体字。这些四开信纸的末尾处是他费力地用"花边"围起来，十分显眼的签名："彼得·基尔萨诺夫，少将"。1835年尼古拉·彼得罗维奇大学毕业，获学士学位。同年，基尔萨诺夫将军由于阅兵中出现差错而退伍，携妻子去彼得堡定居。他在塔夫里切斯基花园附近租了房子，并加入了英国俱乐部①，但是却突然间死于中风。阿加福克列娅·库齐米尼什娜很快随他而去：她过不惯首都沉闷的生活；退职闲居的日子使她郁郁寡欢，愁苦而死。尼古拉·彼得罗维奇还在父母在世时便爱上了他从前的旧房东、官吏普列波洛维恩斯基的女儿，这件事颇使父母伤心。她很漂亮，一般来说还是个很有教养的姑娘：喜欢读杂志上"科学"专栏里的严肃文章。服丧期一满，他就娶了她，并辞去父亲为他在皇室地产局里谋到的职位，带着他的玛莎过起了快乐的日子。起初他们住在林学院附近的别墅里；后来搬进城里一所很讲究的小住宅，楼梯很干净，但客厅有些阴凉；最后到了农村。他在那儿最终安顿下来，又很快有了儿子阿尔卡季。年轻夫妇的日子很美满、很安宁：他们几乎从未分离过，一起读书，一起用四只手弹钢琴，一起唱二重唱歌曲；她种花，照管家禽；他偶尔去打打猎和料理家产，阿尔卡季也一天天长大了——长得又漂亮又文静。十年的时光像梦一样逝去。1847年，基尔萨诺夫的妻子辞世而去。他勉强经

---

① 英国俱乐部，高官显贵夜晚消遣之处。组织形式、活动方式源于英国。俄国第一家英国俱乐部出现于1770年。

受住了这一打击,几个星期的工夫,他的头发全白了;本来他打算去国外散散心……可是,1848年到来了。他只好回到乡下,很长时间过着疏懒的生活,后来便开始了经济改革。1855年,他送儿子进大学,同儿子一起在彼得堡度过了三个冬天。他几乎从不出门,只是尽力结交阿尔卡季的那帮年轻朋友们。最后一个冬天他没法再去彼得堡,——于是在1895年5月我们见到了他。他头发花白,开始发福,背有点儿驼,正在等候像他从前一样得到学位回家的儿子。

那个听差因为礼节的缘故,也许是不想站在老爷面前,便来到门口抽起烟斗。尼古拉·彼得罗维奇低下头,注视着一级级破旧的台阶,一只肥大的花雏鸡正顺着台阶走来走去,黄色的大鸡爪颇用力地敲打着阶面;一只脏乎乎的猫蜷曲着身子趴在栏杆上面不怀好意地看着它。烈日当头;客店里阴暗的过道中散发出一股烤热的黑麦面包的气味。尼古拉·彼得罗维奇陷入了沉思。"我的儿子……大学学士……阿尔卡季……"这些字眼儿在他的头脑中不停地转来转去,他试图去想点别的事情,可是又回到这些念头上。他想起了过世的妻子……"她没能活到这一天啊!"他痛苦地喃喃自语道……一只灰色的胖鸽子飞到路上,急匆匆地奔向井旁的小水洼里喝水。尼古拉·彼得罗维奇注视着它,可是,他的耳边已经传来了渐渐驶近的车轮声。

"好像是少爷来了。"听差从大门口过来报告说。

尼古拉·彼得罗维奇起身凝神向大路望去。一辆驾着三匹驿马的四轮大车出现了;四轮大车上一闪一闪地晃动着大学生制服的帽圈和他熟悉的、亲爱的面孔的轮廓……

"阿尔卡季!阿尔卡季!"基尔萨诺夫喊了起来,一边挥动着双手跑向前去……一眨眼的工夫,他的双唇已经贴在了年轻学士没有胡须、落满灰尘、晒黑了的脸颊上面了。

二

"让我先抖掉身上的灰土吧,好爸爸,"由于旅途劳累,阿尔卡季回答父亲的爱抚时,嗓音有些嘶哑,但仍旧是年轻人的声调,充满了快乐,"我都把你给弄脏了。"

"没有关系,没有关系,"尼古拉·彼得罗维奇一边怜爱地笑着重复道,一边用手在儿子制服大衣领子和自己的大衣上拍了两三下,"让我看看你,好好看看,"他挪开几步接着说,又立刻快步走进客店,叫道:"这边,把马赶到这边,快一点儿。"

显然,尼古拉·彼得罗维奇比他儿子激动得多;他似乎有些不知所措,有些胆怯。阿尔卡季止住了他。

"好爸爸,"他说,"让我介绍给你认识一下我的好朋友巴扎罗夫,我已经在给你的信中多次谈到过他。他真好,竟然肯来我们家做客。"

尼古拉·彼得罗维奇立刻转身走近刚从马车上下来的高个子年

轻人，紧紧地握住了他没戴手套的、通红的手。而这位穿着肥大的缀有穗子的长大衣的年轻人，却没有立刻把手伸给他。

"非常高兴，"他开口说道，"并且衷心感谢您的来访；希望……请问您的名字和父称？"

"叶夫盖尼·瓦西里伊奇，"巴扎罗夫回答道，疏懒的声音中透出股刚毅。他翻下大衣领子，向尼古拉·彼得罗维奇露出了他的整张面孔。这是一张瘦长脸，宽宽的前额，上平下尖的鼻子，一双淡绿色的大眼睛和下垂着的淡茶色的连鬓胡子。他平静地微笑了一下，于是他的面孔立刻有了生气，显示出自信和智慧。

"亲爱的叶夫盖尼·瓦西里伊奇，希望您在这里不会感到无聊。"尼古拉·彼得罗维奇继续说道。

巴扎罗夫薄薄的双唇微微抖动了一下；但他什么也没回答，只是抬了一下他的制服帽子。他深黄色的头发又长又密，但仍遮盖不住那高高隆起的额头。

"那么，阿尔卡季，"尼古拉·彼得罗维奇又转身对儿子说，"现在就套马吗？还是你们想休息一下？"

"回去再休息吧，好爸爸；让他们套马吧。"

"就好，就好，"父亲应声答道，"喂，彼得，听见了吗？快去准备，我的伙计。"

彼得是个训练有素的听差。他没有去吻少爷的手，只是远远地鞠了鞠躬，便重又在大门口消失了。

"我这里有辆四轮马车，不过，也给你们的马车预备了三匹马，"尼古拉·彼得罗维奇唠叨着。这时，阿尔卡季正在用客店女老板拿给他的铁勺喝水，巴扎罗夫则吸着烟斗，朝卸马的驿站车夫走去。"我的马车上只有两个座位，不知道你的这位朋友怎么样……"

"他还坐我们那辆三套车，"阿尔卡季小声地打断了父亲的话，"你不用和他客套。他是一位少见的出色的人，非常朴实——你会看到的。"

尼古拉·彼得罗维奇的马车夫牵来了马。

"喂，麻利点儿，大胡子！"巴扎罗夫对驿站车夫说。

"听见了吗，米丘哈，"另一个站在一边，把两手插进皮袄后背破洞里的驿站车夫应声说道，"少爷是怎么叫你的？没错儿，你真是个大胡子。"

米丘哈只是晃了晃帽子，然后将那匹流汗的辕马身上的缰绳卸了下来。

"快点儿，快点儿，伙计们，帮帮忙，"尼古拉·彼得罗维奇喊道，"有伏特加酒喝啊！"

一会儿工夫马就套好了；父亲和儿子坐在四轮马车里；彼得爬上车夫的座位；巴扎罗夫跳进三套车，一头扎在皮枕上——两辆马车便疾驶而去了。

三

"那么,你终于成了一位学士,回家来了,"尼古拉·彼得罗维奇说着,一会儿拍拍阿尔卡季的肩膀,一会儿拍拍他的膝盖。"终于回来了!"

"伯父怎么样?身体好吗?"阿尔卡季问道。尽管他此刻充满了真诚的、孩童般的喜悦,他却想快些将话题从激动的情绪中转到日常琐事上来。

"他还好。本来要和我一起来接你,可是不知为什么又改变了主意。"

"你等了我很长时间吗?"阿尔卡季又问。

"是啊,大概有五个来小时吧。"

"我的好爸爸!"

阿尔卡季兴奋地转向父亲,响亮地在他的脸颊上吻了一下。尼古拉·彼得罗维奇悄声笑了。

"我给你准备的那匹马多好啊!"他说,"你一会儿就看见了。你的房间也糊了壁纸。"

"有巴扎罗夫的房间吗?"

"会有的。"

"好爸爸,请好好待他。我无法用言语表达,我是多么珍视和他的友谊。"

"你不久前认识的他吗?"

"不久前。"

"怪不得去年冬天我没见到他呢。他是研究什么的?"

"他的主要研究对象是自然科学。真的,他什么都懂。明年,他想去行医。"

"噢!他读的是医学系。"尼古拉·彼得罗维奇说完,沉默了一会儿。"彼得,"他又说着把手伸出了车外,"那边大车上是咱们村的农夫吗?"

彼得朝着老爷指的方向看去。几辆大车顺着窄窄的乡间土路疾驶而去,驾车的马都被卸掉了衔子。每辆大车上坐着一两个敞着怀儿、穿着皮袄的农夫。

"是咱们村的。"彼得嘟囔了一句。

"他们这是去哪儿?进城吗?"

"看样子是进城。去酒馆。"他轻蔑地补充道,又微微侧身转向那个驿站车夫,好像要求得他的赞同似的。然而,那个驿站车夫毫无反应。他是个信守老习惯,对新观念不感兴趣的人。

"今年,这些农夫给我找了不少麻烦。"尼古拉·彼得罗维奇继续对儿子说,"他们抗租。你能怎么办呢?"

"那你对自己雇来的长工满意吗?"

"他们啊,"尼古拉·彼得罗维奇的话像是从牙缝里挤出来的一样,"他们被人唆使坏了,我可倒了霉。唉,干活一点儿也不卖力气,还弄坏马具。话又说回来,他们耕地还可以。慢慢熬吧,一切总会好起来的。你现在想管理家产吗?"

"家里没有阴凉的地方,真是难受,"阿尔卡季换了一个话题,避开了父亲刚才的问话。

"我在凉台的北面用布搭了一个大凉篷,"尼古拉·彼得罗维奇悄声说,"现在,咱们可以在外面用餐了。"

"那不是和别墅差不多了吗……其实,这都是些小事。何况,这里的空气多么好啊!多么诱人的清香!真的,我觉得,世上任何地方的空气都比不上这里诱人清香啊!而这里的天空也……"

阿尔卡季突然住了口。他斜眼看了看车后,沉默了。

"当然,"尼古拉·彼得罗维奇说,"你生在这里,你就总是觉得这里有些特别……"

"嗯,爸爸,反正一样,哪里不生人呢。"

"可是……"

"不,这反正都一样。"

尼古拉·彼得罗维奇从侧面端详起儿子来。马车又走了大约半俄里以后,父子间才又聊了起来。

"我忘了写信告诉过你没有,"尼古拉·彼得罗维奇开口说道,"你以前的奶娘叶戈罗夫娜过世了。"

"真的吗?可怜的老太太!那个普罗科菲伊奇还活着吗?"

"活着,还是老样子。唠叨个不停。总之,在玛里伊诺你看不到大的变动。"

"你用的还是那个管家吗?"

"我已经换了管家。我决定给那些赎了身的农奴以自由，或者至少不委派他们任何职位，如果也算职位的话。（阿尔卡季用眼睛示意了一下彼得。）他是真正自由的[①]。"尼古拉·彼得罗维奇说，"不过，他是个侍从。我现在的管家是个小市民，一个能干的小伙子。我一年给他二百五十卢布。况且，"尼古拉·彼得罗维奇继续说着，同时不停地用手揉搓着额头和眼眉，这是他内心发窘时的惯常动作。"刚才我已经跟你说了，你在玛里伊诺看不到任何变动……这不完全对。我想，我应该预先告诉你，虽然……"

他顿了一会儿，再开始说时已经讲起法语来了。

"严厉的道学家会指责我的坦白，但是，第一，这不该隐瞒；而第二，你知道，对于父子关系我始终有着特殊的原则。并且，你当然有权评判我。在我这样的岁数……一句话，这位……这位姑娘，你可能已经听说过了……"

"费涅契卡吗？"阿尔卡季脱口问道。

尼古拉·彼得罗维奇的脸一下子红了。

"请别这样大声地叫她的名字……嗯，是的……她现在住在我这儿。我在家里给她安排了住处……有两间小屋。当然，这都是可以改变的。

"得啦，爸爸，何必呢？"

"你的朋友要在我们家里做客……不太方便……"

"你是说巴扎罗夫吗，你不用担心，他对所有这类事都能理解。"

"还有，你总算回来了，"尼古拉·彼得罗维奇说道，"真是

[①] 此处原文为法语：Il est libre, en effet.

糟糕，家里的那间小厢房太破了。"

"别这样，爸爸，"阿尔卡季接过父亲的话头说，"你好像在道歉，多不好意思。"

"当然，我是该不好意思。"尼古拉·彼得罗维奇答道，脸更红了。

"够了，爸爸，够了，可以了！"阿尔卡季柔声笑了起来，"有什么好道歉的呢！"他暗自想，感到有一股对慈祥、软弱老父亲的体谅和柔情，夹杂着某种隐秘的优越感，洋溢在他的内心。"请别再说了。"他又重复了一句，同时不由自主地欣赏起自己思想的成熟和自由。

尼古拉·彼得罗维奇透过揉搓着脑门儿的手指看了他一眼，心里不知为什么有些刺痛……但他立刻就责备起自己来。

"看，这就到咱们家的田地了。"他沉默了好长时间以后开始说道。

"那前边就是咱们的树林吗？"阿尔卡季问道。

"是的，是咱们的。只是，我刚刚把它卖了。今年，人家就要伐木了。"

"为什么你要卖掉它呢？"

"需要钱；况且，这片地也要分给那些农夫的。"

"分给那些抗租的农夫吗？"

"这已经是他们自己的事情了，更何况，他们总有一天要交租的。"

"这片树林太可惜了。"阿尔卡季说完便向四周望去。

他们驶过的这片地方称不上风景如画。一片片田野相连着伸向天边，此起彼伏；有的地方出现一片不大的树林，沟壑纵横，长满了稀疏、低矮的灌木，很像叶卡捷琳娜时代老式平面图上的景象。一路上他们走过一条条河岸冲刷严重的小河，一个个堤坝狭窄的小池塘，到处是些黑乎乎、几乎一半屋顶都坏掉了的低矮木屋的小乡村和空荡荡的打谷场上用枯树枝编成墙、大栅门已经脱落的歪斜的打谷棚，那些教堂，有的是砖砌的，墙上泥灰剥落；有的是木造的，十字架倾斜，墓园荒败。阿尔卡季的心渐渐扭成一团。像是故意似的，他们遇见的那些农夫都穿得破破烂烂，骑着劣马；路旁的爆竹柳，树皮被剥，树枝被折，如同破衣烂衫的乞丐；长着一身乱毛的瘦弱母牛，好像饿坏了似的贪婪地咀嚼着沟旁的青草。仿佛它们刚刚逃离某些凶残的魔爪。于是，明媚春天里这些软弱动物的可怜样子使人们想起凄凉、漫长、满是暴风雪和严寒冬季的白色幽灵……"不，"阿尔卡季想道，"这是个穷地方，它一点也显现不出富裕和勤劳；不能，不能让它这样下去，必须改革……可是，怎样来进行，从哪里着手呢？"

　　阿尔卡季陷入了沉思……当他沉思的时候，春天却正在显露生机。周围一片金黄、碧绿，在暖洋洋的微风轻拂下，森林、灌木丛、草地，一切都在深深地、温柔地波澜起伏，闪闪发亮；百灵鸟响铃般的歌声不绝于耳；凤头麦鸡一会儿鸣叫着在低矮的草场上方盘旋，一会儿静静地飞掠过一个个草墩；悠然漫步的白嘴鸦在还没长高的春播作物那柔柔绿色的映衬下，越发显出它黑得美丽；它们隐没在微微发白的黑麦田里，已经些许成了白色，只是偶尔在烟色的麦浪中露一露头。阿尔卡季看着看着，他的愁绪渐渐地减弱、消失了……他脱掉身上的大衣，那么快乐，那么孩子气地看着父亲，父亲便又拥抱了他。

　　"这会儿已经不远了，"尼古拉·彼得罗维奇说，"瞧，上了这座山就可看见宅院了。我们会相处得很好的,阿尔卡季;如果你不觉得无聊,你就帮我管理一下家产。我们现在要多多接近,互相好好了解,对吗?"

"当然啦,"阿尔卡季说,"今天的天气可真好啊!"

"还不是因为你回来了,我的心肝儿。真的,真是春天里最好的一天。可我还是同意普希金的说法。还记得《叶夫盖尼·奥涅金》中是怎么说的吗:

你的来临使我多么惆怅,
春天!春天!恋爱的季节!怎样的……?

"阿尔卡季!"三套车里传来巴扎罗夫的叫声,"给我一根火柴,我这什么点烟的东西也没有。"

尼古拉·彼得罗维奇住了口,阿尔卡季听着他的话,有些吃惊、又有些同情,他急忙从口袋里掏出一个银火柴盒让彼得拿给巴扎罗夫。

"要不要来一支?"巴扎罗夫又喊道。

"来一支吧。"阿尔卡季应声说道。

彼得回到四轮马车上递给他银火柴盒和一支又粗又黑的雪茄烟。阿尔卡季马上吸了起来,于是他的周围立时充满了浓烈、辛辣的陈年烟草的气味,使得从没吸过烟的尼古拉·彼得罗维奇不由自主地把鼻子转向一边,不过,他怕儿子见怪,做得不露声色。

一刻钟后,两辆马车停在了一座新修的木制房屋的台阶前,房屋刷成灰色,房顶是红色的铁瓦片。这就是玛里伊诺,也叫"新村",或者照农夫们的叫法,"穷乡"。

四

　　台阶上并没有成群的仆人迎接主人的到来；只有一个12岁左右的小姑娘出来，跟在她身后从房里出来的是一个年轻小伙子，模样很像彼得，穿着一件有白色徽章纽扣的灰色仆人制服，他是巴维尔·彼得罗维奇·基尔萨诺夫的听差。他默默地打开四轮马车的小门，又摘下三套车的挡板。尼古拉·彼得罗维奇父子和巴扎罗夫一同穿过黑乎乎、几乎空空如也的厅堂来到已经照新时尚修缮的客厅，只见一个年轻女人的面孔在厅堂里闪了一下。

　　"瞧，咱们到家了，"尼古拉·彼得罗维奇说着，摘下帽子，甩了甩头发。"现在最主要的是吃饭、休息。"

　　"真的该吃顿饭了。"巴扎罗夫应声说道，伸了个懒腰便坐到了沙发上。

　　"是的，是的，咱们来吃晚饭吧，马上就吃，"尼古拉·彼得罗维奇无缘无故地跺了几下脚。"瞧，正好普罗科菲伊奇来了。"

进来的人大约有60来岁，白发，瘦削，黝黑，穿着一件有铜纽扣的褐色燕尾服，脖上打着玫瑰色的领结。他咧嘴笑了笑，走近去吻阿尔卡季的手，又向客人鞠了鞠躬，然后退到门旁把两手背到身后。

"普罗科菲伊奇，你瞧，"尼古拉·彼得罗维奇开口说道，"他总算回来了……什么？你看他怎么样？"

"再好不过了啊。"老头说道，咧嘴笑了笑，却又立时皱了皱他那两道浓重的眉毛。"您这就吩咐开饭吗？"他正色道。

"是的，是的，开饭吧。您要不要先去趟房间，叶夫盖尼·瓦西里伊奇？"

"不，谢谢，不必了。只要叫人把我的行李和这件衣服拿到房间里就行了。"他说着，脱下了身上的粗布大衣。

"很好。普罗科菲伊奇，把他的大衣拿走。"（普罗科菲伊奇仿佛有些疑惑地双手接过巴扎罗夫的大衣，高高地举过头顶，踮着脚走开了。）"阿尔卡季，你要不要去一下你的房间？"

"要去，该洗一洗的，"阿尔卡季答应着，正要向门口走去的时候，客厅里进来一位中等身材的人，身着英式服装，打着时髦的低领结，脚上是闪亮的短靿儿漆皮靴，这就是巴维尔·彼得罗维奇·基尔萨诺夫。看样子他有45岁左右：他那一头灰白短发梳理得闪着青光，如同崭新的银器；脸色泛黄，但却没有一条皱纹，出奇地匀称、清纯，似乎经过精巧的美容处理，显示出惊人的英俊，特别是那双明亮、乌黑、又圆又大的眼睛。阿尔卡季的伯父的一切特征，优雅、贵族式的高贵仪容，都保持了青年人的挺拔体态和超凡脱俗，一心向上的追求，这种情形在20年代以后大都消失了。

巴维尔·彼得罗维奇伸出插在裤兜里的手，他那蓄着粉红色长指甲的漂亮的手,在雪白的、扣着独个大蛋白石纽扣的袖口衬托下,愈加显得漂亮。他把手伸向侄子,先完成了一个欧洲式的握手①,然后又按俄式礼节吻了他三下,将自己香喷喷的胡子三次贴近他的脸颊,说道:"欢迎!"

尼古拉·彼得罗维奇把巴扎罗夫介绍给他。巴维尔·彼得罗维奇稍稍弯了弯他那柔软的身躯,轻轻笑了笑,但是没有伸出手,甚至重新把手放回了裤兜。

"我还以为你今天到不了啦,"他用悦耳的声音说了起来,一边殷勤地晃动着身体,耸了耸肩膀,露出两排漂亮的白牙。"难道路上出什么事了吗?"

"什么事也没出,"阿尔卡季回答说,"只是耽搁了,弄得我们现在已经饿得像狼一样了。快叫普罗科菲伊奇开饭吧,好爸爸,我这就回来。"

"等等,我和你一起去,"巴扎罗夫喊了一声,突然间从沙发上一跃而起。两个年轻人出去了。

"这是什么人?"巴维尔·彼得罗维奇问道。

"阿尔卡季的朋友,听他说,是个聪明人。"

"他要在我们这儿做客吗?"

"是的。"

"这个长头发的人?"

"嗯,是的。"

巴维尔·彼得罗维奇在桌上弹着手指甲。

---

① 此处为英语:shake hands.

"我看，阿尔卡季越来越没规矩了[1]，"他说，"我很高兴他回来了。"

晚饭时大家谈得很少。特别是巴扎罗夫几乎没有说话，但他吃得很多。尼古拉·彼得罗维奇讲述了自己生活中的各种际遇，用他自己的话说，是他的农庄生活的种种琐事，议论起政府目前采取的种种措施，各种各样的委员会、代表[2]以及必须要购置些机器，等等。巴维尔·彼得罗维奇不紧不慢地在餐厅里前前后后地踱来踱去（他从不用晚餐），偶尔呷一口红葡萄酒，极少发表意见，间或发出一声像"啊！吓！哼！"这样的感叹。阿尔卡季讲了几起彼得堡的新闻，可是他感到有些不自在，通常，那些刚刚长大的年轻人，又回到已经习惯于把他们当成孩子的地方时，都会有这种不自在的感觉。他毫无必要地拖长自己的谈话。避免使用"好爸爸"的称呼，甚至有一次叫起了"父亲"，是的，含含糊糊的；还过分随便地给自己杯里倒了多于他酒量的葡萄酒，把它们全喝光了。普罗科菲伊奇目不转睛地盯着他，偶尔吧嗒吧嗒嘴唇。晚饭后大家立刻走开了。

"你的伯父有些怪，"巴扎罗夫穿着睡袍坐在床边，一边吸着短烟斗，一边对阿尔卡季说道，"在农村还如此讲究，真够可以的！指甲嘛，他的那些指甲，简直可以送去展览了！"

"是的，你还不了解他，"阿尔卡季回答道，"当年，他也是一头雄狮啊。我以后会给你讲讲他的故事。他以前还是位美男子呢，好多女人都迷恋过他。"

---

[1] 此处为法语：s'est degourdi.
[2] 指当时为废除农奴制的改革所进行的各种活动。

"噢,原来是这样!就是说,是要纪念过去了。可惜,这里没人迷恋他。我都看到了:他的衣领像石头一样硬挺,真让人吃惊,下巴刮得光光的。阿尔卡季·尼古拉伊奇,难道这不可笑吗?"

"也许吧;不过他,真的是个好人。"

"陈腐之物!你父亲倒是一个很不错的人。他朗读那些毫无用处的诗篇,却未必懂得经营之道,但他是个好心肠的人。"

"我父亲是个大好人。"

"你看出来没有,他有些胆怯?"

阿尔卡季摇了摇头,好像他自己不胆怯似的。

"真奇怪,"巴扎罗夫继续说道,"这些老浪漫主义者!他们的神经系统发达得都近乎神经质了……不过,没法再保持平衡。好啦,再见!我房间里有个英国洗脸盆,房门却锁不上。总之,这应该鼓励——英国洗脸盆,它代表的是进步啊!"

巴扎罗夫走了,阿尔卡季则充满了喜悦。在自己家园熟悉的床铺上,盖着他的亲人亲手缝的被子,或许是他的奶娘那双温柔、善良、不知疲倦的手,亲手缝做的被子入睡多么让人感到甜蜜。阿尔卡季想起了叶戈罗夫娜,于是叹了口气,祝福她升入天堂……他没有为自己祈祷。

他和巴扎罗夫都很快进入了梦乡。可是宅院里的另外一些人却久久不能入睡。儿子归来使尼古拉·彼得罗维奇很是激动。他躺在被窝里,却没有熄灭蜡烛,一手支着头,长久地陷入了沉思。他的哥哥在自己书房壁炉前宽大的卡姆勃斯①式圈椅里,坐了大半夜,炉子里的煤火微弱地燃烧着,闪着忽明忽暗的光芒。巴维尔·彼得罗

---

① 卡姆勃斯:法国木器匠,当时住在俄国。

维奇没有脱去衣服，只是把那双短勒儿漆皮靴换成了中国红拖鞋。他手里拿着最近一期的Ganani①，却没有读；他目不转睛地盯着壁炉里忽闪忽闪颤动的蓝色火苗……天晓得，他在想些什么，只是他的思绪并没有静止在过去：他脸上的表情又专注、又忧郁，不是那些沉浸于往事回忆中的人脸上常有的神情。在后面一个小房间的大箱子上坐着一位年轻女子费涅契卡，她穿着件蓝色无袖短衫，乌黑的头发上披了块白色方巾。她一会儿侧耳倾听，一会儿打个盹，一会儿看看敞开的门，从那里看得见一张儿童床，能听见熟睡孩子平稳的呼吸声。

第二天早晨，巴扎罗夫比所有人起得都早。出门后，他环顾四周，想："唉！这个小地方没有什么好看的。"当尼古拉·彼得罗维奇和他的村民们划清地界后，他不得不为新庄园开出一块儿四俄里的平坦荒地，盖宅院、杂用房和农场，建造花园，还挖了一个池塘、打了两口井；可是年轻的村民们不好好做事，池塘近乎干涸，井里的水也都有了咸味。只有一个由洋槐和丁香搭成的凉亭，枝繁叶茂；人们有时在里面品茶、用餐。巴扎罗夫几分钟就跑遍了花园里的各条小路，还顺路到了牲口棚，在马厩里遇到两个家仆的孩子，他立刻便同他们熟识了，和他们一同到一个离庄园一俄里左右的小泥潭去捉青蛙。

"老爷，您要青蛙干什么呢？"其中一个孩子问。

"有用啊，"巴扎罗夫答道，虽然他对待下层人很随便，从不纵容他们，但他却有一种特殊的才能来唤起他们对自己的信任，

---

① 《加里聂安尼报》，全称《Gatignani's Messager》，是G.A.加里聂安尼（1752—1821）1814年在巴黎创办的自由主义英文日报。

"我要解剖青蛙，观察它们的内部构成；因为我和你只不过都是些用两条腿走路的青蛙。这样，我就能知道我们自己身体的结构了。"

"这对您有什么用处呢？"

"为了看病时不出差错啊。如果你病了，我就得给你治病啊。"

"那你是大夫吗？"

"是的。"

"瓦西卡，听见了吗？老爷说我和你和青蛙一样。多神啊！"

"我怕青蛙。"瓦西卡说。他是个七岁左右的男孩，长着一头像亚麻似的白发，赤脚穿着灰色的单领卡萨金①。

"有什么好怕的？难道它们还咬人吗？"

"喂，快下水吧，哲学家们。"巴扎罗夫说。

这时候，尼古拉·彼得罗维奇也起床来到阿尔卡季屋里，看到阿尔卡季已经穿好衣服。父子一起来到屋外凉台遮阳布帘下；栅栏旁的桌子上，在两大束丁香花之间，茶炊已经开了。昨天第一个到台阶上迎接主人的那个小姑娘来了，她细声细气地说：

"费朵西娅·尼古拉耶夫娜不太舒服，不能来了；吩咐我来问问，你们愿意自己倒茶还是叫杜尼亚莎来？"

"我自己倒吧，自己倒，"尼古拉·彼得罗维奇急忙答道，"阿尔卡季，你茶里要加什么，奶油还是柠檬？"

"奶油，"阿尔卡季答道，沉默了一会儿，他询问地叫道，"爸爸？"

尼古拉·彼得罗维奇有些慌乱地看了看儿子。

---

① 卡萨金，一种民间上衣。——译者注

"什么？"他低声道。

阿尔卡季垂下了眼帘。

"请原谅，爸爸，如果你觉得我的问话不妥，"他开始说道，"但是你昨天对我那么坦白，使我也想对您坦言……您不会生气吧？……"

"你说吧。"

"你使我有勇气问你……费……是不是因为……她不来喝茶是不是因为我在这里啊？"

尼古拉·彼得罗维奇微微转过脸去。

"可能吧，"他终于说道，"她以为……她不好意思……"

阿尔卡季很快抬眼看了下父亲。

"她没必要不好意思嘛。第一，你也知道我的思维方式（说这些话时，阿尔卡季感到非常惬意），第二，我还会干涉你的生活、你的习惯吗？况且，我相信，你也不会做出不好的决定；如果你让她和你住在一起，可见，她就配这么做：无论如何，儿子不是父亲的法官，特别是我，特别是对您这样一位从来都没限制过我的自由的父亲。"

起初，阿尔卡季的嗓音有些颤抖：他感到自己很豁达，然而此时他也明白，他似乎在教导父亲；不过，讲话的声音本身是可以对人产生强烈影响的，因此，阿尔卡季最后的话讲得很坚决，甚至极富感染力。

"谢谢你，阿尔卡季，"尼古拉·彼得罗维奇闷声说道，一边用手揉搓起眼眉和额头来，"你的看法确实不错。当然，假如这个姑娘不配……这并非是我一时的轻浮和冲动。我不太好意思和你谈这些；可是，你要知道，她很难当着你的面来这儿，特别是在你回来的第一天。"

"那么，我自己去。"他一跃而起，"我去告诉她，她用不着在我面前不好意思。"

尼古拉·彼得罗维奇也站了起来。

"阿尔卡季，"他说，"你等等……怎么行呢……那儿……我还没告诉你……"

但是，阿尔卡季已经不再听他讲话，起身跑出了凉台。尼古拉·彼得罗维奇看了看他的背影，难为情地坐到了椅子上。他的心怦怦地跳了起来……这一刻，他是否想象出未来父子关系中不可避免的古怪，是否意识到假如他根本不提及这事，阿尔卡季对他或许会更尊重，他是否责备自己的胆怯——这都很难说得清楚；他百感交集，可是却也只是些感触而已，而且是模模糊糊的感触而已；他脸上的红晕始终没有退去，心也一直怦怦乱跳。

传来一阵急促的脚步声，阿尔卡季走进了凉台。

"我们认识了，父亲！"他喊道，脸上带着某种甜蜜、和善的庄重神情。"费朵西娅·尼古拉耶夫娜今天是有些不舒服，她晚一会儿来。可是，你怎么不告诉我，我还有个弟弟呢？那我昨天晚上就会像这会儿一样吻他了。"

尼古拉·彼得罗维奇还想再说点儿什么，起身张开自己的怀抱……阿尔卡季紧紧拥抱了他。

"这是怎么了？又拥抱了？"身后响起了巴维尔·彼得罗维奇的声音。

父亲和儿子都很高兴他这会儿来了；有时候，人们还是希望尽快结束令人感动的场面的。

"你有什么好吃惊的呢？"尼古拉·彼得罗维奇的声音充满了

快乐,"我都盼了阿尔卡季多长时间了啊……我从昨天起还没来得及仔细看看他呢。"

"我一点也不吃惊,"巴维尔·彼得罗维奇说,"我甚至自己也不反对和他拥抱呢。"

阿尔卡季走到伯父跟前,脸颊上重又感到他香喷喷胡子的触碰。巴维尔·彼得罗维奇坐到了桌旁。他身着雅致的英式晨服;头上惹人注目地戴了顶小非斯卡帽①。这顶小非斯卡帽和随便系的领带暗示出乡村生活的自由自在;但是,衬衣那硬挺的领子,却和平时一样笔直地贴靠着刮得光光的下巴,当然,衬衣不是白的,而是花的,和他的晨服很相配。

"你的新朋友在哪里啊?"他问阿尔卡季。

"他不在家;他一般起得很早,然后就出门了。最好不要对他太关照了,他讨厌礼节客套。"

"是的,这能看出来。"巴维尔·彼得罗维奇一边往面包上抹着黄油,一边不慌不忙地说道,"他要在我们这儿住很长时间吗?"

"顺其自然吧。他是回家看父亲顺路来这儿。"

"那他的父亲住在哪里啊?"

"和咱们在一个省,离这儿有八十俄里左右。他在那有一个小田庄。他以前是个军医。"

"哦,哦,哦……我就总是问自己:我在哪儿听说过这个名字:巴扎罗夫?……尼古拉,还记得吗,爸爸的师里不是有个医生叫巴扎罗夫吗?"

"好像是有一个。"

---

① 非斯卡帽,一种平顶圆锥形带穗的帽子。

"对了,对了。这个医生就是他的父亲。哼!"巴维尔·彼得罗维奇摸了摸他的胡子。"那么,巴扎罗夫先生自己又是个什么人呢?"他一字一句地问道。

"巴扎罗夫是个什么人?"阿尔卡季笑了,"好伯父,想让我告诉您,他本人是个什么人吗?"

"请讲吧,小侄儿。"

"他是个虚无主义者。"

"什么?"尼古拉·彼得罗维奇问道,巴维尔·彼得罗维奇则把刀刃上带着一块儿小黄油的餐刀举到半空停住了。

"他是个虚无主义者。"阿尔卡季重复道。

"虚无主义者,"尼古拉·彼得罗维奇说道,"据我所知,这个词源自拉丁文的nihil,这个词,是指那些,那些……什么都不承认的人吗?"

"你还不如说:他们还什么都不尊重。"巴维尔·彼得罗维奇接口说着,重又拿了块黄油。

"他们批判地对待一切。"阿尔卡季说。

"这难道有什么不同吗?"巴维尔·彼得罗维奇问道。

"是的,是不同。虚无主义者是那些不服从任何权威,不信仰任何原则的人,不管这些原则受到怎样的尊重。"

"那又怎么样,这样好吗?"巴维尔·彼得罗维奇打断了他的话。

"伯父,这要看是对谁而言了。对有些人是好事,对另一些人则是坏事了。"

"原来如此。哼!我看,跟我们不是一类人。我们是旧时代的人了。在我们看来,没有原则(巴维尔·彼得罗维奇说到这个词时,按法语发音,读成了软音,阿尔卡季则正相反,用力将第一个音节读成了硬音。),没有原则,如你所说,不信仰任何原则,是无法走路,无法喘气的。而这一切你们都背弃了[①]。上帝保佑你们健康,保佑你们成为将军吧[②],我们却只是要看看,先生们……叫什么来着?"

"虚无主义者。"阿尔卡季清楚地说道。

"是的。先是黑格尔主义者,而现在又是虚无主义者。等着瞧,看你们怎样在空虚中,在真空中生存;尼古拉·彼得罗维奇老弟,摇铃吧,我该喝可可茶了。"

尼古拉·彼得罗维奇摇了摇铃,叫道:"杜尼亚莎!"但是,代替杜尼亚莎来到凉台上的是费涅契卡自己。这是个23岁左右的青年妇女,白皙、柔弱,长着一头黑发、一对乌黑的眼睛、孩童般圆润的红唇和一双温柔的小手。身上是一件干净的印花布连衣裙;圆滚滚的肩头上轻盈地披了条天蓝色的方巾。她把一杯可可茶放在了巴维尔·彼得罗维奇面前,全身上下都不自在起来:热血涌上她那好看的脸蛋,细嫩的面皮上泛起一阵红晕。她垂下两眼,手指尖轻轻地扶着桌子,在桌旁站住了。她似乎为自己到这里来感到害羞,可是,她好像又感到她有权这样做。

巴维尔·彼得罗维奇严肃地皱紧了眉头,尼古拉·彼得罗维奇则窘住了。

"你好,费涅契卡。"他含含糊糊地说。

"您好,"她回答道,声音不高,却很清亮,又偷偷看了看对

[①] 此句原文为法语:Vous avez change bout cela.
[②] 参见格利鲍耶陀夫的剧本《聪明误》第二幕第五场。

她友好地露出笑容的阿尔卡季，便悄然离去了。她走路有些摇摆，但这和她很相称。

凉台上霎时间陷入沉寂。巴维尔·彼得罗维奇不紧不慢地喝着可可茶，突然抬起头。

"瞧，虚无主义者先生光临了。"他低声说道。

巴扎罗夫正穿过花园里的花坛向这边走来。他的麻布大衣和裤子都被泥土弄脏了；黏黏的沼泽地水草缠绕在旧的圆毡帽檐上；他右手拿了只小口袋；不知什么活物在口袋里一动一动的。他快步走近凉台，点了点头，说道：

"你们好，先生们；请原谅，我喝茶来晚了，我这就回来；得把抓来的这些东西找个地方放好。"

"那是什么，是蚂蟥吗？"巴维尔·彼得罗维奇问道。

"不是，是青蛙。"

"你要吃它，还是要饲养呢？"

"做实验。"巴扎罗夫冷淡地说了一句，便回房间去了。

"他要解剖它们了，"巴维尔·彼得罗维奇说道，"不信奉原则，却相信那些青蛙。"

阿尔卡季遗憾地望了一眼伯父，尼古拉·彼得罗维奇也偷偷地耸了耸肩膀。巴维尔·彼得罗维奇自己感到他的挖苦没有奏效，便谈起了家产管理和新来的管家。新管家昨天向他抱怨雇工福马"放荡"，不服管了。"他啊，真是个伊索①，"他顺口说道，"他到处非难自己是个坏人；反正过上一阵，他的傻气会少些的。"

---

① 伊索，前6—前5世纪古希腊寓言家。俄国旧时喻指言行古怪的人。

五

巴扎罗夫回来坐在桌旁,急匆匆地喝起茶来。兄弟俩默默地看着他,阿尔卡季则偷偷地一会儿看看父亲,一会儿又看看伯父。

"您走出去很远吗?"尼古拉·彼得罗维奇终于问道。

"你们这儿有个小泥潭,在一片白杨树林旁。我逮了五六只田鹬;你可以去打它们,阿尔卡季。"

"那您不是猎手吗?"

"不是。"

"您专门研究物理吗?"巴维尔·彼得罗维奇也问道。

"是的,研究物理;总之,是自然科学。"

"据说,近来,日尔曼人在这一领域进展很快。"

"是的,在这方面,德国人是我们的老师。"巴扎罗夫漫不经心地答道。

巴维尔·彼得罗维奇不说德国人,而说日尔曼人,话语中含着讽刺,可是,谁也没有察觉到这一点。

"您对德国人有这么高的评价吗?"巴维尔·彼得罗维奇故作彬彬有礼地说道。他开始暗暗感到气愤。巴扎罗夫漫不经心的态度激怒了他的贵族气度。这个药剂师的儿子不但不胆怯,甚至他的回答也是断断续续,不情愿的,他说话的声音颇为粗鲁,乃至于放肆了。

"那里的科学家极有才干。"

"这样,原来是这样的。那么,关于俄国科学家,大概,您不会有如此高的评价吧。"

"或许是这样。"

"这可真是值得称赞的自我牺牲,"巴维尔·彼得罗维奇挺直身子,向后仰了仰头说,"可是,刚刚阿尔卡季·尼古拉伊奇怎么对我们说,您不承认任何权威呢?不相信他们吗?"

"是的,为什么我要承认他们呢?况且,我要相信什么呢?我只认同人们陈述的事实,如此而已。"

"那么,德国人的话都是事实喽?"巴维尔·彼得罗维奇低声说道,此时,他的神情如此冷淡、疏远,似乎他的整个身心都飞到九霄云外去了。

"不都是,"巴扎罗夫一边回答,一边打了个短短的哈欠,显然,他不想再继续这场争辩。

巴维尔·彼得罗维奇看了一眼阿尔卡季,仿佛想对他说:"老实讲,你的朋友真是够有礼貌的。"

"至于说到我本人,"他加重语气,重又说道,"我这个凡人,并不看重德国人。我谈的并非是俄国的德国人:众所周知,他们是些什么东西。然而,德国的德国人我也不喜欢。从前还可以;

那时他们有——席勒,噢,还有歌德……瞧,我的弟弟特别中意他们……可现在,全是些什么化学家和唯物主义者……"

"好的化学家要比任何一个诗人有用二十倍。"巴扎罗夫打断了他的话。

"原来如此,"巴维尔·彼得罗维奇喃喃道,好像睡着了似的,稍稍向上扬了扬眉毛。"您大概是不承认艺术的喽?"

"赚钱的艺术,或者根除痔疮的艺术!"巴扎罗夫轻蔑地冷笑着叫道。

"这样,是这样的。您可真会开玩笑。那么,您拒绝接受这一切吗?假如果然如此。就是说,您只相信科学了?"

"我已经对您说过,我不相信一切;况且,科学是什么——笼统科学吗?就像有各种职业、各种职位一样,也有各种科学;但是,笼统科学是绝对不存在的。"

"太妙了。那么,论及其他方面,对于人类日常生活中共同的规范准则,您也持这种否定观吗?"

"这是在审问吗?"巴扎罗夫问道。

巴维尔·彼得罗维奇的脸色有些发白……尼古拉·彼得罗维奇觉得应该加入到谈话中了。

"我们以后再详细地同您讨论这个问题吧,尊敬的叶夫盖尼·瓦西里伊奇;我们可以了解您的看法,也会谈出自己的意见。就我个人而言,我很高兴您从事自然科学研究。我听说,李比希[①]在农田肥施方面有出色的发明。您可以帮助我进行农业生产,您可以

[①] 尤·李比希(Justus Liebig,1803—1873),德国著名化学家,矿物肥料理论的奠基人。

给我很多忠告。"

"愿意为您效劳，尼古拉·彼得罗维奇；但是，我们怎么能赶上李比希呢！首先要学会字母，然后才能读书，可我们还一无所知呢。"

"哼！我看你是个地地道道的虚无主义者。"尼古拉·彼得罗维奇想。"总之，请允许我随时向您求教，"他大声地接着说，"现在，哥哥，我看咱们该去和家里的管家谈谈了。"

巴维尔·彼得罗维奇离开椅子站了起来。

"好吧，"他没看任何人，自言自语地说道，"在这个穷乡僻壤住上五六年，见不到一个伟大的聪明人，真是倒霉啊！自己也快成傻瓜了。你尽力想记住学过的一切，可后来——再一看呢，原来都是些废话了，而且，人家对你说，精明人才不会做那些无聊的事呢，还会说，你是个落后了的白痴。有什么法子呢！明摆着的，年轻人就是比我们聪明。"

巴维尔·彼得罗维奇慢慢地转身，一步一步地走了；尼古拉·彼得罗维奇跟在他后面。

"怎么，他在你们家总是这样的吗？"门刚刚在兄弟俩的身后关上，巴扎罗夫便冷冷地问阿尔卡季。

"听我说，叶夫盖尼，你对他太尖刻了，"阿尔卡季说道，"你羞辱了他。"

"那么，我还要对这些乡下贵族献殷勤吗？这纯粹是讲究虚荣，唯我独尊，纨绔子弟的派头。哼！既然他是这种性情，让他在彼得堡继续得意好了，……反正，上帝保佑他！知道吗，我在水里找到了一种很少见的甲虫，Dytlscus marginatus，我这就拿给你看。"

"我答应过你，要把他的故事讲给你听。"阿尔卡季说。

"甲虫的故事吗?"

"得啦吧,叶夫盖尼。是我伯父的故事。你会看到,他完全不是你想象的那样。他应该受到同情,而不是嘲笑。"

"我不和你争论;可他有什么可让你喜欢的呢?"

"应该公正对人,叶夫盖尼。"

"这又从何说起呢?"

"不,听我说……"

于是阿尔卡季向他讲起了伯父的故事。在下一章里,读者们就能读到了。

六

巴维尔·彼得罗维奇·基尔萨诺夫开始时和弟弟一样在家里受教育,后来进了军官学校。他从童年起就异常英俊、自信,有些喜欢讥讽嘲弄,有着似乎让人感到好笑的好胜性情——人人都喜欢他。他刚刚成了军官,便开始在各种场合出现。大家都奉承他,他也自我放纵,甚至胡闹,装腔作势;但是这和他很相称。女人们为他神魂颠倒,男人们称他是花花公子,暗暗地忌妒他。前面已经讲过,他和弟弟住在一起。弟弟真诚地爱着他,虽然他们一点也不相像。尼古拉·彼得罗维奇有点瘸,脸盘不大,面容和善,可是有些忧郁,长着一对小黑眼睛和稀疏的头发;他懒散,害怕交际,但是却很喜欢读书。巴维尔·彼得罗维奇没有一个晚上待在家里,他以勇敢和敏捷闻名(他使体操成为上流社会青年中一种时髦的运动),他总共读过五六本法文书。28岁的时候就已经成了大尉,仕途辉煌。但是,突然间一切都变了。

当时有一个女子偶尔在彼得堡上流社会露面,她就是公爵夫人P,直到现在,人们还对她记忆犹新。她的丈夫受过极好的教育,人很体面,但是有些愚笨,他们没有孩子。她忽而国外,忽而国内,过着一种奇怪的生活。她是一个出了名的轻佻女子,醉心于各种玩乐,跳舞总要跳到精疲力尽,喜欢高声大笑,午餐前,总是在半明半暗的客厅里和那些应邀前来的小伙子们笑闹逗趣,可是每当夜晚来临,她便哭泣、祈祷,不得安宁,常常忧郁地绞动着双手,在房里走来走去;或者面色苍白,全身冰凉地坐在那里读圣诗集,直到天亮。白天,她又变成了一位上流社会夫人,重新出行,嬉笑、饶舌,并且不放过任何能使她开心的玩乐。她实在是很复杂的;她那重重的、金黄色的发辫,金子般地披垂到膝,但是没有人认为她是个美人;她称得上漂亮的只有那双眼睛,甚至也不是那双灰色的小眼睛本身,可是她的目光流盼深邃、无所顾忌时近乎放肆,若有所思,时则饱含着忧郁,——真是令人难以捉摸的目光。甚至在她含混不清地饶舌最无聊的废话时,她的眼神中也会闪烁出奇异的光芒。她穿着雅致。在一次舞会上,巴维尔·彼得罗维奇遇见了她,和她跳了一曲玛祖卡舞。跳舞时,她一句得体的话也没讲,他却狂热地爱上了她。习惯于胜利的他,这次也很快达到了目的;但是,轻易得手并没有使他冷静下来。相反,他感到更加痛苦,愈发强烈地依恋这个女人,甚至当她委身于他的时候,好像仍然还留有些神秘的、任何人都无法探寻的东西。天晓得这颗心灵里到底深藏着些什么!她似乎受到她自己也不清楚的某种神秘力量的左右;它随心所欲地控制着她;她贫乏的智力无法同这种反复无常的神秘力量抗衡。她的所作所为完全不合情理;她有几封信可以成为引起她丈夫疑心的根据,可那却是她写给一个几乎和她还很陌生的男人的,她的爱情充满了痛苦:她不再同她挑选的人嬉笑、逗趣,只是迷惑不解地注视着他,听他讲话。有时,这种迷惑不解会突然间变成可怕的冷漠;她面容僵死,怪异,把自己反锁在卧室里,于是,她的侍女把耳朵贴近锁孔便能听到她沉闷的号啕大哭声。甜蜜的约会后回到家里,基尔萨夫诺不只一次地为彻底地失败所引起的沮丧而折磨得心碎。"我还想要什么呢?"他问自己,心里充满了苦痛。有一次,他送给她一枚钻砧上刻有斯芬克斯像的戒指。

"这是什么?"她问道,"斯芬克斯吗?"

"是的,"他答道,"这个斯芬克斯,就是你。"

"我?"她慢慢地抬起她那难以捉摸的目光看着他,问道,"您是否知道,这让人感到很荣幸吗?"她毫无意义地笑着说道,两眼仍然奇怪地望着他。

巴维尔·彼得罗维奇甚至在P夫人爱恋他的时候也很痛苦;而当她开始对他冷淡时,这发生得实在很快,他几乎发了疯。他痛苦、忌妒,一刻也不让她安宁,到处纠缠着她;她厌倦了他无休止的纠缠,便出国了。他不顾朋友们的恳求,上司们的婉言相劝,退了役,追踪公爵夫人去了;他在异国他乡漂泊了四年;有时追逐着她,有时故意从她面前消失;他为自己感到羞愧,对自己的怯懦气愤不已……但是无济于事。她的形象,这个让人迷惑,几乎无法理解,却使人神往的形象深深地植根于他的内心。在巴黎,他同她好像又和好如初;她似乎从来没有这样火热地爱恋过他……但是,一个月后一切便都结束了;火光最后一次闪烁了一下,便永远地熄灭了。预感到不可避免的分手,他想他至少能做她的朋友,好像同这样一位女子能够建立友谊……但是她悄悄地离开了巴黎,并且从那时起总是躲避基尔萨诺夫。他回到俄国,试图像过去一样生活,但是已经无法再步入往日生活的轨道。就像一个受到伤害的人，他到处漫游；他仍然外出交际，保持着上流社会人士的所有习惯；也有值得炫耀的两三起新的胜利；但是，无论对自己还是对别人，他都不再期盼任何特别的东西，不再着手干什么了。他头发变白，日见衰老；每晚坐在俱乐部里，又气恼、又无聊，单身汉们冷漠无情的争论成了他的一种需要，——显然，这是不好的兆头。自然而然，他从没想过结婚；光阴似箭，眨眼间便这样平淡、徒然地过了十年。在任何地方，都不像在俄罗斯，时光如此飞逝；据说，监狱里的时光过得更快。有一次，在俱乐部里吃午饭时，巴维尔·彼得罗维奇听到了P夫人的死讯：她在近乎于精神错乱的情况下在巴黎死去。他从饭桌后站起，一会儿在俱乐部的屋里踱来踱去，一会儿又纹丝不动地站在那些牌迷们的身边，但是，他回家的时间并没有比往日早。过了一段时间，他收到了一个寄给他的包裹：里面是他送给P夫人的戒指。她顺着斯芬克斯像画了条十字线，还让人转告他，十字架——这就是谜底。

这件事发生在1848年年初，正好是尼古拉·彼得罗维奇丧妻后来到彼得堡的时候。自从尼古拉·彼得罗维奇迁居乡下，巴维尔·彼得罗维奇几乎没再见过弟弟。尼古拉·彼得罗维奇举行婚礼时，巴维尔·彼得罗维奇刚刚结识P夫人。从国外回来后，他去弟弟那儿，打算住两三个月，看看他过的幸福日子，可是他在那儿只待了一个星期。兄弟俩的差异实在是太大了。1848年，这一差异变小了：尼古拉·彼得罗维奇失去了妻子，巴维尔·彼得罗维奇失去了自己对往昔的回忆；公爵夫人死后他竭力不去想她。但是，尼古拉·彼得罗维奇对从前正常的生活却充满感情，他眼看着，儿子一天天长大了；相反，巴维尔却是个孤独的单身汉，开始过着一种不安定的、令人沮丧的日子，当青春已逝，老年尚未来临之时，这些日子充满了类似希望的遗憾和类似遗憾的希望。

这段时间对于巴维尔·彼得罗维奇来说，比任何人过得都艰难：他失去了自己的过去，便失去了一切。

"我不强求你去玛里伊诺，"有一次，尼古拉·彼得罗维奇对他说，（为纪念妻子他给他的农庄起了这个名字。）"我妻子活着的时候你就觉得那里枯燥无聊，我想，现在你在那里会更陷于愁思的。"

"我那时太愚蠢，老是瞎忙，"巴维尔·彼得罗维奇答道，"从那时以来，即便没有变聪明，也算平静下来了。现在，刚好相反，如果你允许，我准备一直住在你那儿。"

尼古拉·彼得罗维奇用对他的拥抱代替了回答；然而，这次谈话之后，当巴维尔·彼得罗维奇决定实现他的意图时，已经过去一年半了。但是，自从在农村定居以后，甚至尼古拉·彼得罗维奇和儿子住在彼得堡的三个冬天他都没有离开过那里。他开始读书，大量阅读英文书报；他几乎一生中都是按照英国方式生活，很少与邻居们会面，只有地方选举时他才会露面，而且大部分时间都沉默不语，只是偶尔以自由派的言行戏弄一下那些老式地主，使他们害怕，但是，他也并不接近新一代人的代表们。于是，两方面都认为他是一个傲慢的人；并且，大家都敬仰他，由于他不同寻常的贵族派头和有关他的胜利的各种传言；而且，他总是衣着讲究，下榻在高级宾馆里的最好的房间里；他的膳食也很讲究，有一次甚至在路易·菲利浦[①]的宫中和威灵顿[②]一同用餐；由于他无论到哪里都随身带着纯银化妆盒

[①] 路易·菲利浦（1773—1850），法国国王，1830至1848年在位。

[②] 威灵顿（1769—1852），英国将军和政治家。在1815年击败拿破仑的滑铁卢战役中任统帅。

和旅行浴盆；由于他身上散发出某种不寻常的、奇异的"贵族"的气味；由于他玩惠斯特牌技法娴熟，却总是输牌；最后，人们敬仰他；还由于他那无可指摘的诚实。太太们发现他是位令人迷醉的有忧郁症的人，可是，他并不同那些太太们来往……"

"知道了吧，叶夫盖尼，"阿尔卡季讲完话后低声说，"你对伯父的看法多么不公正啊！我还没有给你讲他多少次搭救了我父亲，还把自己的钱都给了我父亲，——你可能还不知道，他们没有分家，——可是，他乐于帮助每一个人，并且，总是袒护农民；虽然，他一边同他们说话，一边皱着眉头，嗅着香水……"

"明显的神经质。"巴扎罗夫打断了他的话。

"或许是，不过，他心地太善良了。他一点儿也不蠢。他给过我多少有益的劝告啊……特别是……特别是如何同女人相处。"

"啊哈！一朝被蛇咬，十年怕井绳。谁不知道这个啊！"

"好啦，总而言之，"阿尔卡季继续说道，"相信我，他实在是太不幸了；不该蔑视他。"

"哎，谁蔑视他了呢？"巴扎罗夫反驳道，"可我还是要说，把自己的一生都押在女人的爱情这张牌上，而这张牌一旦输掉，便一蹶不振的人——算不上是个男人，算不上有种。你说他不幸：你最清楚不过了；可是，他头脑中的那些糊涂想法并没有跑掉。我相信，他认为自己很能干，因为他读《加里聂安尼报》，并且，每月一次帮助农夫们免受刑罚。"

"是的，你得记住他受的教育，他生活的时代。"阿尔卡季说道。

"教育？"巴扎罗夫接口说道，"所有的人都应该进行自我教育——例如，像我这样……至于时代——为什么我要取决于它呢？

最好要它取决于我。不,老兄,这一切都是放荡、都是废话!并且,男女间的关系又有什么可神秘的呢?我们是生理学家,我们知道这是种什么关系。他仔细解剖一下眼睛:能看出你说的那种难以捉摸的目光从何而来吗?这都是浪漫主义、荒唐无稽、腐烂透顶、所谓的艺术。咱们最好去看看甲虫吧。"

于是,两个朋友便一同去了巴扎罗夫的房间。那里已经散发出混杂着廉价烟草味的外科医疗室的气味。

七

巴维尔·彼得罗维奇听了一会儿弟弟和管家的谈话。管家是个瘦瘦的高个子,嗓音甜腻细弱,长着一对狡狯的眼睛。他对尼古拉·彼得罗维奇的每一句话都回答道:"好吧,知道啦。"并且竭力把农夫们说成是些酒鬼和小偷。不久前刚刚上了轨道的田产管理又近乎瘫痪,就像那些吱吱作响没有上油的车轮,和用劣等木材做的噼啪迸裂的家具一样。尼古拉·彼得罗维奇没有灰心丧气,但是,他时常叹气、沉思,他感到:没有钱办不成事,可是,他的钱差不多都花光了。阿尔卡季说得对:巴维尔·彼得罗维奇不只一次地帮助过他的弟弟;每当看到弟弟窘迫地在绞尽脑汁,苦思冥想如何摆脱困境时,巴维尔·彼得罗维奇总是双手插在兜里,慢慢地走到窗前,含糊不清地喃喃说道:"我能给你些钱[①]。"于是便把钱给了他;然而,今天,他是一无所有了,他便觉得还是离开的好。

[①] 此句原文为法语:Mais je puis vous donner de l'argent.

田庄管理纠纷使他烦恼，并且，他常常感到，尽管尼古拉·彼得罗维奇兢兢业业、勤勉努力，管理却不得法；虽然他也说不出，尼古拉·彼得罗维奇的差错出在哪里。"弟弟太不实际了，"他在心里断定，"他们全都欺骗他。"相反，尼古拉·彼得罗维奇认为巴维尔·彼得罗维奇处理实际问题的能力很强，他总是向哥哥求教。"我是一个懦弱的人，一辈子生活在穷乡僻壤，"他说，"可你没白和那么多人交往，你了解他们，你的目光像鹰一样敏锐。"巴维尔·彼得罗维奇对这些话避而不答，但是，他也并没有说弟弟的话不对。

让尼古拉·彼得罗维奇一个人留在办公室里，他便沿着把前厅和后屋分开的过道走去。走到一道低矮的屋门前，他若有所思地站住了，用手摸了摸自己的胡子，然后抬手敲了几下门。

"谁啊？请进。"响起了费涅契卡的声音。

"是我。"巴维尔·彼得罗维奇说着，推开了门。

费涅契卡正带着孩子坐在椅子上，她立即站了起来，把孩子交给身边的姑娘，那个姑娘立刻抱着孩子从屋里出去了。她又慌忙系好头巾。

"请原谅我来打扰，"巴维尔·彼得罗维奇没有看她，开口说道，"我只是想请您……好像，今天要派人进城……请吩咐他们给我买些绿茶。"

"知道了，"费涅契卡回答道，"您要买多少呢？"

"我想，半磅足够了。您这里，我看变样了，"他向四周飞快地扫视了一眼，目光也在费涅契卡的脸上一掠而过。他接着说道，"是这些窗帘。"他看到她没有明白他的话，又低声说道。

"啊，是的，有了窗帘；是尼古拉·彼得罗维奇给我们的；可是，它们早就挂上了。"

"我已经很长时间没到你们这里来了。现在,你们这儿不错了。"

"多亏尼古拉·彼得罗维奇。"费涅契卡悄声说道。

"你们住在这儿,比以前在厢房时好些吗?"巴维尔·彼得罗维奇不带一丝笑容,彬彬有礼地问道。

"当然,好多了。"

"现在,谁住在你们原来的地方呢?"

"洗衣女工们住在那里。"

"噢!"

巴维尔·彼得罗维奇沉默了。"他这会儿要走了。"费涅契卡想,可是,他没有走。于是,她便轻轻地扭动着手指,一动不动地站在他面前。

"为什么您让人把您的孩子抱走呢?"巴维尔·彼得罗维奇终于又开口说话了,"我喜欢小孩子,让我看看他吧。"

费涅契卡由于窘迫和高兴,脸变得通红。她害怕巴维尔·彼得罗维奇:他几乎从没和她说过话。

"杜尼亚莎,"她喊道,"您把米佳抱来(费涅契卡称呼家里所有的人都用'您')。等一会儿吧,该给他穿件小衣服。"

费涅契卡向门口走去。

"没有关系。"巴维尔·彼得罗维奇说道。

"我这就来。"费涅契卡答应着快步出了门。

巴维尔·彼得罗维奇独自一人留在屋里,这会儿,他特别注意地看了看周围。他所在的这个低矮的小房间非常清洁、舒适。屋里弥漫着一股不久前刚刚装修过的地板、甘菊和蜜蜂花的清香;靠墙放着几把后背像七弦琴式的木椅,那还是已故将军出征波兰时买的;屋角的细纱帷帐下挂着张小吊床,并排放着一个圆盖铁皮的箱子。屋子另一角，在圣者尼古拉巨幅深色画像前点着一盏小灯；一个小小的瓷蛋用红线拴挂在圣像的胸前，熠熠闪烁；窗台上有几个装有去年果酱的坛子，细心地捆在一起，透出一道道绿色的光线；坛子的纸盖费涅契卡亲手写了"醋栗"两个大字；尼古拉·彼得罗维奇特别喜欢这种果酱。天花板下的一根细绳上挂着一个鸟笼；一只短尾黄雀在里面不停地叫着、跳着，鸟笼也随之不停地晃动着。于是，笼子里的那些大麻籽轻轻地掉到了地板上。在间壁墙①小五斗橱的上方挂着几张尼古拉·彼得罗维奇各种姿态的相片。它们是一个途经此地的摄影师照的，照得实在很糟糕。这里还有一张费涅契卡本人的照片，照得一点也不好：黑框子里除了一张没有眼睛的面孔在紧张地笑着外，就什么也分辨不出来了；费涅契卡像的上面是披着毡斗篷的叶尔莫洛夫②将军，他正皱紧眉头，威严地望着远处的高加索群山，一只小丝绸针垫正好垂在他的额头上。

过了大约五分钟，隔壁房间里传来一阵沙沙声和低语声。巴维尔·彼得罗维奇从五斗橱上拿起本脏乎乎的书，这是本残缺不全的马萨里斯基的《狙击手们》③，他翻了几页……门开了，费涅契卡怀里抱着米佳走了进来。她给他穿了件领子上饰有金银花边的小红外衣，梳理好头发，擦干净脸。他吃力地呼吸着，像所有健康的孩子一样，全身乱蹬乱动着，不停地舞动着两只小手；可是，漂亮的外衣显然对他发生了作用。他那圆润的全身上下都显得那么快乐舒

---

① 间壁墙，指窗与窗或窗与门之间的墙壁。——译者注。
② 叶尔莫洛夫，А.π（1772—1861），俄国将军和外交家。1812年卫国战争的英雄。
③ 《狙击手们》，马萨里斯基，К.π.（1802—1861），1832年出版的四卷集长篇历史小说。

适。费涅契卡自己也梳理好了头发，系好了方巾，可是，她完全可以像刚才一样的。确实，世上还有什么能比抱着健康婴儿的年轻、美丽的母亲更可爱呢？

"好一个胖娃娃。"巴维尔·彼得罗维奇温厚地说着，用食指的长指甲尖胳肢着米佳的双下巴；小男孩眼盯着黄雀，笑了。

"这是伯父，"费涅契卡把脸贴近他，轻轻地摇晃着他说道。这时，杜尼亚莎悄悄地把一支吸烟用的点着了的蜡烛放在窗台上，并把一枚一戈比铜币垫在下面。

"他有几个月了？"巴维尔·彼得罗维奇问道。

"满六个月了，到十一号就七个月了。"

"不是八个月吗，费朵西娅·尼古拉耶夫娜？"杜尼亚莎怯生生地插嘴问道。

"不，是七个月；怎么会是八个月呢！"小男孩又笑了，他瞧着那只箱子，突然间伸出小手抓住了妈妈的鼻子和嘴唇。"小淘气。"费涅契卡说着，并没有躲避孩子的手。

"他长得真像弟弟。"巴维尔·彼得罗维奇说道。

"他还能像谁呢？"费涅契卡想。

"是的，"巴维尔·彼得罗维奇自言自语似的接着说道，"实在是长得太像了。"他专注地、几乎充满了悲伤地看了费涅契卡一眼。

"这是伯父。"她又说道，声音低了许多。

"啊！巴维尔啊！你原来在这儿啊！"突然间响起了尼古拉·彼得罗维奇的声音。

巴维尔·彼得罗维奇慌忙转过身去，皱了皱眉；但是他的弟弟如此高兴，充满了感激地看着他，使得他不得不笑脸相迎。

"你有一个好孩子，"他说着看了看表，"我顺路来说说买茶叶的事……"

于是，巴维尔·彼得罗维奇换上一脸淡漠的神情，立刻从屋里出去了。

"他是自己来的吗？"尼古拉·彼得罗维奇向费涅契卡问道。

"是自己来的；敲了敲门就进来了。"

"哎，阿尔卡季没再到你这儿来过吗？"

"没来过。我要不要再搬到厢房去，尼古拉·彼得罗维奇？"

"这又何必呢？"

"我想，开始时，这样是不是好一些。"

"不……不必啦，"尼古拉·彼得罗维奇嗫嚅着说道，又擦了一下脑门儿。"应该早些时候……你好啊，胖小子，"他出人意料地活跃起来，靠近孩子，吻了一下他的脸颊；然后，又稍稍俯下身去，把嘴唇贴在费涅契卡那只放在米佳的红色外衣上，像牛奶一样白净的手上。

"尼古拉·彼得罗维奇，你这是做什么啊？"她低声说着，垂下了眼睛，一会儿，又悄悄抬起两眼……当她似乎皱眉顾盼，温柔地有些傻乎乎地微笑时，她的眼神分外迷人。

尼古拉·彼得罗维奇和费涅契卡是这样相识的。三年前，有一次他因故在一个僻远县城的客店投宿。整洁的房间，干净的床铺使他非常高兴。"难道女老板是个德国女人吗？"他的脑海里闪过这个念头；可是，女老板却是位50岁左右的俄罗斯妇女。她衣着整洁，面容和善、聪慧，讲话稳重。喝茶时，他和她聊了起来。她令他非常满意。当时，尼古拉·彼得罗维奇刚刚搬到自己的新田庄。他不想在家里使用农奴，正在寻找雇工；女老板却在抱怨城里外来客人太少，日子不好过；于是，他建议她到他家里做女管家。她同意了。她丈夫早已过世，身边只有一个女儿费涅契卡。两个星期以后，阿莉娜·萨维什娜（新的女管家的名字）和女儿一起来到玛里伊诺，在厢房里住下了。尼古拉·彼得罗维奇的选择是对的。阿莉娜把家务料理得井井有条。当时，费涅契卡刚刚年满17岁，没有人说起她，也很少有人看到她。她宁静、腼腆。每逢星期天，尼古拉·彼得罗维奇在教区的教堂里的某个角落从侧面能看到她白白净净的清秀面孔。一年多的时光就这样过去了。

有一天早晨，阿莉娜来到他的办公室，像往常一样鞠躬致意后，问他能不能帮帮她的女儿：炉子里的火星溅到了她的眼睛里。像所有不常出门的人一样，尼古拉·彼得罗维奇会做些医疗方面的事情，他甚至还订购了一个顺势疗法的医药箱。他立刻吩咐阿莉娜把病人带来。听说老爷叫她，费涅契卡害怕极了，不过她还是跟妈妈去了。尼古拉·彼得罗维奇领她到窗前，双手捧起她的头。仔细察看了她红肿发炎的眼睛后，立即亲自给她配制了药水，又把自己的手帕撕成小块儿，告诉她如何用药水敷眼睛。费涅契卡听完他的话后，便要离开。"亲亲老爷的手，小傻瓜。"阿莉娜对她说。尼古拉·彼得罗维奇不好意思起来，他没有把手给她，而是亲了亲她低垂着的头上头发分开的地方。费涅契卡的眼睛很快痊愈了，但是，她留给尼古拉·彼得罗维奇的印象却没有很快消失。他的脑海中总是浮现出她那纯洁而温柔、胆怯地微微扬起的面孔；他的手掌上还感觉到她柔软的发丝，眼前是她微微张开的、纯真的双唇，阳光下那里闪现出湿润的、珍珠般的两排牙齿。在教堂里，他开始注意地看着她，竭力与她交谈。起初，她见到他便害羞。有一天傍晚，她在黑麦田里行人踩出的窄窄的小路上遇见了他，她不想让他看见，便钻进了又高又密，长着矢车菊和艾蒿的黑麦地。他透过密

密的、金黄色的麦穗看见了她的头,而她却像只小野兽似的从麦穗后看着他。于是,他柔声喊道:

"你好啊,费涅契卡!我不咬人哪。"

"您好。"她低声说道,却没有从藏身之处出来。

她渐渐地对他习惯了,但是在他面前仍然拘束胆怯,这时她母亲阿莉娜突然死于霍乱。费涅契卡怎么办呢?她继承了母亲的秉性,喜欢井井有条,明白事理,格守规矩;然而,她又是这样年轻,独身一人;尼古拉·彼得罗维奇又是那么善良、那么谦逊……后来的事情也就毋庸赘述了……

"这么说,哥哥进你屋了?"尼古拉·彼得罗维奇问她,"敲了敲门便进来了?"

"是啊。"

"哎,这很好。让我和米佳玩一会儿。"

于是,尼古拉·彼得罗维奇开始向上抛他,几乎抵到了天花板。小孩子高兴极了,母亲却是有些担心,每次孩子被抛起来时,她都伸出双手准备托住他裸露的小脚。

巴维尔·彼得罗维奇回到了他那雅致的书房。屋内四壁糊着暗灰色的漂亮壁纸,五颜六色的波斯壁毯上挂着兵器,胡桃木家具上盖着深绿色的绒布,有一个文艺复兴时代式样①的橡木藏书橱,豪华的大写字台上摆着些铜像,屋里还有一个壁炉……他倒在了沙发上,双手抱头,一动也不动,几乎绝望地盯着天花板。他是否想要对四壁掩饰他脸上的表情,或者是别的什么原因,只见他起身拉开厚重的窗帘,然后又躺倒在沙发上。

---

① 此处原文为法语:renaissance.

八

就在同一天,巴扎罗夫认识了费涅契卡。他和阿尔卡季在花园里一边散步,一边讨论为什么有些小树,特别是小橡树长得不好。

"这里应该多栽些白杨,还有枞树,或许还要栽些椴树,再加些黑土。瞧,搭凉亭的树就长得不错,"他补充道,"洋槐和丁香都是容易长的,不需要特别的照顾。噢!有人呢。"

凉亭里坐着费涅契卡、杜尼亚莎和米佳。巴扎罗夫站住了,阿尔卡季则像老朋友一样向费涅契卡点了点头。

"这是谁?"他们刚刚走过去,巴扎罗夫就问他,"多么漂亮啊!"

"你在说谁?"

"当然是说她,只有她一个人那么漂亮。"

阿尔卡季不无仓皇地,三言两语地介绍了费涅契卡是何许人。

"啊!"巴扎罗夫说道,"你父亲的眼光不错。我喜欢你父亲，真的！他是好样的。应该去认识一下。"他说着转身向凉亭走去。

"叶夫盖尼！"阿尔卡季吃惊地在后面向他喊道，"看在上帝的分儿上，谨慎点儿吧。"

"不要激动，"巴扎罗夫说道，"我们都是饱经世故的人，在城里住过了。"

走近费涅契卡时，他摘下了帽子。

"请允许我自我介绍，"他礼貌地一鞠躬，开口说道，"我是阿尔卡季·尼古拉伊奇的朋友，一个温和的人。"

费涅契卡微微从椅子上欠起身来，默默地看着他。

"多好的孩子啊！"巴扎罗夫继续说道，"不要担心，我的眼睛不会毒害任何人的。他的脸颊怎么会这么红啊？怎么，是不是在长牙啊？"

"是的，"费涅契卡低声说道，"他已经长出四颗小牙了，瞧，这会儿牙床又鼓起来了。"

"让我看看……您别害怕，我是医生。"

巴扎罗夫把孩子抱了过去。费涅契卡和杜尼亚莎吃惊地看到，小孩毫不反抗，也不害怕。

"让我看看，让我看看……没什么，一切正常，会长一口好牙的。一旦有什么事，就来找我。您自己身体好吗？"

"好，谢天谢地。"

"谢天谢地——再好不过了。那么您呢？"巴扎罗夫又转身向杜尼亚莎问道。

杜尼亚莎，这个在家里非常不拘言笑，喜欢在门后高声大笑的姑娘只是从鼻子里朝他哼了一下，算是对他的回答。

"噢，太好了。把您的大力士给您吧。"

费涅契卡双手接过了孩子。

"他在您那儿怎么那么乖啊。"她低声说道。

"小孩在我这儿都挺乖的，"巴扎罗夫答道，"我知道这些小家伙。"

"孩子们能感觉出来谁爱他们。"杜尼亚莎说道。

"太对了，"费涅契卡证明似的说道，"瞧，米佳就是这样，换别人无论怎么都不让抱呢。"

"我抱抱行吗？"阿尔卡季问道，他在远处站了一会儿，也走到凉亭跟前来了。

他去抱米佳，可是米佳向后转过头哭叫起来，弄得费涅契卡很不好意思。

"下一次会习惯的。"阿尔卡季宽厚地说道。然后，两个朋友一起走了。

"她倒是叫什么来着？"巴扎罗夫问道。

"费涅契卡……费朵西娅。"阿尔卡季答道。

"那么父称呢？这也应该知道。"

"尼古拉耶夫娜。"

"好的[①]。她不过分忸怩。我喜欢她这一点。或许，有的人会因此而责备她呢。胡说八道。为什么要忸怩呢？她是母亲，那么她就是对的。"

"她是对的，"阿尔卡季说道，"可是，我的父亲……"

"他也是对的。"巴扎罗夫打断了他的话。

---

① 此处原文为拉丁文：Bene.

"噢，不，我不这样认为。"

"显然，多了个小继承人不合我们的心意了？"

"你居然认为我有这样的想法，真不害羞！"阿尔卡季气呼呼地接口说道，"我不是因为这个才认为父亲做得不对；我认为他早就应该同她结婚。"

"哈！"巴扎罗夫平静地说道，"我们多么宽宏大度啊！你还这么看重婚姻呢，我可没料到你会这样。"

两位朋友默默地走了几步。

"我看了你父亲的整个田产，"巴扎罗夫重又开口说道，"牲口都不好，马匹瘦弱不堪。房屋破旧，农工们看样子是些懒汉；而那个管家要么是个傻瓜，要么就是个骗子，我还没有考虑清楚。"

"你今天变得严厉起来了，叶夫盖尼·瓦西里伊奇。"

"善良的农夫们必定在哄骗你的父亲。俗话说得好：'俄罗斯农夫连上帝都会欺骗的'。"

"我开始同意伯父的话了，"阿尔卡季说道，"你对俄罗斯人太有偏见。"

"太重要！俄罗斯人好就好在他本人对自己持最坏的看法。重要的是二加二等于四，其余一切都不值一提。"

"大自然也不值一提吗？"阿尔卡季沉思地眺望着远处在落日柔美的光线照耀下，五彩缤纷的原野，问道。

"就你所理解的大自然而言，大自然也不值一提。大自然不是庙堂，而是作坊，人则是那里的工人。"

这时，一阵舒缓的大提琴声从房间里飘了过来。有人在演奏舒伯特的《等待》，虽然指法还不够娴熟，但颇有感情。于是，空气里回荡起阵阵甜蜜的旋律。

"这是怎么回事儿?"巴扎罗夫疑惑地问道。

"这是我父亲。"

"你的父亲拉大提琴?"

"是的。"

"你父亲多大岁数了?"

"44岁。"

巴扎罗夫突然大笑起来。

"你笑什么呢?"

"得了吧!44岁的人,一家之长[①],在……这个小县城——拉大提琴!"

巴扎罗夫继续哈哈大笑着;然而,阿尔卡季无论怎样崇拜自己的老师,这一次,他甚至没有露出一丝笑容。

---

① 此处原文为拉丁文:pater familias.

九

大约过了两个星期。玛里伊诺的生活按部就班地进行着：阿尔卡季玩乐，巴扎罗夫工作。家里的人对他都习惯了，习惯了他的不拘小节，习惯了他简短、时断时续的话语。尤其是费涅契卡同他更熟了，甚至有一天夜里差人叫醒了他，因为米佳抽起风来；他立刻就来了，像平常一样半开着玩笑，偶尔打个哈欠，在她这儿待了两个来小时，帮助看护好了孩子。然而，巴维尔·彼得罗维奇却全身心地仇恨着巴扎罗夫：他认为巴扎罗夫是个傲慢的家伙，一个无耻之徒，一个恬不知耻的人，一个贱民；他怀疑巴扎罗夫并不尊重他，也未必不蔑视他——他、巴维尔·彼得罗维奇！尼古拉·彼得罗维奇有些害怕这个年轻的"虚无主义者"，怀疑他对阿尔卡季是否有好的影响；但是，尼古拉·彼得罗维奇喜欢听他讲话，喜欢看他做物理、化学实验。巴扎罗夫随身带来一架显微镜，常常一小时一小时地摆弄着它。仆人们都很喜欢他，尽管他嘲弄他们；他们仍然感到他是他们的兄弟，而不是位老爷。杜尼亚莎喜欢对他嘿嘿地笑着，一边像只雌鹌鹑似的从他身旁跑过去，一边意味深长地偷偷看着他：彼得是一个极爱面子，又很蠢的人，额头上总是堆满了皱纹。他的全部优点便是彬彬有礼地待人，能够一个音节一个音节地读书看报，经常用小刷子洗干净自己的常礼服。只要巴扎罗夫一注意到他，他便得意地微微笑着，变得快活起来。家仆的孩子们像小狗似的跟着这个"医生"。只有普罗科菲伊奇老头一人不喜欢他，吃饭时他总是沉着脸端给他食物，叫他"屠夫"和"骗子手"，普罗科菲伊奇常常对人们说，说他和他的连鬓胡子真正是灌木丛里的一只猪猡。普罗科菲伊奇自认为自己是一位不比巴维尔·彼得罗维奇差的贵族。

一年中最好的日子——6月里最初的几天来到了。天气极好；当然，远处又流行起了霍乱，可是该省的居民们……已经习惯于它的光临了。巴扎罗夫起得很早，然后出去走两三俄里，他不是去散步——他无法容忍毫无目的的漫游，而是采集草药，捕捉昆虫。有时候，阿尔卡季和他一同出去。回来的路上，他们常常争论，一般总是阿尔卡季失败，虽然他要比他的朋友多讲许多话。

有一次，他们不知怎么耽搁了；尼古拉·彼得罗维奇去花园迎他们，走到凉亭时，突然传来一阵急促的脚步声和两个年轻人的谈话声。他们走在凉亭的另一边，看不见他。

"你对父亲了解得不够。"阿尔卡季说道。

尼古拉·彼得罗维奇躲了起来。

"你父亲是位善良的人，"巴扎罗夫说道，"可是，他是一个落伍的人，他们的好时候已经过去了。"

尼古拉·彼得罗维奇竖起耳朵……阿尔卡季什么也没有回答。

"落伍的人"一动不动地站了两分钟,慢慢地回家去了。

"前天,我看见他在读普希金的书,"这时,巴扎罗夫继续说道,"去跟他说说吧,这一点用处也没有的。他已经不是个小孩子了:该抛弃这种玩意儿了。难道现在还想做一个浪漫主义者吗!让他读点实用的东西吧。"

"让他读些什么呢?"阿尔卡季问道。

"是的,我想先把毕尤赫涅尔①的Stoff and Kraft②给他吧。"

"我也是这样想的,"阿尔卡季赞同地说道,"Stoff and Kraft写得通俗易懂。"

"瞧,我和你,"当天午饭后,尼古拉·彼得罗维奇坐在他的办公室里对哥哥说道,"成了落伍的人,咱们的好时候已经过去了。为什么呢?或许,巴扎罗夫是对的;但是得承认,我很痛苦。因为,我正是现在希望和阿尔卡季他们要好,成为亲密的朋友,可是结果呢,我落在了后面,他走到了前面,并且我们之间无法相互理解了。"

"为什么他走到了前面呢?况且,他和我们又有什么区别呢?"巴维尔·彼得罗维奇迫不及待地问道,"这都是那位先生,那位虚无主义者在他脑子里灌输的想法。我恨这个鬼医生;我看他不过是个冒牌货;我相信他和他那些青蛙在物理学上也不会有什么大的进展。"

"不,哥哥,你别这样说,巴扎罗夫聪明,而且博学。"

---

① 毕尤赫涅尔(1824—1899),德国生理学家和庸俗唯物主义者,所著《物质和力》一书,1860年在俄国翻译出版。

② 德语:物质和力。

"不过是令人讨厌的自负罢了。"巴维尔·彼得罗维奇再次打断了他的话。

"是的,"尼古拉·彼得罗维奇说道,"他很自负。可是,显然他不能不这样;我只有一点还不明白。似乎,我为了不落后时代做了一切:让农奴赎身成为农民,开办了农场,甚至我因此被称为省里的'赤色分子';读书,学习,竭力适应时代发展的要求,——可是,他们却说,我的好时候过去了。是的,哥哥,我自己也开始认为,我的好时候过去了。"

"这是为什么呢?"

"就是为这儿。今天我坐在那儿读普希金……我记得正读到《茨冈》……阿尔卡季忽然一言不发地走近我,脸上露出亲切、遗憾的神情,好像对待小孩子似的悄悄拿走了我手上的书,然后又把另一本德语书放在我面前……他微笑着走了,拿走了普希金的书。"

"原来是这么一回事!他给了你一本什么书呢?"

"瞧,就是这本。"

于是,尼古拉·彼得罗维奇从常礼服的后衣袋里掏出了毕尤赫涅尔那本赫赫有名的小册子,是第九版的。

巴维尔·彼得罗维奇把书翻过来调过去地看了看。

"哼!"他哼了一声,"阿尔卡季·尼古拉伊奇关心起你的教育了。怎么,你试着读了吗?"

"读了。"

"觉得怎么样呢?"

"要么是我太蠢,要么是它——胡说八道。可能是我太蠢了。"

"你还记得德语吗?"巴维尔·彼得罗维奇问道。

"我懂德语。"

巴维尔·彼得罗维奇重新翻了翻手里的书,皱着眉看了弟弟一眼,兄弟俩都一言不发。

"哎,顺便说说,"尼古拉·彼得罗维奇显然想换个话题。"我收到了科利亚津的信。"

"是玛特维·伊里奇吗?"

"是他。他来省里视察。他现在成了要人,写信给我说,作为亲戚,想见见我们。他邀请我和你带着阿尔卡季去省城。"

"你去吗?"巴维尔·彼得罗维奇问道。

"不,你呢?"

"我也不去。用不着跑五十里路去喝碗粥。玛特维[①]想向我们显示他的荣耀;见他的鬼去吧!让省城里的人去烧香,恭维他好了,缺了我们也一样。没有什么了不起的,不过是个三等文官而已!假如我继续服役,还干那个苦差事,我现在可能已经当上准将了。可是,我和你现在都是落伍的人了。"

"是的,哥哥;看来,咱们该准备棺材,把双手交叉放在胸前了。"尼古拉·彼得罗维奇叹了口气说道。

"得了吧,我不会这么快认输的,"他哥哥低声说道,"我们还要和这个医生搏斗一番的,我预感到了这一点。"

搏斗在当天晚上喝茶时就爆发了。巴维尔·彼得罗维奇激动地步入客厅。他已经下定决心,准备好了开战。他只是在寻找借口,以便向敌人出击;可是,他好久都没有找到机会。巴扎罗夫当着"老基尔萨诺夫们"(他这样称呼兄弟俩)的面很少讲话,而那天

[①] 此处原文为法语:Mathieu.

晚上，他心情不好，便默不作声地一杯接一杯地喝茶。巴维尔·彼得罗维奇已经急不可耐了；终于，他的愿望实现了。

谈起了邻村的一个地主。"败类，臭贵族。"巴扎罗夫冷漠地说道，他曾经在彼得堡见过他。

"请允许我问您一句，"巴维尔·彼得罗维奇双唇哆嗦着开口说道，"照您的理解，'败类'和'贵族'是不是一个意思？"

"我说的是：'臭贵族'。"巴扎罗夫一边懒懒地呷了一小口茶，一边说道。

"不错，是这样说的；但是，我认为您对贵族的看法正如同您对臭贵族的看法，是一样的。我认为有义务向您讲明，我不同意您的看法。我敢说大家都认为我是自由主义者，是一个热爱进步的人；但是，正因为如此我尊重贵族——真正的贵族。请记住，亲爱的先生（巴扎罗夫听到这句话时，抬眼看了一下巴维尔·彼得罗维奇），请记住，亲爱的先生，"他生硬地重复道，"我说的是英国贵族。他们对于自己的权力丝毫也不让步，因此他们也尊重别人的权力；他们要求别人履行对他们的义务，因此他们也履行自己的义务。贵族阶级使英国得到自由，是他们支撑着英国。"

"我们又听见有人老调重弹了，"巴扎罗夫反驳道，"可是，您想证明什么呢？"

"我想以'这么个'证明，亲爱的先生（当巴维尔·彼得罗维奇生气时，他就故意把'这个'说成'这么个'和'这样个'，尽管他非常清楚这不符合法语规则。这种古怪用法显示出亚历山大时代一种传统的残余。当时的达官显贵很少讲俄语，偶尔用到俄语时，有些人说'这么个'，有些人说'这样个'。他们说，我们是土生土长的俄罗斯人，可我们还是达官显贵，我们可以蔑视那些小学生规则嘛。）我想以'这么个'证明，缺乏自我荣誉感，缺乏自重，——这两种情感在贵族中是非常普遍的社会利益①，社会大厦便没有任何牢固的基础……。个性，亲爱的先生，才是最重要的；人的个性应该坚如磐石，因为一切都要建构在它的上面。我很清楚，譬如您认为我的习惯、我的服饰、直到我的整洁都很可笑，但是，这一切都源于自重感、责任感，是的，是的，责任感。我生活在农村，在穷乡僻壤，然而，我没有失去自我，我尊重自己的人格。"

"对不起，巴维尔·彼得罗维奇，"巴扎罗夫说道，"抄着两手，无所事事，您就是这样尊重自己的；这对社会利益②又有何益处呢？即使您不尊重自己，那么您也会那么干的。"

巴维尔·彼得罗维奇脸色煞白。

"这完全是另外一回事。我现在根本用不着向您解释我为什么像您所说的那样，抄着两手，无所事事。我只想说，贵族作风——这是原则，当今只有那些不讲道德和无聊的人才没有原则。在阿尔卡季回来的第二天，我同他讲过这些话，现在我再把它们重复给您。是不是这样，尼古拉·彼得罗维奇？"

尼古拉·彼得罗维奇点了点头。

"贵族作风、自由主义、进步、诸种原则，"这时，巴扎罗夫说道，"瞧瞧，多少外国词……和废话啊！俄国人不需要它们。"

"您认为，俄国人需要什么呢？照您的说法，我们是置身于人类之外，置身于人类的法律之外了。算了吧，历史的逻辑要求……"

"为什么我们需要逻辑呢？没有它我们照样能行。"

---

① 此处原文为法语：bien public.
② 此处原文为法语：bien public.

"怎么会是这样？"

"就是这样。我希望您需要逻辑不是为了肚子饿时往嘴里放一小块儿面包吧。我们何必去管这些抽象的议论呢！"

巴维尔·彼得罗维奇双手扬起挥了挥手。

"听了您这话我没法理解您的话了。您是在侮辱俄国人民。我不明白怎么可以不承认原则和规则啊！你们这样行动的原因何在呢？"

"我已经对您说过了，伯父，我们不承认权威。"阿尔卡季插嘴说道。

"做我们认为有益的事情，就是我们行动的原因。"巴扎罗夫说道，"目前，最有益的事情是否定——我们便否定。"

"否定一切吗？"

"一切。"

"怎么？不仅否定艺术、诗歌……甚至还……说得太可怕了……"

"一切。"巴扎罗夫异常平静地重复道。

巴维尔·彼得罗维奇两眼盯视着他。这一点他始料不及的，阿尔卡季则兴奋得满脸通红。

"可是，对不起，"尼古拉·彼得罗维奇开口说道，"你们否定一切，或者说得更准确些，你们破坏一切……然而终究是要建设啊。"

"这已经不是我们的事情……首先应该把地方清理干净。"

"当前人民的状况要求这样，"阿尔卡季庄严地补充道，"我们应该完成这些要求，我们无权陶醉于个人利己主义的享乐。"

巴扎罗夫显然不喜欢最后一句话；它让人感到种哲学味，也就是说浪漫主义的气味,因为巴扎罗夫将哲学也称为浪漫主义;但是,他不认为有必要驳斥他年轻的学生。

"不,不对!"巴维尔·彼得罗维奇突然冲动地喊了起来,"我不想相信你们,先生们,会熟知俄国人民,以至于你们可以成为他们的要求和追求的代言人!不,俄国人民并非你们想象的那样。他们虔诚地尊重传统,他们——是宗法制的,他们的生活中不能没有信仰……"

"我不打算反驳您,"巴扎罗夫打断了他的话,"我甚至准备同意您的看法,您是对的。"

"可是,既然我是对的……"

"这仍然什么也证明不了。"

"就是说什么也证明不了,"阿尔卡季充满信心地重复说道,就像一名经验丰富的象棋手预见到了对手显而易见的一步险棋,因此丝毫也不窘迫一样。

"怎么什么也证明不了?"大惊失色的巴维尔·彼得罗维奇低声含糊地说道,"大概,你们要反对自己的人民?"

"那又有什么关系吗?"巴扎罗夫大声说道,"人民认为打雷是因为先知伊利亚在空中驾车驰骋。怎么?我应该同意他们的说法吗?况且,他们是俄国人,我难道不是俄国人吗?"

"不,您讲完这些话后您不再是位俄国人!我不能承认您是一位俄国人。"

"我的祖父耕地,"巴扎罗夫自豪而又骄傲地答道,"问问你们这里任何一个农夫,他认为我们之中的哪一个——是您还是我——更配做他的同胞。您甚至不知道怎样和他们交谈。"

"您知道怎样和他们交谈,同时却又蔑视他们。"

"那有什么,如果他们应该让人蔑视!您指责我的观点,但是谁告诉您说,它只是我偶然的看法,它并非源自您如此捍卫的人民精神本身呢?"

"当然啦!太需要虚无主义者了!"

"需要还是不需要——不是由我们来决定的。即使是您也认为自己并非无用之辈吧。"

"先生们,先生们,请不要涉及个人!"尼古拉·彼得罗维奇大声说着站了起来。

巴维尔·彼得罗维奇微微一笑,把手按在弟弟的肩膀上,使他重新坐下了。

"别担心,"他低声说道,"虽然这位先生……医生先生恶狠狠地嘲笑人格尊严的感情,然而正是由于这种感情我不会忘乎所以的。对不起,"他继续说着,重又转向巴扎罗夫,"或许,您以为您的学说是新东西?您白费心思了。你们鼓吹的唯物主义已经多次盛行,并且永远不堪一击……"

"又是一个外国词!"巴扎罗夫打断了他的话。他气愤起来,脸成了粗糙的古铜色。"第一,我们什么也不鼓吹;这不符合我们的习惯……"

"你们做些什么呢?"

"这就是我们做的事。首先,不久前我们指出官吏们大肆受贿,我们这里缺乏道路,缺乏贸易,缺乏公正的法庭……"

"噢,是的,是的,你们是揭露者,似乎是这样的称呼。你们的许多揭露我也赞同,然而……"

"后来我们才悟出空谈,只是不费吹灰之力地一味空谈国家弊端,这只能导致低级趣味和学理主义;我们看到即使是那些有头脑的人,所谓的先进人士和揭露者也同样毫无用处,我们是在胡言乱语,坐而论道,什么艺术、无意识创作、代议制、职业律师,以及天晓得的什么东西,然而此时问题却取决于必不可少的面包,此时极端愚昧的迷信却使我们感到窒息,此时国家的有限公司却无一例外地由于缺乏诚实的人而纷纷倒闭,此时政府张罗的那种自由却未必对我们有什么益处,因为我们的农夫仅仅为了在酒馆里喝得烂醉如泥便情愿出卖自己。"

"是这样,"巴维尔·彼得罗维奇打断了他的话,"是这样,你们相信这一切,便就决心绝对不去认真地做任何事了。"

"决心绝对不去认真地做任何事了。"巴扎罗夫阴沉地重复道。

他突然间对自己非常恼丧,他何必在这位老父面前侃侃而谈呢。

"仅仅是辱骂吗?"

"辱骂。"

"这就叫虚无主义吗?"

"这就叫虚无主义。"巴扎罗夫重复道,这次他说得特别粗鲁。

巴维尔·彼得罗维奇微微眯缝起眼睛。

"原来如此!"他异常平静地说道,"虚无主义应该帮助解脱一切痛苦,而您,您就是我们的救世主和英雄。可是,为什么您要辱骂别人,即使是那些揭露者呢?难道您不是和大家一样在空谈吗?"

"与其他过失相比,这点过失也并不为过。"巴扎罗夫咬牙切齿地说道。

"那是为什么呢？难道你们在行动吗？是在打算行动吗？"

巴扎罗夫什么也没有回答。巴维尔·彼得罗维奇气愤得哆嗦起来，可是他立刻控制住了自己。

"哼！……行动，破坏……"他继续说道，"但是，甚至都不知道是为了什么，又怎样来破坏呢？"

"我们破坏，因为我们有力量。"阿尔卡季说道。

巴维尔·彼得罗维奇看了看他的侄子，冷冷一笑。

"是的，力量——从来就是不分青红皂白的。"阿尔卡季挺直了身子说道。

"可怜的人啊！"巴维尔·彼得罗维奇喊了起来：他再也克制不住自己了，"你想没想过，你的这种下流说教是在支持俄罗斯的什么东西！不，这连天使也会忍受不了的！力量！野蛮的加尔梅克人和蒙古人都有力量——可是，我们为什么需要它呢？我们珍视文明，是的，是的，亲爱的先生；我们珍视文明果实。不要对我说，这些果实不值一提，最蹩脚的画家——un barbouilleur①，一晚上只挣五戈比的钢琴家，他们也要比你们有益得多，因为他们代表着文明，而不是野蛮的蒙古力量！你们自以为自己是先进人士，可你们只配坐在加尔梅克人的帐篷里！力量！别忘了，有力量的先生们，你们终究只有四个半人，而对方——却是亿万之众，他们不允许你们用双脚践踏他们神圣的信仰，他们一定会把你们打得粉身碎骨！"

"果真被打得粉身碎骨，那是该当如此，"巴扎罗夫说道，"只是结果如何，还难说着呢。我们并不像您认为的那么少。"

"怎么？你们当真要制服，制服全体人民吗？"

---

① 法语：画家。——译者注。

"您知道，微不足道的一只蜡烛曾点燃了莫斯科的一场大火。"巴扎罗夫答道。

"这样，是这样。先是像撒旦一样傲慢，然后是挖苦。瞧，这就是让年轻人着迷的东西，这就是让那些乳臭未干的毛孩子俯首帖耳的东西！瞧瞧，他们中的一个正和您并排而坐，他可是差一点就要对您顶礼膜拜了，欣赏欣赏吧。（阿尔卡季皱着眉扭过头去。）而且，这种传染病已经广泛传播。有人对我说，在罗马，我国艺术家从来不去梵蒂冈。他们认为拉斐尔差不多是个傻瓜，他们说，因为他是权威；而他们自己却一无所能，一事无成简直到了下流的地步，自己的想象力超不出那幅《喷泉旁的姑娘》，你又能怎么样呢！并且那个姑娘画得糟透了。您认为他们都是好样的，不是吗？"

"我认为，"巴扎罗夫反驳道，"拉斐尔毫无价值，他们也并不比他好。"

"妙！太妙了！听着，阿尔卡季……现在的年轻人就该这样讲话！再想一想，他们怎么会不追随你们啊！以前，年轻人必须学习；他们不想成为不学无术之辈，因此，他们便不得不付出劳动。可是现在，他们只要说：世上一切都是胡说八道！——便万事大吉了。年轻人高兴了。确实，从前他们只不过娇生惯养，现在，他们却突然都成了虚无主义者。"

"瞧，让人夸耀的自我荣誉感背叛了您，"正当阿尔卡季满脸通红，两眼射出炯炯光芒的时候，巴扎罗夫却冷淡地说，"我们的争论离题太远了……我想，最好停止吧。我会同意您的看法的，"他站起来，又说了一句，"如果您能在我们现在的生活中，家庭生活或者社会生活中，给我举出哪怕一种，还没有遭到彻底的、毫不留情的否定的习俗规范的话。"

"我能给您举出成千上万个这样的规范,"巴维尔·彼得罗维奇喊道,"成千上万个!就拿村社来说吧。"

一丝冷笑掠过巴扎罗夫的唇边。

"好吧,关于村社,"他说,"您最好去和您弟弟谈谈。现在,他大概切身体会到村社、连环保、戒酒运动,以及诸如此类的货色是些什么东西了。"

"家庭,终究是家庭,因为它属于我国的农民们!"巴维尔·彼德罗维奇叫了起来。

"这个问题,我认为,对您本人来说,最好不要去追究细节。也许,您没听说过有和儿媳妇通奸的老公公吧?听我说,巴维尔·彼得罗维奇,您随便拿出两三天时间,您未必就能立刻弄清楚些什么。您应当把我们的各个阶层都好好分析分析,仔细琢磨一下每个人,现在,我和阿尔卡季要……"

"要去嘲弄一切。"巴维尔·彼得罗维奇接口说道。

"不,去解剖青蛙,走吧,阿尔卡季;再见,先生们!"

两个朋友走了。兄弟俩面对面地站着,起先只是你看看我,我看看你。

"瞧,"巴维尔·彼得罗维奇终于开口说道,"现在的年轻人就是这个样子!这就是他们——我们的继承人啊!"

"继承人,"尼古拉·彼得罗维奇忧郁地叹息着重复道。整个争论中他似乎都坐在角落里,只是悄悄地、痛苦地看着阿尔卡季。"你知道我想起什么来了,哥哥?有一次,我和去世的妈妈吵了起来。她大声喊叫,不想听我说……最后,我对她说,我说:您不会理解我的;我们,属于两代人。她特别委屈,而我却想:有什么办法呢？药丸虽苦她也得吃下去。现在轮到我们了，我们的继承人可以对我们说：您，跟我们不是一代人，吞下这丸药吧。"

"你太善良，太谦虚了，"巴维尔·彼得罗维奇反驳道，"正相反，我相信我和你要比这些小先生们正确得多，虽然我们表述的话语可能有些陈旧，老了[①]，也没有那种肆无忌惮的自信……当今的年轻人何等妄自尊大！你问他：您想要什么酒，红葡萄酒还是白葡萄酒？'我习惯喝红葡萄酒！'"他声音低沉，一脸严肃地答道，"似乎这会儿全世界都在看着他……"

"你们还要些茶吗？"费涅契卡探头问道；当客厅里还在争辩时，她没敢进来。

"不，你叫人把茶饮拿走吧。"尼古拉·彼得罗维奇一边回答，一边起身迎上前去。巴维尔·彼得罗维奇结结巴巴地对他说了一声：晚安[②]，便去他的办公室了。

---

① 此处原文为法语：vieilli.——译者注
② 此处原文为法语：bonsoir.

十

半小时后，尼古拉·彼得罗维奇去了花园里他喜爱的凉亭。一阵忧郁的思绪向他袭来。他第一次清楚地意识到了自己和儿子间的分歧；他预感到它们将会一天天地越来越大。可见，过去冬天在彼得堡时，他整日阅读那些最新文章；倾听年轻人的谈话；都是徒劳无益了。在他们热烈的谈话中偶尔为自己成功的插话而喜悦也是空喜一场。"哥哥说：'我们是正确的。'"他想，"可是，抛开自己的自尊心，我个人认为，他们距离真理比我们要远得多，然而同时，我也感到他们有些我们缺少的东西，有些高于我们的优势……是年轻吗？不，不仅仅是年轻。这一优势是否在于他们的贵族习气要比我们少得多？"

尼古拉·彼得罗维奇低下头用手擦了下脸。

"但是，应该否定诗歌吗？"他又想道，"不应该有对艺术，对大自然的审美感吗？……"

于是，他举目环视周围，仿佛想弄明白，对大自然怎么可能没有审美感。已经是傍晚了；夕阳隐没在离花园半俄里远的一小片白杨树林的背后，在静静的田野上抛洒下一片一望无垠的树影。一个骑着匹小白马的农家少年正沿着林边黑乎乎的、窄窄的小道不慌不忙地走着；虽然他在黑影里，却全身，甚至肩头上的补丁都清晰可见；隐约地传来嗒嗒嗒悦耳的马蹄声。太阳的金辉从一侧爬上树梢，透过浓密的枝叶，在白杨树干上披洒下一片温暖的霞光，使得它们近于松树的树干了，片片树叶则几乎变成了蓝色，映衬着微微染上晚霞红晕的淡蓝色的天空。燕子高高地飞翔着；风儿停止了喧嚣；晚归的蜜蜂懒散地、无精打采地在丁香花丛中嗡嗡嗡地叫着：一群蚊子一动不动地叮落在一个远远伸出来的树枝上。"多么美啊，我的上帝！"尼古拉·彼得罗维奇想着，他喜爱的诗句又涌到了嘴边；他想起了阿尔卡季，Stoff and Kraft——便沉默了，然而他仍旧坐着，沉浸在又痛苦又快乐的、孤独的思绪中。他喜欢幻想；乡村生活助长了他这一喜好。他是否早在客店里等待儿子的时候，就这样幻想呢，可是从那时起已经发生的变化，已经确定了当时尚未清楚的关系……然而结果却是如此！他又想起了过世的妻子，然而并非是多年来他深知的妻子，那个慈祥的家庭主妇，而是年轻、苗条的姑娘，目光里充满了天真、好奇，细细的脖子上梳着编得紧紧的发辫。他想起他第一次见到她的情景。当时，他还是个大学生。他在他住宅的楼梯上遇到她，不小心撞了她一下，他转身想向她道歉，可是只说了一句："对不起，先生①。"她却低下头，笑了一下，突然间好像害怕似的跑开了，在楼梯的拐角又红着脸严肃、

---

① 此处原文为法语：Pardon, monsieur. 这里是把"小姐"错讲成"先生"。

飞快地看了他一眼。后来便是第一次胆怯的拜访，吞吞吐吐，扭扭捏捏的微笑，疑惑、忧郁、振奋，最后终于让人心花怒放……这一切都到哪里去了呢？她成了他的妻子，他曾经那么幸福，那是世上的人少有的幸福……"然而，"他想，"那些甜蜜的、最初的时光为什么不能长留人间，不能永世长存呢？"

他没有尽力厘清自己的思绪，但是，他感到他想用某种比记忆更有力的东西，来留住那段美好的日子；他想重新触摸、亲近他的玛莉雅，感觉她的温暖和呼吸，而他已经觉得似乎在他的头上……

"尼古拉·彼得罗维奇，"从离他不远的地方传来了费涅契卡的声音，"您在哪儿呢？"

他哆嗦了一下。他既不痛苦，也不惭愧……他甚至认为还可能把他的妻子和费涅契卡进行比较，可是，他感到遗憾，她竟想着来找他。她的声音一下子让他记起了他的白发，他的衰老，他的现在……

他已经陷入的那个产生于雾霭迷蒙的往事浪涛中的神话世界，颤动了一下，消失了。

"我在这儿，"他答道，"我就来，你回去吧。""这就是贵族习气的印痕"，这个念头在他的脑海中闪了一下。费涅契卡默默地朝凉亭里看了他一眼就不见了，他却惊讶地发现，在他浮想联翩的时候，黑夜已经降临了。漆黑的四周寂然无声，费涅契卡的面孔在他的眼前一闪而过，那么苍白、瘦小。他起身想回家；可是他那颗软弱的心却无法平静下来，于是，他慢慢地在花园里走着，有时沉思地看看脚下，有时抬眼仰望天空，满天的繁星正一闪一闪地眨着眼。他走了很长时间，几乎已经累了，可是他那充满忧虑，充满某种追求、若隐若现、痛苦的、忧虑的心灵仍然平静不下来。唉，假如巴扎罗夫知道了他这会儿的思绪,更该嘲笑他了!阿尔卡季也会责备他的。他,这个44岁的男人,这个农艺师,这个一家之长,竟然眼含泪水,无缘无故的泪水;这要比拉大提琴坏上一百倍的。

尼古拉·彼得罗维奇继续走着,下不了决心回家,回到那个温暖舒适的安乐窝里去。虽然那些亮着灯光的窗户看起来那么亲切;他却没有力量离开黑夜,离开花园,离开拂面而来的新鲜空气,离开这些悲愁和忧虑……

在小路的拐弯处,他迎面遇上了巴维尔·彼得罗维奇。

"你怎么了?"他问尼古拉·彼得罗维奇,"你面色苍白,像个幽灵;你病了吗;为什么你不去睡觉呢?"

尼古拉·彼得罗维奇三言两语地向他讲了讲自己的心情后便走开了。巴维尔·彼得罗维奇走到花园的尽头,同样陷入了沉思,他也抬眼看了看天。但是,在他漂亮的黑眼睛里除了灿烂的星光,竟然空无一物。他生来就不是浪漫主义者,他那颗高雅、奇异、法国式的、厌世的心灵也不善于幻想……

"你知道吗?"当天夜里巴扎罗夫对阿尔卡季说道,"我有一个很好的想法。你父亲说他收到了你的显贵亲戚的邀请。你父亲不去;我和你去那儿吧;这位先生也邀请你了。你看,天气变得多么好啊;我们走吧;去省城看看。待上五六天,就行啦!"

"那你从那里还回来吗?"

"不,该去父亲那儿了。你知道他离那个地方只有三十俄里。我很久没有见到他和妈妈了;应该让老人们高兴高兴。他们都是好人,尤其是父亲,特别有意思。我是他们的独子。"

"你要在他们那里待很长时间吗?"

"不。我想会寂寞的。"

"回来时还顺路到我们这儿吗？"

"不知道……看看吧。好吧，怎么样？我们去吗？"

"就照你说的做吧。"阿尔卡季懒懒地说道。

他的心里对朋友的建议特别高兴，可是他想他有责任隐藏个人感情。他可真不愧是个虚无主义者！

第二天，他和巴扎罗夫去了省里。玛里伊诺的年轻人很可惜他们的离开；杜尼亚莎甚至哭了……可是老头子们却轻轻地松了口气。

十一

两个朋友去的省城是在省长管辖之下的。省长是一位年轻人,既是一位进步党人,又是一个专制官僚,这在当时的俄罗斯是司空见惯的事情。他在任职的第一年便不仅和省城的首席贵族,一个好客的退伍近卫军骑兵上尉、养马场主,发生了争吵,而且和他的下属也争吵不休。由此而发生的纠纷终于严重到彼得堡政府必须派要员到当地弄清一切的地步。上司选中了玛特维·伊里奇·科利亚律。他是那个曾经照顾过基尔萨诺夫兄弟的科利亚津的儿子。他也是位"年轻人",不久前刚满40岁,可是,他已经有望成为政府要人,胸前左右各挂着一枚星章。当然,其中有一个是不太好的外国星章。和他将要查询的省长一样,他也是一位进步党人,而且是一名有别于大部分要人的要人。他对自己有极高的评价;虚荣心强到了极点,但是,他举止随和,目光赞许、宽厚地倾听别人讲话,而且笑得如此慈祥,最初,甚至得到了"大好人"的美誉。重要的场合他很善于行事,虽然,像俗话说的那样,哗众取宠。"精力必不可少,"他当时说道,"精力——政府人员最首要的品质①。"尽管如此,他平时却总是充当傻瓜,有经验的官吏都能驾驭他。玛特维·伊里奇特别敬佩基佐②,竭力暗示大家他不是个墨守成规者和落后的官僚,他时刻关注着社会生活中的重要现象……类似的话他是很熟悉的。他甚至漫不经心、近乎威严地关注着当代文学的发展;就像成年人在街上遇到孩子们的队伍后,有时也会加入进去。其实,玛特维·伊里奇同亚历山大时代的官吏们没有太大的区别,他们既倾心于去赴当时住在彼得堡的斯维契娜夫人③的晚会,又每天早晨读孔狄亚克④的文章;只有一点不同,就是他的接待方式要现代得多。他是个机灵的宫廷近臣,一个十分狡猾的人,此外,什么也不是;不明事理,没有智慧,只善于为自己谋利,这一点没人能制服他,然而,这却是最主要的。

玛特维·伊里奇,像常言所说,以高级官员特有的温和和戏谑的态度接待了阿尔卡季。不过,当他听说他邀请的亲戚定居在乡村时,他吃惊极了。"你爸爸一直是个怪人。"他一边把玩着漂亮的天鹅绒便服,一边说道。突然,他转向那个整整齐齐地扣上制服扣子的年轻下属,吃惊地喊道:"怎么了?"这个始终一言不发,嘴巴像被粘上了的年轻人,抬起头来迷惑不解地看了一眼他的长官。可是,让下属莫名其妙以后,玛特维·伊里奇便再也不理他了。我

---

① 此处原文为法语:i'énergie est la première qualité d'un homme d'état.
② 基佐(1787—1874),法国历史学家、政治家。
③ 斯维契娜夫人(1782—1859),女神秘小说家,大部分时间住在巴黎。
④ 孔狄亚克(1715—1780),法国启蒙运动者、感觉论哲学家。

们的官僚们大都喜欢为难下属；他们为此目的所采取的方法实在是多种多样。顺便说说，下面这个方法是最常用的，如英国人所说："最喜爱的[①]。"大臣突然听不明白最普通的话，装聋卖傻起来。譬如他问道："今天星期几？"

下人最恭顺地向他报告："今天是星期五，大……大人。"

"啊？什么？你说什么？你在说什么？"大臣紧张地又问道。

"今天是星期五，大……大……大人。"

"怎么？什么？什么是星期五？什么样的星期五？"

"星期五，大……大……大……大人，一个星期中的一天。"

"哼！怎么，你想教导我吗？"

玛特维·伊里奇仍然是一个官僚，尽管他自认为是个自由主义者。

"朋友，我劝你去拜访一下省长，"他对阿尔卡季说道，"你要明白，我这样劝你并非因为我遵循陈旧的观念，认为必须向当局卑躬屈膝，只是因为省长人不错；况且，你或许想结识当地的社交界……我想，你不是只熊吧？后天，他要举行盛大舞会。"

"您要出席这次舞会吗？"阿尔卡季问道。

"他为我安排了这场舞会，"玛特维·伊里奇几乎有些遗憾地说道，"你跳舞吗？"

"跳，只是跳得不太好。"

"这可不应该啊。这里有许多漂亮的女子，况且年轻人不会跳舞那多不好意思啊。我不是有老观念才会讲这些话；我从来不认为

[①] 此处原文为英语：is quite a favourite.

智慧应该长在脚上，但是，拜伦主义太可笑了。它过时了[1]。"

"舅舅，我根本不是因为拜伦主义才不……"

"我要介绍你认识当地的太太们，我会把你置于我的翅膀之下的，"玛特维·伊里奇打断了他的话，得意地笑了，"你会感到很温暖，是吗？"

听差进来禀报说，省税务局长来了。这是位眼光温和，嘴角满是皱纹的老头，他对大自然充满了强烈的爱恋之情，特别是在夏天，用他的话说："那时候，每只小蜜蜂从每朵花上领取俸禄……。"阿尔卡季走了。

阿尔卡季在他们下榻的小酒店遇到了巴扎罗夫，阿尔卡季劝说了他很长时间，要他去拜访省长。"真是没办法！"巴扎罗夫终于说道，"一不做，二不休！既然已经来看这些地主，那就去见识见识他们吧！"省长礼貌地接待了两位年轻人，但是，他没有请他们坐下，他自己也站着。他总是忙忙碌碌，急急忙忙；早晨穿好紧身制服，系紧领带，没等吃饱喝足，便已开始发号施令了。省城的人称他为"布尔达鲁"，并非暗示他是那位著名的法国传教士[2]，而是指某种下等饮料。他邀请阿尔卡季和巴扎罗夫参加舞会，两分钟后又重复了一遍他的邀请，并且，已经认为他们是兄弟俩，开始称呼他们凯伊萨罗夫兄弟。

他们离开省长那儿朝家里走去，忽然，身旁疾驰的轻便马车上跳下来一个人，个子不高，穿着斯拉夫派爱穿的轻骑兵短外衣，大声喊道："叶夫盖尼·瓦西里伊奇！"说道，向巴扎罗夫跑去。

---

① 此处原文为法语：il a fait son temps.
② 布尔达鲁（1632—1704），法国传教士，其教文十九世纪初被译成俄文。

"啊！是您啊，希特尼科夫先生，"巴扎罗夫一边说着，一边沿着人行道继续向前走，"什么风把您给吹来了？"

"想起来是太偶然了，"他回答说，转身向着马车挥了五六下手，喊道："跟着我们走，跟上！"然后，他一边迈过一条小沟，一边接着说道，"我父亲在此做事，因此他就把我叫来了……今天，我听说你们来了，已经去过你们那里……（几个朋友回到他们的房间后，果真找到了张折着角的印有希特尼科夫名字的名片，一面是法文，一面是斯拉夫文。）我希望您不是从省长那儿来的！"

"别抱这种希望了，我们刚从他那里回来。"

"噢！那么，我也得去一趟他那儿……叶夫盖尼·瓦西里伊奇，请介绍我认识您的……他……"

"希特尼科夫·基尔萨诺夫。"巴扎罗夫含含糊糊地、急促地说道。

"不胜荣幸，"希特尼科夫一边赶快摘下他那确实非常漂亮的手套，一边侧身先微笑着开口说道，"久闻大名……叶夫盖尼·瓦西里伊奇是我的老朋友，我可以说——是他的学生。我的再生应归功于他……"

阿尔卡季看了看巴扎罗夫的学生。他刮得光光的、好看的、不大的脸盘儿上带着忐忑不安，又有些呆板的神情；一对似乎凹进去的、不大的眼睛既专注，又不安分；他不安地笑着，那是一种短促、木然的笑。

"信不信，"他接着说道，"当叶夫盖尼·瓦西里伊奇第一次在我面前说不应该承认权威时，我感到一阵狂喜……像是一下子恍然大悟了！我想，'瞧，我终于找到了真正的人！'顺便说一句，叶夫盖尼·瓦西里伊奇，您一定要去拜访当地的一位太太，她完全能够理解您,您的造访将会成为她的真正的节日;我想,您听说过她吧?"

"她是谁啊?"巴扎罗夫不情愿地问道。

"库克什娜,Eudoxie,叶夫多克西雅·库克什娜。她有着与众不同的个性,是一位真正的摆脱偏见的人①,一位思想先进的女子。你知道吗?现在我们大家一块儿到她那里去。她住得离这里不远,几步就到了。我们到那去吃早饭。你们还没有吃早饭吧?"

"还没有。"

"那太好了。知道吗,她和丈夫分手了,不受任何人的管束。"

"她漂亮吗?"巴扎罗夫打断了他的话。

"不……不能说漂亮。"

"那么,您干吗让我们去她那儿呢?真见鬼!"

"嘿,开开玩笑吧,……她会请我们喝一瓶香槟酒的。"

"原来是这样啊!这就看出是个讲实用的人了。顺便问一句,您父亲还在包收捐税吗?"

"包收捐税,"希特尼科夫急忙说道,一边尖声笑着,"怎么?同意了吗?"

"不知道,真的不知道。"

"你想观察人,那就去吧。"阿尔卡季低声说道。

"您怎么样,基尔萨诺夫先生?"希特尼科夫接口说道,"请您一起去吧,缺了您是不行的。"

"我们怎么能一下子都去了呢?"

---

① 此处原文为法语:émancipée。

"没有关系!库克什娜——是位奇人。"

"会有一瓶香槟?"巴扎罗夫问道。

"三瓶!"希特尼科夫喊道,"我保证!"

"用什么保证?"

"用我的脑袋。"

"最好用老爸的钱袋吧。那么,我们走吧。"

十二

　　阿福多季雅·尼基季什娜（或者叶夫多克西雅）·库克什娜的住宅是座不大的莫斯科式贵族宅院，坐落在省城的一条着过火的街上；众所周知，我们的省城每隔五年就要着一次火。门旁斜钉着的铭牌上方有一个门铃把手，在前厅里迎接来访者的女子可能是位女佣，也可能是女主人的女伴，她戴着顶包发帽——这是女主人追求进步的明显特征。希特尼科夫问她，阿福多季雅·尼基季什娜在家吗？

　　"是您吗，Victor[①]？"从隔壁房间里传来尖细的说话声，"请进来吧。"

　　戴包发帽的女子立刻不见了。

　　"我不是一个人，"希特尼科夫低声说着，一边使劲地脱下他

---

① 英语：维克多，希特尼科夫的名字。——译者注。

的轻骑兵短外衣,里面是一件像是腰部带褶的外衣,或者是一件下摆肥大的大衣;一边瞥了一眼阿尔卡季和巴扎罗夫。

"都一样,"有人答道,"请进来吧①。"

年轻人进了屋。他们进去的房间不像一个客厅,更像一个办公室。纸张、信件、一本本厚厚的俄国杂志,大部分没有裁开,胡乱地堆放在落满灰尘的桌子上;到处扔着白色的香烟头。皮沙发上半躺着一位太太,还算年轻,披散着一头乱蓬蓬的淡黄发,穿着不太整洁的真丝连衣裙,短手臂上有一对大镯子,头上包着块带花边的方巾。她从沙发上起来,随便地往肩上披了件皮毛发黄的天鹅绒小银鼠皮衣,懒懒地说:"您好,Victor。"握了下希特尼科夫的手。

"巴扎罗夫,基尔萨诺夫。"他学着巴扎罗夫的样子,简短地说道。

"欢迎,"库克什娜回答道,一对圆圆的眼睛盯视着巴扎罗夫,一只向上翘起的小鼻子在两眼之间孤零零地点缀出一点红色,然后又补充道:"我知道您。"也跟他握了下手。

巴扎罗夫皱起眉头。这个解放派的女人小小的、不好看的体形并没有什么不得体之处,可是,她脸上的表情让人很不舒服,使人不由自主地想要问她:"你怎么了,饥饿或者孤独?或者害怕?你想要什么呢?"她像希特尼科夫一样,内心总是忐忑不安。她讲话、行动都很随便,同时也很不自然;显然,她自认为善良、纯朴,并且,她无论做什么,你一般都会感到,这正是她不愿意做的;她的所作所为似乎是个孩子——很做作,也就是说,既不纯

---

① 此处原文为法语:Entrez.

朴,也不自然。

"是的,是的,我知道您,巴扎罗夫,"她重复道,(她有个外省和莫斯科许多太太们都有的习惯,同男人相识的第一天便直呼其名。)"来一支雪茄烟吗?"

"雪茄就是雪茄嘛,"已经舒服地躺在圈椅里,翘起两脚的希特尼科夫接口说道,"还是给我们早饭吃吧,我们饿坏了;再请吩咐来瓶香槟。"

"享乐鬼,"叶夫多克西雅说道,笑了。(她笑的时候,上牙床便露了出来。)"是吧,巴扎罗夫,他是个享乐鬼吧?"

"我喜欢舒适的生活,"希特尼科夫郑重地说道,"这并不妨碍我是个自由主义者。"

"不,这妨碍,妨碍!"叶夫多克西雅喊了起来,但是,她仍然吩咐女仆去准备早饭和香槟。"您对此有何想法?"她又向巴扎罗夫问道,"我相信,您同意我的观点。"

"噢,不,"巴扎罗夫反驳道,"甚至从化学的观点看,一块儿肉总比一块儿面包好。"

"那您是研究化学的啦?这是我的爱好。我甚至自己琢磨出来一种胶粘剂。"

"胶粘剂?您吗?"

"是的,我。知道是要干什么吗?做布娃娃,做布娃娃的小脑袋,好不让它坏了。我也是能动手的人呢。不过,还没做好。还得再读读李比希的文章。顺便问一句,您读过《莫斯科新闻》[①]上基斯利亚科夫关于妇女劳动的文章吗?请读一读。因为您不是也对妇女

---

① 《莫斯科新闻》(1756—1917),俄国官办报纸。

问题感兴趣吗？对学校不也有兴趣吗？您的朋友是研究什么的？他叫什么名字？"

库克什娜太太骄纵而又漫不经心地一个接一个地提出问题，并不期待着回答；娇惯了的孩子就是这样跟他们的奶妈说话的。

"我叫阿尔卡季·尼古拉伊奇·基尔萨诺夫，"阿尔卡季说道，"我什么也不研究。"

叶夫多克西雅哈哈大笑起来。

"瞧，多么可爱！怎么，您不吸烟吗？维克多，您知道，我生您的气了。"

"为什么？"

"听人说，您又夸赞起乔治·桑①了。一个落后的女人，如此而已！怎么能把她和爱默生②相比呢！无论是关于教育、关于生理学，关于任何东西，她都没有什么思想。我相信她没有听说过胚胎学，可是，在我们这个时代，怎么能没有它呢？（叶夫多克西雅甚至摊开了两手。）嘿，就此，叶利谢维奇③写了篇让人多么惊奇的文章啊！他是一位多么有才华的先生啊！（叶夫多克西雅常常用"先生"一词代替"人"。）巴扎罗夫，坐到我这儿的沙发上来。您可能不知道，我很怕您。"

"这是为什么呢？请原谅我的好奇。"

"您是位可怕的先生；您是那样一位批评家。噢，我的天啊！

---

① 乔治·桑（1804—1876），法国女作家。——译者注。
② 爱默生（1803—1882），美国作家、唯心主义哲学家。
③ 叶利谢维奇，作者在此暗指《现代人》杂志的撰搞人叶利谢耶夫（1821—1891）和安东诺维奇（1835—1918）。

我多么可笑,像是一个乡野女地主。可我也真是一个女地主。我自己管理田产,您瞧,我的管家叶罗菲是个怪人,就像是库珀笔下的又一个纳蒂·班波[①];他身上有种很率直的东西!我最终在这里住下来了;令人讨厌的城市,不是吗?可是,有什么办法啊!"

"城市就是城市。"巴扎罗夫冷淡地说道。

"每个人的兴趣都是如此浅薄,多么可怕!从前,每逢冬天我便去莫斯科……可是现在我的好丈夫库克什先生住在那里。并且,现在的莫斯科……我还不知道,大概也不是早先的样子了。我打算出国;去年已经完全准备好了。"

"当然是去巴黎了?"巴扎罗夫问道。

"去巴黎或者海德尔堡。"

"为什么去海德尔堡?"

"还用问吗,彭德[②]在那儿啊!"

对此,巴扎罗夫无言以答。

"彼尔[③]·萨波日尼科夫……您认识吗?"

"不,不认识。"

"对不起,彼尔·萨波日尼科夫……他常到莉季娅·霍斯塔托娃那儿去。"

"我也不认识她。"

"瞧,他要陪我一起走。谢天谢地,我是自由的,我没有孩

---

① 纳蒂·班波,美国小说家库珀(1789—1851)创作的五部曲小说《拓荒者》中的主人公。
② 彭德(1811—1899),德国化学家,1852—1889年任海德尔堡大学教授。
③ 此处原文为法语:Pierre.——译者注

子……我这是在说什么:谢天谢地!不过,反正都一样。"

叶夫多克西雅用被香烟熏成褐色的手指卷了支烟,然后伸出舌头舔了舔,又吸了吸,便抽了起来。女仆端着托盘走了进来。

"瞧,早饭来了!这就吃吗?维克多,把瓶塞打开;这事您在行。"

"我在行,我在行。"希特尼科夫嘟嘟囔囔地说道,又尖声地笑了起来。

"这里有漂亮女人吗?"巴扎罗夫喝光了第三杯酒时问道。

"有,"叶夫多克西雅答道,"不过,她们都是些胸无点墨之辈。譬如,我的女友①奥金佐娃就并不愚蠢。遗憾的是有些关于她的传言……其实,这无所谓的,但是,她没有任何独立见解,没有任何深度,没有……什么都没有。必须改革整个教育体系。对此,我已经考虑过了;我国妇女接受的是很愚蠢的教育。"

"您对她们毫无办法,"希特尼科夫赞同地说道,"应该蔑视她们,我就蔑视她们,完全、彻底地蔑视!(对于希特尼科夫来说,有机会做出蔑视并表达他的蔑视使他有种快感;他特别能攻击女性,根本想不到几个月后他会在妻子面前奴颜婢膝,只因为她是杜尔多列奥索夫公爵家的小姐。)她们中的任何一个人都不可能理解我们的谈话;她们中没有一个人值得我们这些严肃的男人们来谈论!"

"她们完全没有必要明白我们的谈话嘛。"巴扎罗夫低声说道。

"您在说谁?"叶夫多克西雅插嘴问道。

---

① 此处原文为法语: mon amie.

"说漂亮的女人们。"

"怎么?您赞同普鲁东①的意见?"

巴扎罗夫傲慢地挺直了身子。

"我不赞同任何人的意见;我有自己的意见。"

"打倒权威!"希特尼科夫喊道,他很高兴有机会在他谄媚逢迎的人们面前说些尖锐的话。

"可是麦考莱②本人……"叶夫多克西雅开口说道。

"打倒麦考莱!"希特尼科夫像打雷一样吼道,"您要为这些娘儿们辩护吗?"

"不是为娘儿们,而是为了妇女们的权利,我发誓将为保护她们流尽最后一滴血。"

"打倒!"但是,希特尼科夫一下子住了口。"我不否定它。"他低声说道。

"不,我看您是个斯拉夫派分子!"

"不,我不是斯拉夫派分子,虽然,当然……"

"不,不,不!您就是个斯拉夫派分子。您是《治家格言》的信徒。您手上有根鞭子就好了!"

"鞭子是好事,"巴扎罗夫说道,"瞧,只是我们已经倒了最后一滴……"

"什么?"叶夫多克西雅打断了他的话。

---

① 普鲁东(1809—1865),法国政论家、经济学家、社会学家,无政府主义的奠基人之一。

② 麦考莱(1800—1859),英国自由主义历史学家,主要著有《英国史》(1848—1855)。

"最后一滴香槟,最尊敬的阿福多季雅·尼基季什娜,香槟,不是您的鲜血。"

"一听见有人攻击妇女,我就无法平静,"叶夫多克西雅继续说道,"这太可怕,太可怕了。要想攻击她们,最好先读一下密什勒的书《爱情论》①。简直是奇迹!先生们,让我们谈谈爱情吧。"叶夫多克西雅接着说道,一边懒洋洋地把手放到沙发上压得皱皱巴巴的靠垫上。

突然间大家都不作声了。

"不,为什么要谈论爱情,"巴扎罗夫说道,"您刚刚提到了奥金佐娃……我以为,您刚才好像是说的这位女性,是吗?这位太太是谁?"

"太迷人了!迷人极了!"希特尼科夫尖声说道,"我来给您介绍。一个又聪明、又有钱的寡妇。可惜,她还不够进步;她实在应该和我们的叶夫多克西雅再亲近些。为您的健康干杯,Eudoxie②!干杯!Et toc, et toc, et tin—tin—tin! Et toc, et toc, et tin—tin—tin)③!"

"Victor④,您真够调皮的。"

早饭吃了很长时间。香槟一瓶接着一瓶,喝了第三瓶,甚至第四瓶……叶夫多克西雅不住地絮叨着;希特尼科夫和她一唱一和。他们唠唠叨叨地谈了许多诸如婚姻是偏见还是犯罪,人一生下来是

---

① 此处原文为法语:《De L'amour》.《爱情论》,法国历史学家密什勒(1798—1874)所著,1859年出版。
② 法语:叶夫多克西雅。
③ 这是用法语语调模拟的碰杯声。
④ 英语:维克多,希特尼科夫的名字。——译者注。

怎样的，是平等的呢，还是不平等的？以及个性到底是什么？最后，叶夫多克西雅喝得满脸通红，用扁平的指甲胡乱地敲打着走了调的钢琴的琴键，先是声音嘶哑地唱起了茨冈歌曲，然后又唱起谢伊穆尔——希弗的抒情歌曲《沉寂的格拉那达睡着了》，当唱道：

> 你我的双唇
> 炽热地相吻。

希特尼科夫便在头上包了块头巾装扮成垂死的情人。

阿尔卡季终于无法忍受了。"先生们，这已经像个疯人院了。"他大声说道。

巴扎罗夫只是偶尔讥笑一句，他喝了很多香槟。这时，大声地打了个哈欠，没有和女主人道别，便起身和阿尔卡季一起走了。希特尼科夫跳起来追上了他们。

"嘿，怎么回事，嘿，怎么回事？"他一会儿跑到左边，一会儿跑到右边，讨好地问道，"我可是告诉过你们：她是个与众不同的人啊！我们真该多一些这样的女人啊！就某一点而言，她是一位道德高尚的人。"

"那么，你父亲开的店也是很道德的行为喽？"巴扎罗夫指了指这时他们正好经过的酒馆。

希特尼科夫又尖声笑了起来。他很为自己的出身感到羞愧，他不知道巴扎罗夫的提醒是使他感到了得意还是委屈。

十三

几天后,省长举办了舞会。玛特维·伊里奇成了真正的"节日英雄",省里的首席贵族向全体来宾宣称,他来参加舞会是出于对玛特维·伊里奇的敬重,省长本人则甚至在舞会上也没有闲着,仍在继续"发号施令"。玛特维·伊里奇待人的和蔼完全可以和他的庄重媲美。他使人人都得到抚爱;不过对有的人带点儿厌恶,对有的人则充满尊重;"像真正的法国骑士①"似的恭维太太们,不停地爽朗、洪亮、单调地笑着,官气十足。他拍着阿尔卡季的背,大声地称他为"我的好外甥",他赏赐给紧裹着旧燕尾服的巴扎罗夫漫不经心而又宽宏大量的一瞥,这一瞥从脸颊上一掠而过。他礼貌而又含混不清、哼哼哈哈地和他打着招呼,只能听清他说"我"……"很"两个字眼儿;他向希特尼科夫伸出一个手指,笑了笑,可是

---

① 此处原文为法语:en vrai chevalier francais.

头已经转向了一边；当没穿钟式裙，戴着脏乎乎的手套，头上插着只凤鸟的库克什娜来到舞会时，他甚至对她也说道："太迷人了①。"人多极了，男舞伴显然过剩；大部分文官挤在墙边，军人们则使劲地跳着，特别是其中有一位，在巴黎待了六个来星期，学会了各种各样雄赳赳的感叹词，诸如"讨厌""岂有此理""嗨，小乖乖"②，等等。他的发音精确极了，一副道地的巴黎腔调，但是却把"si j'avais"说成"sij'aurais③"，将"absolument④"说成俄语的"一定"，总之，他讲的是被法国人嘲笑的大俄罗斯式法语，因为法国人没有必要让俄国兄弟相信，我们会像天使一样讲他们的法语，"讲得好极了⑤。"

　　正如我们所知，阿尔卡季舞跳得不好，巴扎罗夫则根本不会跳舞；他们两人待在角落里；希特尼科夫也凑到他们这里。他一边在脸上做出一副蔑视和讥笑的表情，说些恶毒的话，一边放肆地注视着周围，似乎感到了真正的喜悦。突然，他脸上的表情变了，好像有些不好意思地转向阿尔卡季说道："奥金佐娃来了。"

　　阿尔卡季左右环视了一下四周，看见一位身着黑色连衣裙的高个子妇人站在了大厅门口。她独有的高傲姿态令他吃惊。她裸露的双臂优美地垂放在匀称的身体两侧；几支精巧的倒挂金钟花从她那闪亮的头发上漂亮地披洒到微微倾斜的肩头；平静、聪慧，就是说，稍稍低垂的洁白的额头下一双明亮的眼睛看起来那么平静，而

---

① 此处原文为法语：Enchanté.
② 此处原文为法语："Zut""Ah fichtrre""Pstmon bibi".
③ 法语：用错误的假定式代替过去时："假如我有"。
④ 法语：绝对。
⑤ 此处原文为法语：comme des anges.——译者注。

不是若有所思；双唇上浮现出一丝勉强能够察觉的微笑。她的面容让人感到某种甜蜜的、温柔的力量。

"您和她认识吗？"阿尔卡季向希特尼科夫问道。

"老相识了。想让我给您介绍一下吗？"

"或许……在这支卡德尔舞曲之后。"

巴扎罗夫也注意起奥金佐娃。

"这个人是谁？"他说，"跟别的女人可不一样。"

卡德尔舞曲终于结束了。希特尼科夫带着阿尔卡季来到奥金佐娃面前；可是，他不像是她的老相识，他的话也是语无伦次的，使得她有些迷惑不解地看着他。可是，当她听见阿尔卡季的名字时，她的脸上露出了高兴的神情。她问阿尔卡季，他是尼古拉·彼得罗维奇的儿子吗？

"正是。"

"我见过您父亲两次，还听说过他的许多事情，"她继续说道，"很高兴认识您。"

这时，有位副官奔过来请她跳卡德尔舞。她同意了。

"您也跳舞吗？"阿尔卡季恭恭敬敬地问道。

"跳舞。为什么您认为我不会跳舞呢？或者我在您眼里太老了吗？"

"别这么说，怎么可能呢……既然这样，请允许我和您跳玛祖卡舞。"

奥金佐娃宽厚地笑了。

"请吧。"她不带丝毫傲慢，像出嫁的姐姐看自己的小弟弟一样，看了一眼阿尔卡季，说道。

奥金佐娃要比阿尔卡季大一些，她已经29岁，可是在她面前，他感到自己像一个中学生,她像一个大学生,仿佛他们年龄上的实际差别要大得多。玛特维·伊里奇庄严地来到她面前,说了些奉承话。阿尔卡季走到一边,但仍旧观察着她;在跳卡德尔舞期间,他目不转睛地注视着她。她无论同舞伴,还是同高官,她的谈话都是无拘无束的。她轻轻地转动着头和眼睛,有一两次还轻轻地笑了起来。她的鼻子和大多数俄罗斯人一样,稍稍大了些,皮肤的颜色也不是特别光洁;尽管如此,阿尔卡季仍旧认定他从未见到过如此美妙的女人。她的声音始终在他耳边回荡;她连衣裙的裙褶似乎比别人的更匀称、更宽大,她的动作也特别从容、自然。

当玛祖卡舞曲刚刚响起来时,阿尔卡季感到心里有些胆怯,他坐在自己邀请的太太身边想说点什么,但他只是用手摸了下头发,一句话也没说出来。然而,他的胆怯和激动不一会儿便消失了;奥金佐娃的平静感染了他。还不到一刻钟的工夫,他已经无拘无束地谈起了他的父亲、伯父,以及在彼得堡和乡村的生活。奥金佐娃礼貌地听他讲着,一边轻轻地把扇子一会儿打开,一会儿折上;他的絮叨时不时被来邀请她跳舞的男伴打断;这期间,希特尼科夫也邀请了她两次。她跳完舞回来,重新坐下拿起扇子,甚至呼吸都丝毫没有加快,阿尔卡季便又讲了起来。和她这样亲近地说话,注视着她的眼睛,她那美丽的额头和可爱、庄重、聪慧的脸庞,他全身心都充满了幸福。她自己说得很少,但是,她的话语中流露出她对生活的见识:阿尔卡季从她的话中断定,这位年轻妇人已经经受和思考了许多东西……

"和您站在一起的人是谁啊?"她向他问道,"当时希特尼科夫正带您到我这儿来。"

"那您看见他了?"阿尔卡季也问道,"他长得很英俊,是吗？他就是巴扎罗夫，我的朋友。"

阿尔卡季开始谈起"他的朋友"。

他谈得如此详细，如此兴奋，奥金佐娃不由得回过头去，注意地看了看他。这时，玛祖卡舞曲快结束了，阿尔卡季遗憾地和他的这位夫人道别；这一个来小时，他和她过得多么愉快啊！确实，这期间他常常觉得她似乎待他很宽容，好像他应该向她表示感谢似的……但是，年轻的心灵不会为这种感觉所困扰的。

音乐停止了。

"谢谢①，"奥金佐娃起身说道，"您向我保证来拜访我，请带上您的朋友。我很想见见这位敢于不相信一切的人。"

省长走到奥金佐娃身边，说："晚餐准备好了"，然后又满脸关切地向她伸出手。临走，她又回过头来最后一次向阿尔卡季笑着点了点头。他深深地鞠躬，目送着她（在他看来，她的身材是那么苗条，全身都焕发着黑丝绸的浅灰色的光芒！）并想到："她这会儿已经忘记了我的存在。"内心涌起一种优雅的温顺感……

"怎么样？"阿尔卡季一回到角落里，巴扎罗夫就向他问道，"满意吗？有位先生对我说，这位太太，真是妙不可言啊；我看那个先生嘛，好像是个傻瓜。哎，你看她真的是妙不可言吗？"

"我完全不明白这种说法。"阿尔卡季答道。

"得了吧！装什么天真啊！"

"那么，我就不明白你那位先生了。奥金佐娃非常可爱——这是无可争辩的，可是，她那么冷漠、严厉，那么……"

"那是假正经……你知道吗？"巴扎罗夫接口说道，"你说她

---

① 此处原文为法语：Merci。

冷漠。这正是兴味所在。你不是喜欢冰激凌吗？"

"也许吧，"阿尔卡季低声含糊地说，"我无法判断。她希望认识你，请我带你去她那儿。"

"我能想象得出来，你是怎么说我的！不过，你表现得不错。带我去吧。不管她是谁——是省城交际花也罢，或者是像库克什娜一样的女权主义者也罢，不过她那两只好看的肩膀，我是很久没有见过了。"

巴扎罗夫的肆无忌惮，使阿尔卡季很感羞辱，但是就像通常这种时候一样，他责备于他的朋友并非是他不喜欢自己的朋友……

"为什么你不愿意让妇女有自由思想呢！"他低声说道。

"好兄弟，因为，我发现，有自由思想的女人都是些丑女人。"

谈话就此结束了。两个朋友晚餐后立刻离去了。他们的身后传来了库克什娜神经质的、恨恨的、却又有些胆怯的笑声。他们两人谁都不注意她，这深深地刺伤了她的自尊心。她在舞会上待的时间比大家都长，到凌晨三点，她和希特尼科夫还跳了次法式波利卡——玛祖卡舞。省长官邸的节目就在这训诫式的景观中结束了。

十四

"让我们看看,这位夫人属于哪类哺乳动物,"第二天,巴扎罗夫和阿尔卡季来到奥金佐娃下榻的旅馆,一起登上楼梯时,巴扎罗夫对阿尔卡季说道。"我的鼻子嗅得出,这有点不对劲。"

"你真让我吃惊!"阿尔卡季喊道,"怎么?巴扎罗夫,你,你居然持这么一种狭隘的道德观念,真……"

"瞧你这个怪物!"巴扎罗夫不客气地打断了他的话,"咱们兄弟说的'不对劲'就是'对劲',这你难道不知道吗?就是说有利可图。今天,不是你自己说的,她的出嫁很奇怪嘛,虽然我认为,嫁给一个有钱的老头——事情丝毫也不奇怪,相反,很合乎理智。我不相信小市民的闲话;但是我喜欢思考,正如咱们那位有教养的省长所说,那些闲话自有其道理。"

阿尔卡季什么也没有回答,敲了敲房间的门。穿着制服的年轻仆人领着两个朋友来到一个大房间,像所有的俄国旅馆房间一样,屋里是些劣质家具,但是摆满了鲜花。身着普通晨服的奥金佐娃很快就出来了。在春天的阳光下,她看起来更加年轻。阿尔卡季向她介绍了巴扎罗夫,并暗暗吃惊地发现,巴扎罗夫似乎有些不好意思,但是奥金佐娃却仍像昨晚一样异乎寻常地平静。巴扎罗夫自己也感到了他的难为情,他觉得很懊丧。"真不像话!怕起婆娘来了!"他想着,往圈椅里一躺,过分随便地说起话来,丝毫也不比希特尼科夫逊色,奥金佐娃则睁着明亮的眼睛,一眨不眨地看着他。

安娜·谢尔盖耶夫娜·奥金佐娃的父亲谢尔盖·尼古拉耶维奇·洛克捷夫是有名的美男子、冒险家和赌徒。他在彼得堡和莫斯科轰轰烈烈地折腾了十五年左右,后来输得一干二净,只好移居农村,可是到了那儿没多久就过世了,给自己的两个女儿留下了很少很少的一点财产,当时,安娜20岁,卡捷琳娜12岁。她们的母亲出身于穷困潦倒的X⋯⋯公爵家,在她丈夫还年轻力壮的时候,她就在彼得堡病逝了。父亲死后,安娜非常艰难。她在彼得堡受的良好教育,没有教会她管理家产和家务劳动,以及适应闭塞的乡村生活。周围没有一个她熟悉的人,没有任何人给她以忠告。她父亲竭力避免和邻居们往来;他看不起他们,他们同样看不起他,大家各行其事。然而,她并没有惊慌失措,她立刻写信请她姨妈,公爵小姐阿福多季娅·斯捷潘诺夫娜·X⋯⋯来她们这里,她是个凶狠、傲慢的老太婆,到侄女家里后,自己占据了所有最好的房间,每天从早到晚唠叨抱怨个不停,甚至在花园里散步时,也要由她唯一的农奴陪伴她。这是个满面愁容的听差,经常穿着破旧的缀有蓝色缎带的淡黄制服,戴着顶三角帽。安娜耐心地忍受了姨妈的各种怪癖,按部就班地着手于对妹妹的教育,似乎她已经平心静气地认定要在这穷乡僻壤了却一生了……但是，命运给了她另外的安排。她偶然遇见了奥金佐夫。他非常富有，46岁，是个怪人，疑心重、长得肥胖、笨重、酸文假醋，可是不蠢，也不凶狠；他爱上她并向她求婚。她同意做他的妻子，——他和她一起生活了六年，死前确认她继承他的全部财产。他死后，安娜·谢尔盖耶夫娜有一年左右没有离开过农村，然后，便带妹妹出国了，但是，只到了德国，便想家了，于是又回到了距离省城大约四十俄里、她那可爱的尼科尔科耶庄园，在那里定居下来。那里有一座住宅，装饰得富丽堂皇，还有漂亮的花园和花房；过世的奥金佐夫生前是不放弃任何享受的。安娜·谢尔盖耶夫娜很少去城里，大部分是去办事，并且待的时间不长。省城里的人不喜欢她。他们可怕地叱责她同奥金佐夫的婚姻，编造她的各种谣言；他们深信，她曾帮助父亲干过骗人的勾当，她出国是为了遮掩不幸的后果……"有什么不明白的呢？"那些气愤的传谣者们说道。"饱经世故啊，"他们这样说她；而城里说话最俏皮的人则总是再加上一句："历尽甘苦。"这些话传到她那儿，她全当成了耳边风。她的性情无拘无束，又相当果断。

奥金佐娃靠着椅背坐着，一只手放在另一只手上，听巴扎罗夫讲话。他一反常态，滔滔不绝地说着，显然是要尽力引起他的谈话女伴的注意，这就很叫阿尔卡季吃惊。他确定不了巴扎罗夫是否达到了目的。从安娜·谢尔盖耶夫娜的脸上很难看出她留下了什么印象。她的表情从始至终毫无变化：礼貌、微妙。她美丽的眼睛闪着专注的目光，但是她的专注极其安逸。巴扎罗夫刚来时的装腔作势就像难闻的气味和刺耳的声音一样，使她很不舒服，但是，她立刻就理解了他的窘迫，这甚至使她感到某种满足。只有庸俗令她讨厌，可是，任何人都不能谴责巴扎罗夫，说他庸俗。那天，阿尔卡季始终惊讶不已。他盼望着巴扎罗夫把奥金佐娃看作一位有头脑的女子,和她谈谈他的信念和观点,因为她自己宣称她想听听这位"敢于不相信一切的人"的话,然而,巴扎罗夫却谈论起医学、顺势疗法,以及植物学。似乎,奥金佐娃并没有在这个偏僻的地方虚度时光,她读过一些好书,可以正确地用俄语表达思想。她谈起音乐,但她发现巴扎罗夫不承认艺术,便悄悄地将话题转到了植物学方面,虽然阿尔卡季也开始谈起了民间乐曲的意义。奥金佐娃对待他仍像对待小弟弟,仿佛她非常看重他那年轻人的善良和天真——仅此而已。从容不迫、丰富生动的谈话持续了三个多小时。

朋友们终于起身道别。安娜·谢尔盖耶夫娜和蔼可亲地看着他们,向他们俩人伸出自己美丽、白皙的手,想了想,犹疑地,但笑容可掬地说道:

"先生们,如果你们不怕无聊的话,请来我的尼科尔科耶庄园吧。"

"哪里的话,安娜·谢尔盖耶夫娜,"阿尔卡季喊道,"我实在是太荣幸了……"

"您呢,巴扎罗夫先生?"

巴扎罗夫只是躬身一礼——于是,阿尔卡季最后又一次感到了吃惊,他发现他朋友的脸变得通红。

"怎么样?"路上,他问巴扎罗夫,"你还认为她妙不可言吗?"

"天晓得!瞧,她都把自己冻成冰棍了!"巴扎罗夫反驳道,过了一会儿,巴扎罗夫又说道:"公爵夫人,一个统治人的人。她最好穿上身后拖地的长袍,头顶戴上王冠。"

"我们的公爵夫人们不讲俄语。"阿尔卡季说道。

"脱胎换骨了,好兄弟,她吃的是俄罗斯面包。"

"总之,她太迷人了。"阿尔卡季低声说道。

"多么华贵的躯体!"巴扎罗夫继续说道,"最好现在就送到解剖室里去。"

"打住吧,谢天谢地,叶夫盖尼·瓦西里伊奇!这太不像话了。"

"好了,别生气了,温柔男子。有话就说出来才好。应该去她那儿。"

"什么时候?"

"就后天吧。我们干吗待在这里啊!和库克什娜喝香槟吗?听你的那位大官亲戚,那位自由主义者训话吗?……就后天去吧。并且,我父亲的小庄园离那儿不远。那么,这个尼科尔科耶庄园在某某大路旁吗?"

"是的。"

"太好了①。没有什么好拖的了;只有傻瓜才会耽搁的——聪明人就是另外一回事了。我跟你说:多么华贵的躯体!"

三天后,两个朋友已经奔驰在通往尼科尔科耶庄园的路上了。那是个晴朗的日子,一点也不炎热,驿站里吃得饱饱的马奋力地奔驰着,时不时甩一甩蜷曲的尾巴。阿尔卡季望着大路,自己也不知道因为什么不时地笑着。

"祝福我吧,"突然,巴扎罗夫喊了起来,"今天是6月22日,我的命名日。瞧,它挺照顾我的。今天,家里人在等着我呢,"他压低声音又说,"哎,会等到我回去的,有什么要紧的呢!"

---

① 此处原文为拉丁文:Optime.

十五

  安娜·谢尔盖耶夫娜的庄园坐落在一片开阔的丘陵斜坡上,离它不远处有一座黄色的石头教堂,绿色顶盖,白色柱子,正门上方是一幅意大利风格的《基督复活》壁画①。画得特别出色的是以丰满的轮廓描绘在画面前景上的一位黝黑的战士,他头戴尖盔、正两手伸开伏在那里。教堂后面是分成两排的一个长长的村庄,草房顶上隐约闪现出一个个烟囱。老爷的住宅,建筑样式同教堂一样,是著名的"亚历山大式":黄色房屋,绿色屋顶,白色柱子,三角墙上绘着徽章。奥金佐夫自己说过,他忍受不了任何空虚、别出心裁的新设施,但是,省城的建筑师建造的两幢房屋都得到了过世的奥金佐夫的肯定。房屋两边是古老花园的黑压压的树林,一条剪枝整齐的枞树林荫路通到门前。

---

① 此处原文为意大利语:al fresco.

两个穿着制服的大个子听差在前厅接待了我们这两位朋友,其中一个立刻跑去叫内宅总管家。身着黑色燕尾服的胖总管马上出来了,他领着客人们走过铺着地毯的楼梯,来到一个专门的房间,那里已经安置好两张床和所有洗漱用品。屋里布置得井井有条:整洁干净,弥漫着怡人的清香,像是部长大臣的会客室。

"安娜·谢尔盖耶夫娜请你们半小时后去她那儿,"总管报告道,"二位这会儿有什么吩咐吗?"

"没有什么吩咐,老兄,"巴扎罗夫答道,"不过,来杯伏特加好吗?"

"知道了。"总管有些迷惑不解地低声说着走了,随之响起了一阵皮鞋的吱吱响声。

"多么有贵族气派!"巴扎罗夫说道,"好像你们是这么说的吧?公爵夫人,正是这样。"

"公爵夫人漂亮,"阿尔卡季反驳道,"她第一次就邀请了像你我这样的大贵族。"

"特别是我,未来的医生,医生的儿子,教堂执事的孙子……你知道我是教堂执事的孙子吗?……"

"就像斯佩兰斯基①一样,"沉默了一会儿,巴扎罗夫撇了撇嘴说道,"总之,她是很会养尊处优的;噢,这个太太多么会养尊处优啊!我们是不是该穿上燕尾服呢?"

阿尔卡季只是耸了耸肩膀……可是,他感到有些不好意思。

半小时后,巴扎罗夫和阿尔卡季来到了客厅。这是间宽敞、

---

① 斯佩兰斯基(1772—1839),俄国政治家,亚历山大一世时曾拟定国家改革草案。他是乡村牧师的儿子。

高大的房间，布置得很阔绰，但是没有什么特殊的风格。贵重的家具按照常规古板地摆放在墙旁，墙壁糊着绘有金色花纹的咖啡色壁纸；它们是奥金佐夫通过他的朋友和经纪人、一个酒商从莫斯科订购的。中间沙发的上方挂着一幅画像，上面是一个皮肤松弛，长着淡黄色头发的男人——他似乎在很不友好地注视着客人们。"或许这就是主人，"巴扎罗夫皱了皱鼻子，对阿尔卡季耳语道，"要不要快溜啊，"但是，这会儿女主人进来了。她穿着轻柔的印花细纱连衣裙；光滑地梳向耳后的头发使她光洁、清新的面容上充满了少女的神韵。

"谢谢你们信守诺言，"她开口说道，"来我这儿做客。这里确实不错。待会儿我会介绍你们认识我的妹妹，她的钢琴弹得很好。这对您，巴扎罗夫先生，是无所谓的；但是，您，阿尔卡季先生，好像是喜欢音乐的；除了妹妹，这里还住着位老太太，我的姨妈，有时候一位邻居来我们这儿玩牌；瞧，这就是我们的社交圈了。现在，咱们坐下吧。"

奥金佐娃这番短短的欢迎词讲得特别清楚，好像她把它们背了下来；然后，她便转向阿尔卡季。原来，她母亲熟识阿尔卡季的母亲，甚至当过阿尔卡季的母亲和尼古拉·彼得罗维奇恋爱时的信托人。阿尔卡季激动地讲起过世的妈妈；这时，巴扎罗夫则看起画册。"我变得多么随和啊。"他暗自想道。

一只漂亮的小猎狗戴着蓝色的颈圈，爪子嗒嗒地敲打着地板跑进客厅，跟着它进来一个18岁左右的姑娘，她一头黑发，黝黑的皮肤、好看的圆脸上长着一对不大的黑眼睛。她手上提着一只盛满了鲜花的篮子。

"你们瞧，这就是卡佳。"奥金佐娃用头示意了一下，说道。

卡佳轻轻地坐在姐姐身边挑起花来。名叫菲菲的小猎狗跑过来,摇着尾巴,用冰凉的鼻子挨个触嗅着客人们的手。

"这些花都是你自己采的吗?"奥金佐娃问道。

"自己采的。"卡佳答道。

"姨妈来喝茶吗?"

"来。"

卡佳说话的时候,她的容笑很可爱、羞涩而又坦率,看人时,目光由下而上,又淘气,又严肃。她的一切:她的嗓音、脸上的茸毛、玫瑰色的双手以及手掌上圆圆的白色肉窝和略微下垂的柳肩,都是那么年轻稚嫩……她总是脸红,并且急促地喘着气。

奥金佐娃转向巴扎罗夫。

"您礼貌地看着画册,叶夫盖尼·瓦西里伊奇,"她开口说道,"它们不会让您感兴趣的。您最好到我们这儿来,咱们来争论点什么吧。"

巴扎罗夫坐了过来。

"争论什么呢?"他低声问道。

"随便。先告诉您,我可是个很厉害的辩论者啊。"

"您吗?"

"我。似乎这让您吃惊。为什么呢?"

"因为,据我所知,您性情安详、冷静,可是争论需要热情。"

"您怎么会这么快就了解了我呢?首先,我偏执、倔强,您最好问问卡佳;其次,我很容易兴奋。"

巴扎罗夫看了看安娜·谢尔盖耶夫娜。

"或许,最好让您知道。这样会便于您争论的,——那就请吧。我在您的画册里看到了瑞士萨克逊风光,可您却对我说,它不会使我感兴趣。您这样说是因为，您认为我没有艺术思维，——是的，我确实没有；但是，从地质学的观点，譬如从群山构造的观点，它们仍旧能够使我感兴趣。"

"请原谅；作为地质学家，您应该去读书，读专业文献，而不是来看画。"

"一幅画可以直观地展示给我书中整整十页的文字内容。"

安娜·谢尔盖耶夫娜沉默了。

"那么，您一丝一毫的艺术思维都没有吗？"她低声说道，一边把臂肘支在桌子上，这样便使她的面孔离巴扎罗夫很近。"没有它，您怎么行呢？"

"请问，为什么需要它呢？"

"哪怕是为了了解和研究人也好啊。"

巴扎罗夫笑了。

"首先，为此要有生活经验，其次，我告诉您，不值得费力去研究单独的个体。每个人的身体和心灵都相像得很；我们每个人的大脑、脾肺和心脏的构造都是一样的；同时，人人都有同样的所谓精神气质的东西：细小的差别毫无意义。评判所有的人只要一个人体标本就足够了。人，正如森林中的树木；任何一位植物学家都不需研究每一棵个别的白桦。"

不慌不忙地、一棵一棵地挑选着鲜花的卡佳迷惑不解地抬眼看了一下巴扎罗夫——和他的急促、随便的目光相遇之后，她一下子脸红到了耳根。安娜·谢尔盖耶夫娜摇了摇头。

"森林中的树木，"她重复道，"或许在您看来，在愚蠢的人和聪明的人之间，善良的人和凶恶的人之间就没有区别了？"

"不，有区别：如同病人和健康人之间的区别。虽然构造相同,但是,肺结核病人的肺,虽然构造同你我的肺一样,但状况却不相同。我们大概地知道身体的疾病是因何而发生的;而精神上的疾病却是由于愚蠢的教育,由于从小就不停地塞满人们头脑的各种琐碎杂事,总之,是由于丑陋的社会状况。改造社会吧,这样,疾病才不会存在。"

巴扎罗夫说话的样子仿佛他这时在暗自想着:"相信我也好,不相信我也好,这对我都是一样!"他用长长的手指摸着他的连鬓胡子,眼睛却在左顾右盼。

"那么,您认为,"安娜·谢尔盖耶夫娜低声说道,"社会改造好了,就不再有愚蠢的人和凶恶的人了吗?"

"至少,在良好的社会结构中,人是否愚蠢,是否聪明,是否凶恶和善良,都是一样的。"

"是的,我明白;大家都会有一样的脾脏。"

"就是这样的,太太。"

奥金佐娃转向阿尔卡季。

"那么,您有什么意见,阿尔卡季·尼古拉伊奇?"

"我同意叶夫盖尼的看法。"他回答道。

卡佳皱着眉看了他一眼。

"你们让我吃惊,先生们,"奥金佐娃说道,"咱们一会儿再谈。现在,我听见姨妈正朝这儿走来,来喝茶了;我们应该顾惜她的耳朵。"

安娜·谢尔盖耶夫娜的姨妈X……公爵小姐是个瘦小的女人,小脸皱成一团,像只小拳头,灰色的假发下面长着一对直勾勾的、恶狠狠的眼睛。她进来后,略微向客人们点了点头,便坐进了宽大的天鹅绒圈椅,除了她,任何人都无权坐这把椅子。卡佳往她脚下放了一张小凳子；老太婆没有说一句感谢的话，甚至都没有看她一眼，只是稍稍动了动黄色披肩下的两只手臂，那个大披肩几乎把她瘦弱的全身都盖住了。公爵小姐喜欢黄色，她的包发帽上也结着鲜黄的带子。

"您睡得怎么样，姨妈？"奥金佐娃提高了嗓音问道。

"这条狗又在这里。"回答她的却是老太婆的一声抱怨。当她看见菲菲犹豫不决地向她这边走了两步时，她便喊了起来："滚，滚一边去！"

卡佳叫着菲菲，给它打开了门。

菲菲高兴地跑了出去，以为会带它去散步，可是它发现独自被关在门外之后，便开始尖声叫着，抓挠起来。公爵小姐皱起眉头，卡佳也想出去……

"我想，茶准备好了吧？"奥金佐娃说道，"先生们，咱们走吧；姨妈，喝茶去吧。"

公爵小姐默默地从圈椅中站起来，第一个走出了客厅。大家跟着她向饭厅走去。一个穿制服的小侍从哗的一声把那把放好椅垫的祖传圈椅从桌旁拉开，公爵小姐坐了进去。正在倒茶的卡佳先把一个漆有徽章的茶碗给了她。老太婆往茶碗里倒了些蜂蜜（她认为喝茶时放糖既罪过，又浪费，虽然她自己做什么都不花一文钱。），突然间她嘶哑着嗓子问道：

"伊万公爵写了些什么？"

谁也没有回答她的话。巴扎罗夫和阿尔卡季很快便明白了，没有人理会她，虽然他们待她很恭敬。"出于事关重要而收留她的，因为是公爵后裔。"巴扎罗夫想着……喝完茶，安娜·谢尔盖耶夫娜建议去散步，可是，下起了小雨，于是除了公爵小姐，一行人回到了客厅。那个喜欢打牌的邻居来了,他叫波尔菲里·普拉托内奇,人胖胖的,头发灰白,长着两条像是用车床旋出来的小圆腿,他非常彬彬有礼,可又让人感到可笑。安娜·谢尔盖耶夫娜大部分时间都在和巴扎罗夫说话,她问他,想不想照过去时髦的打法和他们打一把朴烈费兰斯纸牌。巴扎罗夫同意了,他说,他应该早点准备好履行县医的职务了。

"小心,"安娜·谢尔盖耶夫娜说道,"我和波尔菲里·普拉托内奇会让您一败涂地的。卡佳,你,"她补充道,"去给阿尔卡季·尼古拉伊奇弹点什么;他喜欢音乐,我们也想欣赏欣赏。"

卡佳不情愿地走到钢琴旁;阿尔卡季尽管喜欢音乐,却不情愿地跟她走去。他觉得奥金佐娃在打发他走开,可是,他的心里就像他这般年龄的年轻人一样,已经涌起一种骚动不安、折磨人的爱情的预感。卡佳打开钢琴盖,看也不看阿尔卡季,低声问道:

"给您弹点什么?"

"随便。"阿尔卡季冷淡地答道。

"您喜欢什么曲子?"卡佳保持姿式不变,又问了一句。

"古典乐曲。"阿尔卡季答道,语气也和刚才一样。

"喜欢莫扎特吗?"

"喜欢莫扎特。"

卡佳找出了莫扎特的C小调幻想奏鸣曲。她弹得很好,虽然有些拘谨和干涩。她目不转睛地看着乐谱,紧紧地咬着嘴唇,一动不动、笔直地坐在那里,只是奏鸣曲快结束时,她的面容才变得热烈起来,一小绺头发披落到黑黑的眉毛上。

奏鸣曲的结尾深深地感染了阿尔卡季。充满了无忧无虑和迷人的快乐的这段乐曲,突然间迸发出如此悲伤,近乎凄惨的哀悼般的激奋……然而，莫扎特的乐曲在他心中唤起的思绪却和卡佳没有什么关系。他注视着她，想："这个小姐真的弹得不错，她自己长得也不错。"

弹完奏鸣曲，卡佳没有把手从琴键上拿开，问道："够了吗？"阿尔卡季说，他不敢再麻烦她，便和她谈起了莫扎特。他问她，是她自己选择的这支曲子，还是别人向她推荐的？可是，卡佳的回答非常简短：她把自己遮掩起来，陷入了深深的沉思之中。每当这种时候，她不会很快恢复常态；她的神情执着得近乎呆板。她并非胆怯，她只是疑心，还有些害怕负责她的教育的姐姐，当然，她姐姐并没有怀疑过什么。最后，阿尔卡季把又回到屋里的菲菲叫了过来，做出喜欢它的样子，满脸微笑地抚摸着它的头。卡佳重新摆弄起她的鲜花。

这会儿，巴扎罗夫则输了牌，一直在输。安娜·谢尔盖耶夫娜是打牌高手，波尔菲里·普拉托内奇也能应付一气。巴扎罗夫便成了输家，尽管不是什么大数目，但是，对于他来说，仍然不是件令人高兴的事。晚餐时，安娜·谢尔盖耶夫娜重又把话题转到了植物学上。

"明天早晨咱们去散步吧，"她对他说道，"我想跟您了解一下那些田间植物的拉丁文名称和它们的特性。"

"为什么您要知道它们的拉丁文名称呢？"巴扎罗夫问道。

"凡事都要有一定之规。"她答道。

"安娜·谢尔盖耶夫娜真是位奇妙的女人，"当阿尔卡季和他的朋友单独地待在他们住的房间时，他喊道。

"是的，"巴扎罗夫答道，"一个有头脑的婆娘。瞧，她果真是饱经世故啊。"

"你这话是什么意思,叶夫盖尼·瓦西里伊奇?"

"好的意思,好的,您,我的老兄,阿尔卡季·尼古拉伊奇!我相信她把自己的庄园料理得不错。但是,奇妙的不是她,而是她的妹妹。"

"怎么?那个小黑姑娘?"

"是的,这个小黑姑娘。瞧:清新、纯真、胆怯、寡言少语,以及随便什么都行。这才是应该顾念的人。想她是什么她就是什么。而那位是个老江湖了。"

阿尔卡季没有回答巴扎罗夫的话,大家都怀着各自特殊的思绪进入了梦乡。

当晚,安娜·谢尔盖耶夫娜也在想着她的客人们。她喜欢上了巴扎罗夫——喜欢他的毫不媚俗和他一针见血的言论。她在他身上发现了她从未遇见过的某种新的东西,而她的好奇心是很强的。

安娜·谢尔盖耶夫娜实在是很奇怪的人。她没有任何偏见,甚至没有什么强烈的信念,她不向任何人屈服,也没有什么目标。有些东西她清楚地见过,对有些东西也很感兴趣,但是,什么都没有使她完全满足;她也未必想如愿以偿。她集求知与淡漠于一身,她的疑惑不到忘却从不平息,但也从未达到惊恐不安的地步。如果她不富有,也不当家作主,或许她会去争斗,会知道欲望……可是,她生活得很轻松,虽然有时候寂寞,她就这样日复一日,不慌不忙地打发着时光,只是偶尔激动一下。有时,她的眼前也会燃起彩虹,可是,彩虹消失时,她却很闲适,她也并不惋惜。她的想象甚至极端得会超越一般的道德准则所允许的境界;然而即使在这时,她的鲜血仍像平时一样,静静地在她那令人倾倒的匀称、安详的体内流淌着。有时她从芬芳的浴盆里出来,全身温暖,充满柔情,也曾想到生活的下流龌龊、她的痛苦、辛劳和怨恨……突然间，她的心会充满勇气，涌动起崇高的追求；但是，半开的窗户刮来了穿堂风，于是，安娜·谢尔盖耶夫娜瑟缩成一团，抱怨着，几乎生起气来，这时她需要的仅仅是：别再向她刮这可恶的风。

像所有爱情不成功的女人一样，她总在期待着什么，但是她自己也不知道在期待着什么。其实，她一无所求，虽然她自己以为她什么都想要。她勉强忍受了过世的奥金佐夫（她嫁给他是有打算的，虽然她也可能不做他的妻子，假如她不认为他是个好人。），便对所有的男人们都暗暗怀着一种厌恶，她认为他们必定是一些不讲究清洁、难以相处、迟钝、软弱得令人讨厌的东西。有一次，她在国外某地遇到一个年轻、英俊的瑞典人，他满脸骑士神情，宽阔的额头下长着一对诚实的蓝眼睛；他给她留下了强烈的印象，但这也没有妨碍她返回俄罗斯。

"这个医生真是个怪人！"她躺在她那华丽的床上，枕着有花边的枕头，盖着轻柔的丝绸被，想着……安娜·谢尔盖耶夫娜部分继承了父亲喜好奢华的品性。她很爱她的有罪过、却心地善良的父亲，他也宠爱她，平等善意地和她开玩笑，完完全全地信赖她，有事和她一起商量。她只是依稀地记得母亲。

"这个医生真是个怪人！"她暗自重复道。她伸直身体，笑了，把两手放到脑后，然后，她很快地浏览了两三页拙劣的法国小说，把它一扔，便在干净、芬芳的被窝中，全身清爽、冰凉地进入了梦乡。

第二天早晨吃过早饭，安娜·谢尔盖耶夫娜立刻和巴扎罗夫一道去采集植物，直到午饭前才回来；阿尔卡季哪也没去，和卡佳待了一个来小时。他和她在一起并不寂寞，她主动要给他重新弹奏昨晚那支奏鸣曲；但是，奥金佐娃回来后，当他终于见到了她时，他的心立刻缩成一团……她有些疲倦地在花园里走着；圆圆的草帽下，脸颊绯红，两眼比平日更加明亮，熠熠放光。她手指捏着野花的细茎转动着，轻柔的大披肩垂落在她的手臂上，草帽上灰色的宽带子飘浮在她的胸前。巴扎罗夫走在她的身后，像通常一样，自信而又随便，虽然他的神色充满了快乐和甜蜜，但是，阿尔卡季却很不喜欢。巴扎罗夫含含糊糊地说了声"你好！"便向他的房间走去，奥金佐娃则漫不经心地握了下阿尔卡季的手，也从他身边走了过去。

"你好，"阿尔卡季想……"难道我们今天没有见过面吗？"

十六

　　时光（显而易见）有时像疾飞的鸟儿；有时像爬行的小虫。可是，人感觉好的时候就是他甚至没有注意到——时间过得快还是慢。阿尔卡季和巴扎罗夫在奥金佐娃那儿就是这样过了大约十五天。这多多少少是由于奥金佐娃在自己家里，在她的生活中所实行的制度。她严格地坚持它，同时迫使别人也服从它。一天中做每件事情都有明确规定的时间。早晨八点大家一起喝茶；喝完茶到早餐前，可以自行其事，女主人亲自同庄园管家（庄园实行代役租制）、内宅总管以及女总管议事。午餐前，大家又聚在一起聊天或者读书；晚上则是散步、打牌、听音乐；十点半时安娜·谢尔盖耶夫娜回到她的房间，安排好第二天的事情，躺下睡觉。巴扎罗夫不喜欢这种一成不变，有些郑重，千篇一律的每日生活；"像是在轨道上行驰。"他肯定地说道。穿制服的仆人们和规规矩矩的各种管家使他的民主感受到了侮辱。他认为既然如此，那么用餐时就应效仿英国人穿燕尾服,打白色领结。有一次,他和安娜·谢尔盖耶夫娜谈了这些。她为人处事那么自然,每个人都会毫不犹豫地向她讲出自己的所有看法。她听完他的话,低声说道:"从您的观点,您是对的,或许这种情况下,我是位太太;但是,在农村生活不能没有规矩,百无聊赖会把人烦死的。"然后,她仍然一如既往。巴扎罗夫抱怨着,但是,他和阿尔卡季在这里却过得很轻松,因为她家里的一切都"像是在轨道上行驰"。尽管如此,从一开始来到尼科尔科耶庄园,两个年轻人都发生了变化。显然,安娜·谢尔盖耶夫娜很垂青巴扎罗夫,尽管她很少同意他的看法,在巴扎罗夫身上她开始表现出从未有过的惊恐不安:他容易激动,不情愿讲话,怒气冲冲地看人,在一个地方坐不住,似乎有什么东西从下面冲刷着他;阿尔卡季则最终自我认定,他爱上了奥金佐娃,默默地陷入苦闷之中。可是,他的苦闷并没有妨碍他接近卡佳;甚至促使他和她建立起亲密的友情。"她看不起我!随她去吧!……瞧,这个善良的人却不嫌弃我,"他想着,心里重又充满了甜蜜、高尚的感觉。卡佳隐隐约约地感到他在和她的交往中寻找某种慰藉,但是她不拒绝他们之间有几分羞涩又有几分信任的友情给他和她所带来的纯真的快乐。安娜·谢尔盖耶夫娜在场时,他们并不交谈;卡佳在姐姐敏锐的目光下总是畏畏缩缩的,阿尔卡季则像情人们一样,在他的对象面前无法转移注意力;但是,和卡佳一个人在一起时,他的感觉好得多。他感到无力得到奥金佐娃;当他单独和她在一起时,他胆怯,惊慌失措;而她也不知道要对他说些什么:他对于她来说,实在是太年轻了。相反,阿尔卡季和卡佳在一起时,就像在自己的家里一样自然;他宽厚地待她,让她尽情地倾述音乐、小说、诗歌以及诸如此类不起眼的事情在她心中留下的印象,他自己都没有发觉，或者没有意识到使他感兴趣的正是这些不起眼的事情。另一方面，卡佳也没有妨碍他的忧郁。阿尔卡季和卡佳在一起很好，奥金佐娃则和巴扎罗夫在一起，因此常常有这样的情形：两对年轻人在一起待了不长时间后，便各奔东西，特别是散步的时候。卡佳热爱大自然，阿尔卡季也热爱它，虽然他不敢承认这一点；奥金佐娃则和巴扎罗夫一样，对大自然很淡漠。两个朋友常常这样分开终归不会不产生一些影响：他们之间的关系开始有了变化。巴扎罗夫不再和阿尔卡季谈论奥金佐娃，甚至不再谴责她的"贵族派头"；当然，他仍然像从前一样夸赞卡佳，只是劝阿尔卡季要抑制她的感伤性情，但是他的夸赞很肤浅，他的劝告也是干巴巴的，总之，他和阿尔卡季说得话比从前要少得多了……他似乎在回避，似乎不好意思见到阿尔卡季……

阿尔卡季发觉了这一切，但他暗自藏起了自己的看法。

这一切"新的变化"的起因在于巴扎罗夫对奥金佐娃萌发的感情，这种感情折磨着他，使他大发雷霆，假如有人旁敲侧击地向他暗示一下他身上可能发生的变化，他立刻就会鄙视地哈哈笑着，粗鲁地大骂着断然否认他的这份感情的。巴扎罗夫是猎取女人和美貌女性的高手，但是理想主义的爱情，或者用他的话说，浪漫主义的爱情实在是胡说八道，不可饶恕的愚蠢，他认为骑士感情有些近乎于畸形和病态，并且他不止一次地表示过他的惊讶，为什么不把托根堡[①]和那些抒情歌手、吟游诗人一道关进精神病院里？"你喜欢上一个女人，"他说，"那就尽力去搞出点名堂；如果不行——哎，那就转身开步走吧——天涯何处无芳草嘛。"他喜欢奥金佐

---

① 托根堡，德国诗人、剧作家席勒（1759—1805）同名作品中的浪漫主义主人公。

娃：关于她的传言，她的自由思想和独立不羁，她对他毫不怀疑的态度，好像一切都有利于他；但是，他很快就明白了，和她"搞不出名堂"，而他又吃惊地感到，他无力转身离她而去。一想起她，他就热血沸腾；他本来可以平息沸腾的热血，但是他的内心滋生出某种他不能容忍，他总是讥笑的东西，它激怒了他的高傲。在和安娜·谢尔盖耶夫娜的交谈中，他比以往更多地谈论他对一切浪漫主义的漠视；可是当他独自一人时，他恼怒地意识到他自己也是一个浪漫主义者。这时，他便到森林里去，大踏步地走着，折断迎面碰上的树枝，低声地责骂她和他自己；或者钻进干草棚，紧紧闭上眼睛，迫使自己睡觉，当然，他并非总是成功。突然间，他的脑海中会浮现出这样的情景，那双纯洁的手臂有朝一日将缠绕着他的脖子，高傲的双唇接迎着他的亲吻，聪慧的双眼温柔地——是的，温柔地注视着他的眼睛，于是他头晕目眩，陷入遐想之中，直到他重新感到恼怒。他发觉自己有了各种各样的"可耻"的念头，仿佛有个魔鬼在戏弄他。他感到有时奥金佐娃也在变，她脸上的神情出现了某种特殊的，或许……但是此时，他总是跺跺脚，或者把牙咬得咯咯响，挥挥拳头威吓着自己。

其实，巴扎罗夫并没有完全搞错。他让奥金佐娃感到不可思议；他引起她的兴趣，她常常想着他。他不在场时她不觉得寂寞，也并不期待着他的到来，可是他的出现却立刻使她精神焕发；她喜欢单独和他待在一起，喜欢和他交谈，甚至在他惹她生气，或者是不尊重她的趣味，她的讲究习惯时，也高兴同他交谈。她仿佛是既想考验他也想体验一下自己的的感受。

有一次，他和她一起在花园散步时，他突然用阴郁的嗓音说，他打算不久就去农村父亲那儿……她的脸变得苍白，心就像被针扎了一样的刺痛,这刺痛让她大吃一惊,后来,她想了很长时间这到底意味着什么。巴扎罗夫跟她说他打算离开,并不是要考验她,要看看这句话的后果:他从不会"撒谎"。那天早晨他见过他父亲的管家,以前看护过他的季莫菲伊奇叔叔。季莫菲伊奇是个衣着破旧,动作麻利的小老头,长了一头褪了色的黄发,一副风吹日晒、通红的脸膛和一对闪着泪珠的皱成一团的眼睛;他突然出现在巴扎罗夫的面前,穿着他短短的厚蓝灰呢外衣,腰下系了根带子,脚上是一双胶皮靴。

"哈,老人家,你好!"巴扎罗夫喊道。

"您好,叶夫盖尼·瓦西里伊奇少爷。"这个瘦小的老头开口说道,他高兴地笑了,脸上一下子堆满了皱纹。

"有何贵干?是派你来接我吗?"

"您说什么啊,少爷,怎么会呢!"季莫菲伊奇嘟嘟囔囔地说道(他想起了离家时老爷严厉的吩咐)。"进城去给老爷办事,听到了您的消息,就顺路来了,就是说——来看看您……要不怎么敢打扰您呢!"

"唉,不要撒谎了,"巴扎罗夫打断了他的话,"难道这是你进城要走的路吗?"

季莫菲伊奇一时语塞,什么也没有回答。

"父亲身体好吗?"

"谢天谢地,很好。"

"母亲呢?"

"谢天谢地,阿莉娜·弗拉西耶夫娜也很好。"

"恐怕是盼我回去吧?"

老头儿的小脑袋向侧面一歪。

"哎呀,叶夫盖尼·瓦西里伊奇少爷,怎么能不盼着您回去呢!上帝做证,父母盼着见您盼得心都碎了。"

"唉,好吧,好吧!别再添枝加叶了。告诉他们,我很快就会回去。"

"听您的吩咐。"季莫菲伊奇叹息着答道。

他走出宅第,抬起双手把帽子低低地拉到额头,钻进他停在大门旁的简陋的二轮马车里,慢慢地走了,只是,马车并不是向城里的方向驶去的。

当晚,奥金佐娃和巴扎罗夫坐在她的房间里,阿尔卡季则在大厅里走来走去地听着卡佳的演奏。公爵小姐上楼去了她的房间,她非常讨厌客人们,特别是这些被她称为"新派狂徒"的人。在客厅和饭厅里她只是绷着脸;可是在她自己的房间里,她有时会破口大骂,连她头上的包发帽和假发都跳个不停。这一切,奥金佐娃全都知道。

"您怎么打算走了呢?"她开口说道,"您的诺言呢?"

巴扎罗夫抖动了一下。

"什么诺言?"

"您忘了吗?您要给我讲几次化学课的。"

"有什么办法呢!父亲在等我回去;我不能再耽搁了。其实,您可以自己学嘛。Pelouse et Frémy, Notions génerales de Chimie①;书不错,写得很明了。您从中能够找到您想要知道的一切。"

"还记得吗:您使我相信,书不可能代替……我忘记您是怎样

---

① 法语:法国化学家彼鲁斯(1807—1867)和弗列密(1814—1894)所著《基础化学》,1853年在巴黎出版。

说的了,但是您知道我想说什么……记得吗?"

"有什么办法呢!"巴扎罗夫重复道。

"为什么要走呢?"奥金佐娃放低了声音说道。

他看了她一眼。她的头仰靠在椅背上,两手交叉放在胸前,露出臂肘。在纸剪的网状灯罩遮掩着的那盏孤灯下,她的脸色显得更苍白了。宽大的白色连衣裙的柔软的裙褶盖住了她的全身;勉强能看到一点:她同样交叉放着的两脚。

"那么,为什么要留下来呢?"巴扎罗夫应声问道。

奥金佐娃微微地转过头来。

"怎么为什么?难道您在我这里过得不愉快吗?或者您以为这里的人会舍得让您走吗?"

"我相信这一点。"

奥金佐娃沉默了。

"您不该这样想。其实,我不相信您的话。您不会认真地说出这句话的。"巴扎罗夫仍然一动不动地坐着,"叶夫盖尼·瓦西里伊奇,您为什么不说话了?"

"我能对您说什么呢?一般来说,不值得挽留人,对我就更不用说了。"

"这是为什么呢?"

"我是一个规规矩矩的人,很乏味。不会说话。"

"您太客气了,叶夫盖尼·瓦西里伊奇。"

"这不是我的习惯。我享受不了讲究的生活,而您对它又是多么珍视,难道您自己不知道这个吗?"

奥金佐娃咬住了手帕的一角儿。

"随您怎么想吧,可是您走后我会寂寞的。"

"阿尔卡季会留下来的。"巴扎罗夫说道。

奥金佐娃轻轻地耸了下肩膀。

"我会寂寞的。"她又说了一遍。

"真的吗?反正您不会长久寂寞的。"

"为什么您这样认为?"

"因为您自己对我说过,只有在您的制度遭到破坏时,您才会寂寞。您的生活安排得这么天衣无缝,无论是寂寞,还是无聊……任何痛苦的情感都在此无立身之地了。"

"您认为我做得天衣无缝……就是说,我的生活安排得十分合理?"

"当然了!譬如说,还有几分钟就要十点了,我已经预感到您就要赶我走了。"

"不,我不赶您走,叶夫盖尼·瓦西里伊奇。您可以留下来。把这扇窗户打开……我有点憋得慌。"

巴扎罗夫站起身把窗户一推,窗户一下子就敞开了……他没有料到它们这么容易就打开了;况且,他的手还在发抖。温柔的黑夜连同那漆黑的天空,沙沙作响的树林,还有自由自在、清新的空气的鲜香一下子都涌进屋里来了。

"放下窗帘,坐下吧,"奥金佐娃低声说道,"您走前我想跟您谈谈。跟我讲讲您自己吧;您从来没有讲过自己。"

"我尽力和您谈论那些有益的事情,安娜·谢尔盖耶夫娜。"

"您很谦虚……但是,我想知道些您自己的事,您的家庭,您的父亲,为了他您要离开我们了。"

"为什么她要讲这些话?"巴扎罗夫想。

"这一切都不会引起什么兴趣,"他大声说道,"特别是对于您,我们都是些愚昧无知的人……"

"而我,在您看来,是个女贵族了?"

巴扎罗夫抬眼看了看奥金佐娃。

"是的。"他过于生硬地低声说道。

她笑了。

"我看,虽然您一再让人相信所有的人都彼此相似,不值得研究他们,但您对我了解得很少。有时间我要向您谈谈我的生活……但是首先您要向我谈谈您自己。"

"我对您知道得很少,"巴扎罗夫重复道,"或许,您是对的;或许,每个人的确都是一个谜。哪怕是您,譬如:您躲避社交,它使您苦恼,然而您却邀请两位大学生到您家里住下。凭您的才智,您的美貌,为什么您要住在农村呢?"

"怎么?您这是怎么说呢?"奥金佐娃敏锐地接口说道,"凭我的……美貌?"

巴扎罗夫皱起了眉头。

"这反正一样,"他低声含糊地说,"我想说,我不太明白,为什么您要住在农村?"

"您不明白这个……但是,您自己对此是怎么看的呢?"

"是的……我认为您长久地待在一个地方,是因为您习惯于优裕的生活,因为您太喜欢舒适、安逸,对其余的一切就都很淡漠。"

奥金佐娃又笑了。

"您真的不想相信我也会迷恋上什么吗?"

巴扎罗夫皱着眉头看了她一眼。

"好奇心所致而已;只能是这样。"

"真的吗？瞧，我现在明白为什么我和您能谈得来；因为您也和我一样啊。"

"我们谈得来……"巴扎罗夫闷声说道。

"是的！……噢，我忘了您打算离开的。"

巴扎罗夫站了起来。昏暗的灯光在黑暗、芬芳、孤寂的屋里闪烁着；透过时而颤动的窗帘，飘来令人刺激的夜的清新，传来黑夜神秘的絮絮细语。奥金佐娃丝毫也没有动一下，但是，她渐渐地充满了神秘的激动……这种激动的心情也感染了巴扎罗夫。他突然感到自己是在和一位年轻、美丽的女人单独相处……

"您去哪里？"她慢慢地问道。

他什么也没有回答，又在椅子上坐下了。

"那么，您认为我是个平静、柔弱、娇生惯养的人了，"她看着窗子，仍然用刚才的声音继续说道，"而我却知道自己，我很不幸。"

"您不幸！为什么？难道您还把那些恶毒的诽谤放在心上吗？"

奥金佐娃皱起眉头。她感到很沮丧，他居然这样理解她。

"那些诽谤甚至对我没有丝毫妨碍，叶夫盖尼·瓦西里伊奇，而我过于高傲，不会让它们破坏我的安宁。我不幸，是因为……我没有生活的愿望和乐趣。您不信任地看着我，您在想：这是个全身裹着花边，坐在天鹅绒椅子里的'贵族女人'在说话。我并不讳言：我喜欢您听说的舒适，与此同时，我却很少有生活的愿望。按您的想法解决这个矛盾吧。其实，这一切在您的眼中不过是浪漫主义而已。"

巴扎罗夫摇了摇头。

"您健康、富有、无拘无束；还要什么呢？您想要什么呢？"

"我想要什么，"奥金佐娃接着重复了一句，叹了口气。"我很累，我老了，我觉得我生活了很久。是的，我老了，"她又说了一句，一边轻轻地拉紧大披肩盖住她裸露的手臂。她的眼睛遇到了巴扎罗夫的目光，于是，她微微地脸红了。"我的身后已经有了太多的回忆：彼得堡的生活，财富，后来又穷困，然后，父亲过世，出嫁，然后，出国旅行，规规矩矩地……往事很多，却又没有什么好回忆的，而我面临的未来，那漫长、漫长的道路，却没有目的……我真不想再走下去了。"

"您这么失望吗？"巴扎罗夫问道。

"不，"奥金佐娃从容不迫地低声说道，"可是，我不满足。我想，假如我能够强烈地依恋什么……"

"您想恋爱，"巴扎罗夫打断了她的话，"可是，您不能恋爱：这就是您的不幸。"

奥金佐娃仔细地看起了她外衣的袖子。

"难道我不能恋爱吗？"她说。

"未必！只是我没有必要说它是不幸。相反，谁有了这玩意儿，他很快就该懊悔了。"

"有了什么？"

"爱情。"

"您怎么知道这些呢？"

"道听途说嘛。"巴扎罗夫生气地回答说。

"你在卖弄风情，"他想，"你寂寞，闲得无聊便戏弄我……"他的心真的要碎了。

"并且，您或许太求全责备了。"他说着，向前俯身摆弄着椅子上的花边。

"可能吧。我以为，要么拥有一切，要么一无所有。以生命换生命。谁得到了我的，就献出自己的吧，那时便已经没有懊悔，也不会再有回头的余地。否则，最好不要。"

"果真？"巴扎罗夫说道，"这是公平的条件，可我很吃惊，您怎么直到现在……还没找到想要的东西。"

"那么，您以为，完完全全地献出一切很容易吗？"

"如果您有所考虑，有所期待，给自己定出价码，也就是说，很珍重自己，那就不容易；如果不考虑这些，就很容易了。"

"怎么可以不珍重自己呢？如果我毫无价值，谁还需要我的忠贞？"

"这已经不是我的事了；我有什么价值，这要由别人来鉴别。主要的是应该善于奉献。"

奥金佐娃不再把身子靠在椅背上。

"您这样说，"她开口说道，"似乎您有亲身体会。"

"顺便说说而已，安娜·谢尔盖耶夫娜，您知道，这一切不是我的专长。"

"可是，您能够奉献吗？"

"不知道，我不想夸口。"

奥金佐娃什么也没有说，巴扎罗夫也沉默了，客厅里传来钢琴的弹奏声。

"卡佳怎么这么晚了还在弹钢琴。"奥金佐娃说道。

巴扎罗夫站了起来。

"是的，现在是很晚了，您该歇息了。"

"等一等，您急着去哪里呢……我还要跟您说一句话。"

"说什么呢？"

"等一等。"奥金佐娃喃喃道。

她的眼睛凝视着巴扎罗夫;好像她在注意地观察他。

他在房间里走了一会儿,然后突然走近她,急促地说道:"再见。"又使劲地握了握她的手,痛得她差点没有喊起来,他走了。她拿起并在一起的手指放到唇边吻着,忽然从椅子上一跃而起,快步奔向房门,仿佛要叫巴扎罗夫回来……女仆端着装有玻璃水瓶的托盘走进房间。奥金佐娃站住了,吩咐她出去,重又坐下,又陷入了沉思。她的发辫披散开了,像青蛇一样垂落在肩上。安娜·谢尔盖耶夫娜房间里的灯光亮了许久,她很长时间一动不动地坐在那里,只是偶尔用手指摸摸手臂,它们已经有了夜晚的凉意。

两个小时后,巴扎罗夫才回到他的卧室,他头发蓬乱,面色阴沉,鞋子被露水打得湿淋淋的。他看见阿尔卡季正拿着本书,坐在桌前,穿着齐整地扣着扣子的常礼服。

"你还没有睡吗?"他好像很沮丧地问道。

"你今天和安娜·谢尔盖耶夫娜一起待了很长时间。"阿尔卡季答非所问地说道。

"是的,你和卡佳琳娜·谢尔盖耶夫娜弹钢琴时,我一直和她在一起。"

"我没有弹……"阿尔卡季本来想开口说话,可是他住了嘴。他感到泪水涌到了他的眼里,可他不想在他爱嘲笑人的朋友面前流泪。

十七

第二天，奥金佐娃来喝茶时，巴扎罗夫好久都低着头喝他的茶，可是，他突然看了她一眼……她立即回头看他，像是他推了她一下似的，他仿佛感到，一夜之间，她的脸稍稍变得苍白了些。她很快便回到她自己的房间，直到早餐时才出来。这一天，从早晨开始就下起了雨，没法去散步了。大家都聚集在客厅时，阿尔卡季拿起最近一期的杂志读了起来。公爵小姐像往常一样，先是满脸惊讶，好像他做着什么不礼貌的事情，然后便恶狠狠地盯着他；可是，他并没有注意到她。

"叶夫盖尼·瓦西里伊奇，"安娜·谢尔盖耶夫娜说道，"到我这儿来……我想问问您……您昨天提到这一本教科书……"

她起身向门口走去。公爵小姐看了下四周，脸上的神情似乎想说："瞧，你们瞧，我多么吃惊啊！"然后，又死死地盯住了阿尔卡季，但是他和坐在他旁边的卡佳交换了一下眼神，提高嗓音继续读了起来。

奥金佐佳快步来到了她的书房。巴扎罗夫三步并作两步地跟在她的后面,他低着头,只听见面前一掠而过的丝绸连衣裙那清细的、窸窸窣窣声。奥金佐娃仍然坐在了她昨夜坐过的那把椅子上,巴扎罗夫也坐在了他昨晚坐过的地方。

"那本书的名字叫什么?"她沉默了一会儿问道。

"彼鲁斯和弗列密的《基础化学》[①]……"巴扎罗夫答道,"其实,可以把Ganot, Traité élémentaire de physique expérimentale[②]介绍给您。这本书中的插图更清楚些,总之,这本书……"

奥金佐娃伸出了手。

"叶夫盖尼·瓦西里伊奇,请原谅,我叫您来这儿不是要和您讨论教科书。我想重新继续我们昨晚的谈话。您那么突然地走了……您不会感到无聊吧?"

"听您的盼咐,安娜·谢尔盖耶夫娜。可是,我倒是想不起来,昨晚我和您谈论什么了?"

奥金佐娃斜眼看了看巴扎罗夫。

"我和您好像谈到了幸福。我对您讲了我自己。恰好,我提到了'幸福'这个词。请您说说,譬如为什么甚至当我们欣赏音乐,当我们度过美妙的夜晚,和讨人喜欢的人交谈时,为什么这一切,比起我们自己拥有的,实实在在的幸福,似乎更加直接地暗示着某种必定在什么地方存在的永恒的幸福呢?这是为什么呢?或者您可能没有这样的体验?"

[①] 此处原文为法语。
[②] 法语:伽农,《物理实验基本教程》。

"您知道,俗话说:'这山望着那山高,'巴扎罗夫回答道,"况且,您昨晚自己说过,您并不感到满足。我却从来没有过这些想法。"

"您可能认为它们很可笑吧?"

"不,但是,我从来没有过这些想法。"

"真的吗?知道吗,我倒是很想知道,您在想些什么?"

"怎么?我不明白您的意思。"

"听我说,我早就想和您挑明。您无话好说,——您自己对此一清二楚,——您不是一个平常人;您还年轻——您面临着广阔的生活前景。您准备做什么呢?什么样的未来在等待着您?我想说——您想达到什么目的,您朝哪里走,您内心深处蕴含着什么想法呢?一句话,您是个什么人,您要做什么呢?"

"您让我吃惊,安娜·谢尔盖耶夫娜。您知道,我进行自然科学研究,而我是个什么人……"

"是的,您是个什么人?"

"我已经告诉过您,我将是个县里的医生。"

安娜·谢尔盖耶夫娜做了个不耐烦的动作。

"为什么您这样说?您自己也不相信这些话。阿尔卡季可以这样回答我,可您不能。"

"是的,和阿尔卡季相比嘛……"

"别说了!如此平凡的工作能否让您满意,并且,您自己不也一再断言,对您来说医学是不存在的。您,这样地唯我独尊,会去当一名县里的医生!您这样回答我,是为了拒我于千里之外,因为您对我没有丝毫的信任。可是,您知道吗,叶夫盖尼·瓦西里伊奇,我能够理解您,因为我也曾像您一样,贫穷,自尊;或许我还像您一样，也是饱经风霜。"

"这很好，安娜·谢尔盖耶夫娜，但是，请您原谅我……一般说来，我不习惯于讲话，并且，您和我之间有这样大的距离……"

"什么距离？您又要对我说，我是个女贵族吗？算啦，叶夫盖尼·瓦西里伊奇；我好像已经向您证明了……"

"而且除此之外，"巴扎罗夫打断了她的话，"很大程度上未来是不由我们来决定的，何必要谈论和思考它呢？有机会做点什么——很好，如果没有机会——至少也会因为先前没有空谈而自慰的。"

"您把友好的交谈称为空谈吗……或者，也许因为我是个女人，您就认为我不值得您信任吗？因为您是瞧不起我们所有的女人的。"

"我没有瞧不起您，安娜·谢尔盖耶夫娜，这您也知道。"

"不，我什么也不知道……不过，就算是吧：我理解您不想谈论您将来的工作；可是您现在发生的事……"

"现在发生的事！"巴扎罗夫重复了一句，"好像我是一个什么国家或者社会！无论如何，这丝毫也不让人感到有趣；况且，一个人总能大声地说出他'发生的事'吗？"

"可我看不出来，为什么不能说出你心中的一切。"

"您能吗？"巴扎罗夫问道。

"我能。"安娜·谢尔盖耶夫娜犹豫了一下答道。

巴扎罗夫低下了头。

"您比我幸福。"

安娜·谢尔盖耶夫娜不解地看着他。

"不管您怎样想，"她继续说道，"总好像有什么在告诉我，我们不会徒然相识，我们会成为好朋友的。我相信，您的，怎么说呢，您的紧张和拘谨最终会消失的吧？"

"那么，您看出来了我的拘谨……还有您所说的……紧张？"

"是的。"

巴扎罗夫起身走到窗前。

"您很想知道我拘谨的原因，很想知道我发生了什么事吗？"

"是的。"奥金佐娃重复道，她自己也不明白，为什么她有些胆怯。

"您也不生气吗？"

"不。"

"不？"巴扎罗夫背朝着她站着。"那么，告诉您吧，我爱您，又愚蠢、又疯狂地……瞧，您达到了目的。"

奥金佐娃向前伸出了她的两只手，巴扎罗夫则把额头紧贴在窗玻璃上。他喘不上气来；全身明显地颤抖着。但是，这并非孩子般胆怯的颤抖，也不是第一次袒露心迹的甜蜜惊恐。这是他内心在升腾着强烈、沉重的激情，它类似于激怒，或者与激怒密切相关的情感……奥金佐娃害怕、可怜起他来。

"叶夫盖尼·瓦西里伊奇。"她说道，声音里不由得充满了温柔。

他一下子转过身来，像要把人吞了似的，牢牢盯住了她——突然一把抓住她的两只手，把她拉到了自己的胸前。

她没有立刻从他的怀抱中挣脱出来；但一会儿工夫，她已经远远地站在屋角，从那儿看着巴扎罗夫。他猛地冲向她……

"您没有明白我的话。"她急促地、害怕地喃喃道。似乎他如果再向前迈一步，她就会喊叫起来……巴扎罗夫咬紧双唇，出去了。

半小时后，女仆把巴扎罗夫写的一张字条交给了安娜·谢尔盖耶夫娜；上面只有一行字："我是否应该今天离开——或者可以待到明天？""为什么要走呢？我不明白您——您也不明白我。"安娜·谢尔盖耶夫娜答复他说，她自己却想："我连自己也不明白。"

　　午餐前她再没露面，一直背着手在房间里前前后后地走着，偶尔站在窗前或者镜子前面，用手帕慢慢地擦擦她的脖子，她觉得上面好像有一块儿地方火辣辣的。她问自己是什么使她，用巴扎罗夫的话说，"达到了目的"，使他袒露了真言呢，而她就没怀疑什么吗……"我错了，"她低声说道，"可我没料到会是这样的。"她沉思起来，想到巴扎罗夫扑向她时，近乎于野兽似的面孔，她的脸一下子变得通红……

　　"莫非？"她突然说着，站住了，甩了甩头发……她看到了镜子里的自己；她那向后仰起的头，含着神秘微笑的半睁半闭的眼睛和双唇，这会儿，似乎都在向她述说着什么，她因此不好意思起来……

　　"不，"她终于坚决地说道，"天晓得这会怎么样，这开不得玩笑，平静终归好于世上的一切。"

　　她的平静并没有被破坏；但是，她充满忧伤，甚至大哭了一场，自己也不知道是因为什么，反正不是因为受到了侮辱。她没有感到自己受到侮辱，却很快便感到自己错了。各种模模糊糊的情感，对过去生活的感触，对新事物的渴望，在这一切的影响下，她使自己走到了一条明显的界线的边上，同时，又迫使自己去向界线外窥视——于是，她发现在那条界线之外即使不是深不可测，也是一片空虚……或者丑陋。

十八

无论奥金佐娃怎样控制自己,无论她怎样超脱于各种繁文缛节,当她来到饭厅用午餐时,仍然不大自在。可这顿饭吃得倒是非常顺利。波尔菲里·普拉托内奇来了,讲了许多笑话;他刚从城里回来。他还告知大家,省长布尔达鲁命令他的所有担任特别差事的下属都要带马刺,以便派他们骑马出发执行公务时,提高速度。阿尔卡季一边低声和卡佳说着话,一边巧妙地奉承着公爵小姐。巴扎罗夫固执地阴沉着脸,一言不发。奥金佐娃有两三次直接,而不是偷偷地注视着他严厉、难看、低下眼睛的面孔,那上面的每一根线条都显示出断然的蔑视,一边想着:"不……不……不……"午餐后她和大家一起去了花园,当她看出巴扎罗夫要跟她讲话时,便朝旁边走了几步,站住了。他走近她,没有抬眼看她,闷声说道:

"我应该请您原谅,安娜·谢尔盖耶夫娜。您不可能不生我的气。"

"不,我不生您的气,叶夫盖尼·瓦西里伊奇,"奥金佐娃答道,"可是我感到伤心。"

"那更不好。无论如何我是受够惩罚了。大概您也认为我的行为太愚蠢了。您写道:为什么要走呢?可是我不能也不想留下来。明天我就不在这里了。"

"叶夫盖尼·瓦西里伊奇,为什么您……"

"为什么我要走?"

"不,我并不是想谈这个。"

"过去的事情是无法挽回的,安娜·谢尔盖耶夫娜……这一切或早或晚都要发生。所以,我必须走。我知道只有一个原因或许能让我留下来;但是这个原因永远也不会有。请您原谅我的粗鲁无礼,您不爱我,也永远不会爱我吗?"

巴扎罗夫乌黑眉毛下的一对眼睛瞬时间发出明亮的光芒。

安娜·谢尔盖耶夫娜没有回答他的话。"我害怕这个人。"这个念头在她的脑中闪了一下。

"再见啦。"巴扎罗夫像是猜出了她的心思似的说道,然后便向房里走去。

安娜·谢尔盖耶夫娜叫来卡佳,挽起她的手,静静地跟着她走去。直到傍晚她都一直和卡佳在一起。她没有玩牌,始终嘲弄地笑着,这和她苍白、腼腆的脸庞并不相配。阿尔卡季迷惑不解地注视着她,像青年人观察人时一样,他不断地问着自己说:这是什么意思呢?巴扎罗夫把自己关在屋里;但是快喝茶时他出来了。安娜·谢尔盖耶夫娜想对他说些亲切的话,可是她不知道怎样向他开口……

意料不到的事情使她摆脱了困境:管家通报说,希特尼科夫来了。

很难用语言描绘出这位年轻的进步党人士怎样像只花鹌鹑似的飞进了房间。尽管希特尼科夫和安娜·谢尔盖耶夫娜并不熟悉，她也从未邀请过他，但他得知他的两位聪明、亲密的朋友在她这儿做客后，他便决定带着他那股独有的纠缠不休劲儿到乡村她家里来；可是，他仍然胆战心惊。他没有讲那些事先准备好的道歉话和问候词，反而唠唠叨叨地胡说八道起来，说什么，叶夫多克西雅·库克什娜让他来问候安娜·谢尔盖耶夫娜，而阿尔卡季·尼古拉耶伊奇对他说起她时，也总是赞不绝口……说到这儿时，他结结巴巴起来，慌得竟然坐在了他自己的帽子上。然而，谁也没有赶他走，安娜·谢尔盖耶夫娜甚至向他介绍了姨妈和妹妹，于是，他很快恢复了常态，噼里啪啦地说得流利极了。在生活中，庸俗也常常是有益处的：它可以减弱调得过高的弦调，使自以为是或者忘我的感觉清醒过来，意识到，它同它们是同宗近亲。希特尼科夫到来之后一切都似乎变得笨拙了，因而也就简单了；大家甚至晚饭也吃得更饱些，各自回去睡觉的时间也比平时提前了半个小时。

"我现在可以对你重复那句话了，"阿尔卡季躺在床上，对也已经脱了衣服的巴扎罗夫说道，"那是有一次你对我说过的话：'为什么你如此忧郁？想必履行了什么神圣的义务？'"

两个朋友之间不知从何时开始只是冒似玩笑地说几句，它标志着内心里的不满或者那不可言说的猜疑。

"明天我去老爸那儿。"巴扎罗夫说道。

阿尔卡季欠起身子，支起胳膊肘。他很吃惊，不知为什么高兴起来。

"哈！"他低声说道，"你是因此才忧郁吗？"

巴扎罗夫打了个哈欠。

"知道得多,老得快。"

"那么,安娜·谢尔盖耶夫娜怎么样?"阿尔卡季继续说道。

"什么安娜·谢尔盖耶夫娜?"

"我想说:难道她会放你走吗?"

"我不是她雇来的。"

阿尔卡季陷入了沉思,巴扎罗夫则躺下,扭脸对着墙。

大家默默地过了几分钟。

"叶夫盖尼!"阿尔卡季突然喊道。

"什么?"

"我明天和你一起走。"

巴扎罗夫什么也没有回答。

"只是,我要回家,"阿尔卡季继续说道,"我们一起到霍赫洛夫斯基新村,你在那可以雇费多特的马。我很愿意认识你的家人的,可是,我害怕给他们,也给你添麻烦。以后你不是还要来我们那儿吗?"

"我的东西放在了你们那儿。"巴扎罗夫没有转过身来,应声说道。

"为什么他不问我,干吗我要走呢?并且像他一样,这么突然?"阿尔卡季想。"真的,我为什么要走,他又为什么要走呢?"他继续想着。他无法给自己的问题以满意的回答,心里涌起股苦涩的感觉。他感到离开这种生活他会很沉重,他已经完全习惯它了;但是,一个人留下来似乎有些奇怪。"他们之间发生了什么事,"他暗自断定,"为什么我要在他走后,再惹她讨厌呢?她已经完全厌烦我了;我连最后的机会也会失掉。"他开始想象起安娜·谢尔盖耶夫娜,接着,另外一个人的轮廓却透过这位年轻寡妇漂亮的面容渐渐地显露出来。

"卡佳多么让人留恋!"阿尔卡季对着枕头喃喃道,上面已经滴满了泪水……他突然把头发向后一甩,大声说道:

"希特尼科夫这个笨蛋来干什么呢?"

巴扎罗夫先是在床上动了动,然后便说了下面一席话:

"兄弟,我看你更笨。我们需要希特尼科夫这种人。你要明白我的话,我,我需要这样的傻瓜。并非上帝才会烧瓦罐啊!……"

"啊!……"阿尔卡季暗自想,而巴扎罗夫深不可测的自尊心只在这一瞬间里向他袒露了一下。"那么说,我和你是上帝?就是说——你是上帝,那么,难道我是傻瓜吗?"

"是的,"巴扎罗夫阴郁地重复道,"你更是一个傻瓜。"

第二天,当阿尔卡季说他和巴扎罗夫一起走时,安娜·谢尔盖耶夫娜并没有表示惊讶;她一副心不在焉和疲倦的样子。卡佳一言不发、一本正经地看了看他,公爵小姐甚至两手交叉在她的披肩下画起十字来,因此他不能不注意到它;希特尼科夫完全慌了。他刚好身着讲究的,并非斯拉夫派分子的新式服装来用早餐;昨晚派来给他当侍从的人见到他有那么多的内衣惊讶极了,可是突然,他的朋友们要丢下他走了!他迈着碎步来回转悠着,像只林边被追赶的兔子,突然他怯怯地,几乎喊着说道,他也打算离开。奥金佐娃没有挽留他。

"我有一辆非常平稳的四轮马车,"这个不幸的年轻人又转身向阿尔卡季说道,"您可以坐我的车走,这样,叶夫盖尼·瓦西里伊奇就能用您的马车了,这样甚至会更方便些。"

"得了吧,您不和我们同路,离我家更是远得很哪。"

"这没有关系，没有关系的；我有的是时间，并且我还要去那边办事。"

"是包收捐税的事吗？"阿尔卡季的问话中已经夹杂着过分的蔑视了。

但是，希特尼科夫失望得一反常态，他甚至笑都没笑。

"请您相信，四轮马车平稳极了，"他嘟嘟囔囔地说道，"并且有每一个人的座位。"

"不要拒绝希特尼科夫先生，让他伤心吧。"安娜·谢尔盖耶夫娜低声说道……

阿尔卡季看了看她，然后意味深长地低下了头。

早餐后客人们走了。和巴扎罗夫道别时，奥金佐娃向他伸出手，说：

"我们还会见面的，是吗？"

"听您的吩咐。"巴扎罗夫回答道。

"那么，我们会见面的。"

阿尔卡季第一个走下台阶：他爬进了希特尼科夫的四轮马车。管家恭恭敬敬地扶他上车，他却想打管家一顿，或者大哭一场。巴扎罗夫坐在阿尔卡季的车里。抵达霍赫洛夫斯基新村后，阿尔卡季一边等着客店老板费多特套车，一边走到他的马车前，像以往一样地笑着对巴扎罗夫说：

"叶夫盖尼，带上我吧；我想去你那儿。"

"上车吧。"巴扎罗夫含含糊糊地说道。

希特尼科夫正神气地吹着口哨在他的四轮马车旁，走来走去，两个朋友的谈话惊得他目瞪口呆，阿尔卡季则冷淡地从他的四轮马车里取出自己的东西，上车坐在巴扎罗夫身边——然后，彬彬有礼地向他刚才的旅伴点了点头,喊道:"走吧!"马车便疾驰而去,很快就不见踪影了……希特尼科夫特别难为情地看了看他的马车夫,可是那人正对着拉梢马的尾巴甩弄鞭子。希特尼科夫跃上马车,向两个过路农夫雷鸣般地吼道:"戴上帽子,傻瓜们!"便慢慢地向城里驶去。等到进了城时已经很晚了。第二天在库克什娜那里,他猛烈地责斥了两个"傲慢、不礼貌的讨厌家伙"。

阿尔卡季一坐进巴扎罗夫的车,便紧紧地握住他的手,很长时间什么也没说。似乎巴扎罗夫明白,并且很看重他的表示和沉默。走前的一夜他没有睡觉,没有抽烟,他已经好几天没吃多少东西了。拉到额头的制帽下朦朦胧胧地显露出他轮廓分明、瘦削的侧影。

"怎么样,兄弟,"他终于说道,"来支雪茄烟吧……瞧,我的舌头大概是黄的吧?"

"是黄的。"阿尔卡季答道。

"唉……雪茄烟并不可口啊——机器出毛病了。"

"近来你真的变了。"阿尔卡季说道。

"没有关系!会好起来的。只有一件事麻烦——我母亲的心肠太软了:如果不一天吃上十次,把肚子填得鼓鼓的,她会伤心死的。父亲嘛,无所谓的,他自己哪里都去过,经得多,见得广。不,不能抽烟了。"他又说道,把雪茄烟扔到了路上的尘土中。

"到你们庄园有二十五俄里吗?"阿尔卡季问道。

"有二十五俄里。哎,问问那个聪明人好了。"

他指了指马车夫座位上的男人,他是费多特的雇工。

可是那个聪明人回答说:"鬼知道——这儿没量过俄里,"便又继续低声骂起辕马来,因为它"脑袋瓜乱踢",也就是马头晃个不停。

"是的，是的，"巴扎罗夫说道，"我年轻的朋友，这对您是个教训，一个很有益的例子。天晓得这是什么胡说八道！每个人都像是挂在一根细线上，他的下面时时刻刻张开深渊，而他还给自己杜撰出各种麻烦事，破坏他的生活。"

"你在暗示什么？"阿尔卡季问道。

"我什么也没有暗示，我坦率地说，我们两人，我和你的表现蠢极了。这有什么好解释的呢！我在诊所里已经发现：谁愤恨他的病痛，那么谁就一定会战胜他的病痛。"

"我不完全明白你的意思，"阿尔卡季低声说道，"我以为，你没有什么好抱怨的。"

"如果你不完全明白我的话，那么我再跟你说几句：我认为，在大道上打石头，要比让女人控制好得多，哪怕是控制一个指头尖。这都是……"巴扎罗夫差点没说出他爱说的词"浪漫主义"，他忍住了，说道："胡说八道。你现在不相信我，但我跟你说：瞧，我和你落到了女人圈里，我们都很高兴；可是抛弃这个圈子——正和热天里浇一身冷水一样。男人们没时间干这些鸡毛蒜皮的小事；男人应该凶猛，像著名的西班牙谚语中说的那样。那么，你，"他转身向坐在马车夫座位上的男人问道，"你，聪明人，你有妻子吗？"

那个男人向两个朋友露出一张扁平的五官不清的脸。

"妻子吗？有。怎么能没有妻子呢？"

"你打她吗？"

"打妻子吗？什么样的事没有哇。不会无缘无故地打她的。"

"很好。那么，她打你吗？"

那个男人扯了扯缰绳。

"瞧你说的,老爷。你真是能开玩笑⋯⋯"显然,他感到受了委屈。

"听见了吧,阿尔卡季·尼古拉伊奇!而我和你却挨了打⋯⋯瞧,这就是有知识的人的本事。"

阿尔卡季不自然地笑了,巴扎罗夫则转过身去,一路上再没开过口。

二十五俄里的路,阿尔卡季感到足有五十俄里长。可是终于在一个山冈的慢坡上出现了一个小村庄,巴扎罗夫的父母亲就住在那里。挨着村庄的一片小白桦林里能看见草房顶下的一小幢贵族房屋。第一间家舍旁两个戴帽子的农夫,正站在那里骂架。"你这个大蠢猪。"一个对另一个说道,"还不如一只小脏猪。""你老婆——是个巫婆。"另一个回骂道。

"从他们放肆的态度,"巴扎罗夫对阿尔卡季说道,"和戏谑的说话方式你能判断出我父亲的农夫们没有受到过分的压制。瞧,他亲自到门口台阶上来了。显然是听见铃声了。他,真是他,我认出他来了。唉!可是,他的头发变得那么白啊,可怜的人!"

十九

巴扎罗夫从四轮马车里探出身来,阿尔卡季也从同伴背后伸头张望,看到一个瘦高个子的人站在老爷这幢小房的台阶上,他头发蓬乱,鹰钩鼻子又细又长,穿着件旧军大衣,敞着怀,分开两腿站在那里,他叼着长长的烟斗,一双眼睛在阳光下眯缝着。

马停下了。

"你可来了,"巴扎罗夫的父亲说,他仍在吸着烟斗,烟袋在他的手指间不停地跳动着。"快下车吧,下来吧,让我们亲一亲。"

他和儿子拥抱起来……"叶纽什卡,"传来一个女人颤抖的声音。门大开,一个身材矮胖,戴着白护发帽,穿着花短外衣的老妇人出现在门口。她惊叫一声,摇摇欲倒,如果不是巴扎罗夫扶住她,她大概非摔倒不可了。她的胖乎乎的手臂一下子便搂住他的脖子,头紧紧地贴在他的胸前,于是一切都寂静下来,只听到她断断续续的啜泣声。

老巴扎罗夫长长地喘息着,眼睛比刚才眯得更厉害了。

"好啦,好啦,阿里沙!别哭啦,"他说着,同阿尔卡季互相看了一眼。阿尔卡季一动不动地站在马车旁,坐在车夫位子上的农夫却转过脸去了。"这是何苦呢!好啦,别哭啦。"

"唉,瓦西里·伊万诺维奇,"老妇人喃喃说道,"多少年没见到我的孩子,我亲爱的叶纽什卡了……"她没有放开手臂,只是微微地抬起她那张湿漉漉满是泪水的皱纹纵横而柔情脉脉的脸,稍稍离开巴扎罗夫,用那双充满幸福而又令人可笑的眼睛看了他一眼便又埋头在儿子的怀里了。

"是的,当然,这都合于常理,"瓦西里·伊万诺维奇说道,"不过最好还是先到屋里去。你看还有客人同叶夫盖尼一块儿来呢。请原谅,"他转身轻轻地两腿一顿,对阿尔卡季说道,"您知道,女人的弱点,喏,还有母亲的心……"

然而他自己也是嘴唇、眉毛都在颤抖,下巴哆嗦着……不过他显然在努力控制自己,因而显得有点淡漠。阿尔卡季躬身行礼。

"真的,妈妈,咱们走吧,"巴扎罗夫说罢,扶着软弱无力的老妇人走进房内,把她安置在安乐椅内坐下之后,他又一次匆匆地同父亲拥抱了一下,并向他引见阿尔卡季。

"衷心地为我们相识而高兴,"瓦西里·伊万诺维奇说道,"不过请不要见怪,我这里一切都很简陋,像在军队里一样。阿里娜·弗拉西耶夫娜,你安静点,帮帮忙吧:怎么这样没有毅力呢?客人先生要怪罪你了。"

"他爹,"老妇人含着眼泪说,"我还没有请教名字和父称呢……"

"阿尔卡季·尼古拉伊奇。"瓦西里·伊万诺维奇庄重地悄悄告诉她。

"请原谅我,真糊涂了。"老妇人拧了一把鼻涕,低下头,一左一右依次仔细地擦干了眼睛。"请您原谅我。我以为到死也见不着我的宝贝儿子呢。"

"这不是见着了嘛,太太,"瓦西里·伊万诺维奇说道,"塔纽什卡,"他转脸对一个13岁左右的光着脚丫的小女孩说,她穿着鲜红的花布连衣裙,正战战兢兢地从门外向房内张望。"给夫人倒杯水来,用托盘端着,听见没有?你们,先生们,"他以颇有旧式风范的戏谑口吻说道,"请到退役老兵的书房坐坐吧。"

"叶纽什卡,让我再拥抱你一下吧,"阿里娜·弗拉西耶夫娜叹息着说。巴扎罗夫向她弯下身去。"啊,你真长成个美男子了!"

"美男子不美男子,常言说得好,是真正的男子汉。现在,阿里娜·弗拉西耶夫娜,我希望你那母亲的心得到满足之后,应该关心填满我们亲爱的客人们的肚子,你要知道,讲故事是喂不饱夜莺的。"

老妇人从安乐椅上站起来。

"瓦西里·伊万诺维奇,马上就开饭,我亲自到厨房去,让他们烧上茶炊,马上就好,马上。三年没见着他啦,没给他做吃的,做喝的,容易吗?"

"好吧,你瞧着点,当家的,张罗一下,别让人笑话。先生们,请你们跟我来吧。叶夫盖尼,你瞧,季莫菲伊奇向他致敬来了。这条老狗,他大概也高兴了。什么?真的高兴啦,老狗?跟我一块儿表示欢迎吧。"

瓦西里·伊万诺维奇匆忙地向前走去,跟跟跄跄,一双穿旧的便鞋噼啪地响着。

他这幢小房共有六个小房间:其中一间,称作书房,就是他带我们的朋友去的那间。一张粗腿桌子完全占去两个窗子之间的那块地方,桌上堆满文件,这些文件由于多年的尘土而发黑了,仿佛被烟熏过似的。墙壁上挂着几支土耳其步枪、马鞭、一把马刀,两幅地图,几张解剖挂图,胡费兰德[①]肖像,一幅镶在黑色镜框中用头发组成的花体字画和一张蒙着玻璃板的文凭。一只皮沙发放在两个美纹桦木做的大橱柜的中间,沙发上有的地方已撕破,压出坑来了。书架上乱七八糟地堆放着书籍、小盒子、鸟类标本、拔火罐、药瓶子。一个墙角处立着一架损坏了的发电机。

"我对你说过,尊贵的客人,"瓦西里·伊万诺维奇开口说道,"我们这里过着军营般的生活……"

"你别说了,干吗总道歉?"巴扎罗夫打断他的话,"基尔萨诺夫很清楚,我们不是大富翁,你这里也不是皇宫。现在的问题是我们让他住在哪里?"

"好吧,叶夫盖尼,我们厢房那边有个很好的房间;他在那边会很舒服的。"

"这么说,你连厢房也盖好啦?"

"正是的,就在浴室那边。"季莫菲伊奇插嘴说。

"就在浴室旁边,"瓦西里·伊万诺维奇连忙加以说明,"现在已经是夏天……我马上到那边安排一下。季莫菲伊奇,你最好把

---

① 胡费兰德(1762—1836),德国医师,曾任彼得堡科学院国外名誉院士。主要著作有:《临床医学指南》《长寿艺术》等。

他们的东西拿过来。你呢,叶夫盖尼,我当然要让你住我的书房了。各得其所吧[①]。"

"没想到吧!老爷子很有意思,特别好心,"瓦西里·伊万诺维奇一出去,巴扎罗夫便说道,"同你们家老爷子一样,是个怪人,不过是另一种类型。总爱唠唠叨叨的。"

"你母亲看来也是个很好的女人。"阿尔卡季说。

"是的,她对我是一片诚心,你瞧她会给我们做顿什么样的午饭吧。"

"今天没想到你会来,少爷,没有送牛肉来。"提着巴扎罗夫的皮箱走进来的季莫菲伊奇说道。

"没有牛肉也成,没有不为过。常言说,贫非罪嘛。"

"你父亲有多少农奴?"阿尔卡季突然问道。

"家产不是他的,是母亲的,我记得,有十五个农奴。"

"总共二十二个呢。"季莫菲伊奇不满意地说。

一阵噼啪作响的拖鞋声,瓦西里·伊万诺维奇又进来了。

"几分钟之后,您的房间就可以收拾好了,"他扬扬得意地喊叫着,"阿尔卡季·尼古拉伊奇?您是这样称呼吧?这是您的仆人,"他指着跟他一块儿进来的一个头发剪得短短的男孩说。男孩穿着件肘部已破的蓝色长外衣和一双不合脚的靴子。"他叫费奇卡。我再说一遍,请您不要见怪,虽然儿子不让我说。不过他会装烟斗。您是吸烟的吧?"

"我大多是吸烟卷。"阿尔卡季回答说。

"您这样做很有道理。我也愿意吸烟卷,但是我们这穷乡僻壤

[①] 此句原文为拉丁文:Suum cuique.

的地方太难弄到烟卷了。"

"你别再装出副可怜相诉苦了,"巴扎罗夫又打断他的话,"你最好坐到这边沙发上,让人好好看看你吧。"

瓦西里·伊万诺维奇笑着坐下了。他的脸很像儿子,只是他的上额略低略窄,而嘴稍大。他不停地动着,时时耸肩膀,仿佛腋下衣服上有刺扎他似的,他眨着眼睛,咳嗽,手指乱动。但是他的儿子却完全不同,随随便便而又安安稳稳。

"装穷诉苦!"瓦西里·伊万诺维奇又说道,"叶夫盖尼,你不要以为,我是要向客人乞求怜悯;我只想说,我们住的地方是多么偏僻。相反,我赞成这种见解:对于一个有思想的人来说是没有穷乡僻壤的。至少我尽可能努力做到如常言说的思想不要发霉,不要落后于时代。"

瓦西里·伊万诺维奇从口袋里掏出条崭新的黄手帕,这是他跑到阿尔卡季的房间去的时候取来的,他在空中抖动着手帕,又继续说下去:

"我说的不是我让农民实行租税制,按对半分成把自己的土地给他们耕种,这对我也并非是无所谓的牺牲。我认为这是自己的义务,这件事情是良知本身责成的。虽然其他地主连想都不想这样做:我说的是科学,教育。"

"是的,我看到你这里有一本1855年的《健康之友》杂志。"巴扎罗夫说。

"这是一个老朋友给我寄来的,"瓦西里·伊万诺维奇连忙解释道,"而且我们比如说对骨相学有所了解,"他补充说,他指着一个立在橱柜上分成四边形编上号码的石膏小头像,多半是对着阿尔卡季说道:"我们对勋奈林①也不是一无所知,还有拉德马黑尔②。"

"某省还信仰拉德马黑尔吗?"巴扎罗夫问。

瓦西里·伊万诺维奇咳嗽起来。

"某省,先生们,你们了解得更清楚,我们哪里能赶得上你们呢?你们已经接了我们的班了。我们那时候,有个叫霍夫曼的体液病理学家,还有个什么布朗和他的活力论都显得很可笑,可是也都曾轰动一时呢。你们现在已经有个新的什么人代替了拉德马黑尔,你们崇拜这个人,可是二十年之后也许人们会嘲笑他的。"

"我给你说句宽心的话,"巴扎罗夫说,"我们现在对医学根本就是置之一笑,并不崇拜任何人。"

"这是怎么回事?你不是想当医生吗?"

"想,但这两者并不矛盾。"

瓦西里·伊万诺维奇用中指向烟斗中扎了几下,里面还剩下一点热的烟灰。

"有可能,有可能,我不同你们辩论。我算什么?一个退役的军医,如此而已。现在又当上农艺师了。我曾在你祖父的旅里任职,"他又对阿尔卡季说,"不错,不错,想当年我也见过许多世面。什么样的社交场合没有去过!什么样的人物没有接触过!我,就是现在你们看到的我,曾给维特根施泰因公爵和茹科夫斯基诊过脉!你们知道吗,按十四日起义者说法,南军里所有人(这时瓦西里·伊万诺维奇意味深长地紧闭嘴唇)我全认识。不过这与我没有

---

① 勋奈林(1793—1864),德国医生。
② 拉德马黑尔(1772—1849),德国学者、医生。

关系。我只管自己的手术刀就够了。您的祖父可是一个非常受人尊敬的人,一个真正的军人。"

"你要承认,那是个大笨蛋。"巴扎罗夫懒洋洋地说。

"唉,叶夫盖尼,你这是怎么说话呀?得啦……当然,基尔萨诺夫将军不算是……"

"好啦,别说他啦,"巴扎罗夫打断说,"我一来到这儿,特别喜欢你的白桦树林,长得真好。"

瓦西里·伊万诺维奇振奋起来。

"那你看看我现在的小花园吧!每棵树都是我亲手栽的。有果树,有浆果,还有各种药草。年轻的先生们,不管你们头脑如何机灵,老巴拉赛尔苏斯①的话毕竟是神圣的真理:一切都在药草、话语和石头之中。你知道,我已不再行医,但是一星期里总有两三次重操旧业。人家来求教,总不能粗鲁地把人家赶走吧。也常有穷人来请求帮助。况且这个地方根本没有医生。这里附近有个人,是个退役少校,你想不到,他也给人看病。我向人打听他是否学过医,人们告诉我,没有,他没学过,他多半是出于善心……哈哈,出于善心!什么事啊!哈哈,哈哈!"

"费奇卡!给我装上烟斗!"巴扎罗夫厉声说道。

"我们这里还有一位大夫,他到病人家出诊,"瓦西里·伊万诺维奇带着某种无可奈何的神情说,"病人已一命呜呼,人家不让大夫进去,说现在用不着了。这位完全没有料到,不好意思起来,问:'老爷临终前打嗝没有?''打了。''打得厉害吧?''厉

---

① 巴拉赛尔苏斯(1493—1541),医学家和自然科学家,化学医学派创始人之一。他力促使化学制剂应用到医学上来。

害。'‘啊,这很好。'于是转身回去了。哈哈。"

老人家一个人笑起来。阿尔卡季淡然一笑。巴扎罗夫只是猛吸了一口烟。就这样谈了一个半小时;阿尔卡季回自己房间去了一趟,这个房间原来是浴室的更衣间,不过很舒适、干净。塔纽莎终于进来报告,午饭准备好了。

瓦西里·伊万诺维奇第一个站起来。

"走吧,先生们!如果我使诸位厌倦,请予宽恕。也许内人会比我更令你们满意。"

午饭,虽然是仓促准备的,但是做得很好,甚至可以说很丰盛;只是酒不多,正像俗话说的,刚有点酒意:季莫菲伊奇在城里从一个熟识的商人那里买来的霍列斯酒,几乎全是黑色的,发出一种不知是铜还是松脂的气味;而且苍蝇也在那里捣乱。平常有一个听差的小厮拿着一根很大的绿树枝赶苍蝇;但是这次瓦西里·伊万诺维奇把他支开了,怕受到青年人的责备。阿里娜·弗拉西耶夫娜匆匆忙忙打扮了一番:戴上一顶有绿飘带的软帽,披一条浅蓝花披肩。一看见她的叶纽什卡,她又哭了,但是不等丈夫劝她,她自己就连忙擦干了眼泪:她怕把披肩弄湿了。年轻人自己吃饭,主人们早就吃过了。费奇卡服侍他们,那双不平常的靴子显然很使他受累,一个叫安菲苏什卡的女人给他帮忙,她只有一只眼睛,脸上带着刚毅的神情,她履行着家务管理员、家禽饲养员和洗衣工的职责。客人吃饭时,瓦西里·伊万诺维奇在房间里来回踱步,脸上洋溢着幸福的、甚至颇为得意的神情。他讲述着拿破仑的政策和意大利问题的复杂性给他带来的重重忧虑。阿里娜·弗拉西耶夫娜对阿尔卡季看都不看一眼,也不招待他吃饭,她用拳头托着圆圆的脸庞,目不转睛地看着儿子,不住声地唉声叹气;略显浮肿的樱桃色嘴唇，两颊和眉际的黑痣使她的圆脸上带着非常和善的表情。她极想知道他来住多少时间，但她又不敢问他。"若是他说就待两天呢，"她想，她的心揪起来了。吃完炸菜，瓦西里·伊万诺维奇出去了一会儿，回来时手里拿着打开瓶盖的半瓶香槟酒。"你们瞧，"他兴奋地大声说，"即便我们住在穷乡僻壤，遇到隆重的场合我们照样可以欢庆一番！"他斟满三个高脚酒杯和一个小酒杯，说了声祝"无限尊贵的客人健康"，便像军人似的把那一大杯酒一饮而尽，而且还强使阿里娜·弗拉西耶夫娜把一小杯喝得一滴不剩。果酱端上来之后，阿尔卡季虽然平时不吃任何甜东西，但是认为品尝新熬好的四个不同品种的果酱是责无旁贷的事，然而巴扎罗夫却断然拒绝，并且立即吸起烟来。后来又端上奶油茶、黄油茶和小甜面包；然后瓦西里·伊万诺维奇又带领大家去花园欣赏黄昏的美景。走过长椅时，他小声对阿尔卡季说：

"我喜欢在这个地方看着夕阳西下探究哲理：太阳应该是个隐士。再往那边，我栽了几棵树，是贺拉斯①喜欢的树。"

"什么树？"巴扎罗夫注意听着问道。

"就是……槐树。"

巴扎罗夫打起哈欠了。

"我看，旅行家们该投入摩尔甫斯②的怀抱了吧。"瓦西里·伊万诺维奇说。

"也就是说该睡觉啦！"巴扎罗夫接着他的话说，"这个判断

---

① 贺拉斯（前65—前8年），罗马诗人。他的《诗艺》一书是古典主义的理论基础。

② 摩尔甫斯，希腊神话中的梦神。"投入摩尔甫斯的怀抱"是进入梦乡之意。

完全正确。该睡啦,一点不错。"

同母亲分手时,他吻了吻她的上额,但她却拥抱了他,并且在他背后,偷偷地画了三次十字。瓦西里·伊万诺维奇送阿尔卡季到他的房间,并祝愿他得到"在我们幸福年华时代曾享受过的那样美好的休息"。确实,阿尔卡季在他的澡堂更衣室里睡得好极了:房间里散发着薄荷的香味,两只蟋蟀在壁炉后面争相吱叫着像奏催眠曲。瓦西里·伊万诺维奇从阿尔卡季这里回到书房,在沙发上弯着身子挤在儿子的腿边,想同儿子聊聊天,但是巴扎罗夫立即把他支走了,说他困了,但他本人直到天亮也没睡着。他大睁着双眼,气愤地看着漆黑一片:童年回忆对他没有吸引力,何况他还没有摆脱最后那些痛苦的印象。阿里娜·弗拉西耶夫娜开初心满意足地祷告了一会,然后又同安菲苏什卡谈了很久;她一动不动地站在夫人面前,那只独眼目不转睛地盯着她,神秘地向她悄悄诉说她对叶夫盖尼·瓦西里伊奇的种种发现和设想。兴奋、饮酒、香烟的烟雾使老太太头晕目眩;丈夫本来想同她谈谈,只好挥手作罢。

阿里娜·弗拉西耶夫娜是一位真正的俄罗斯旧时贵族,她应当生活在两百多年前的古莫斯科时代。她十分地笃信上帝,非常敏感,迷信一切可能的预兆、卜卦、符咒、梦境;迷信假托神命的先知、家神、林妖、不祥的相遇、中邪、民间药方、星期四不吃盐[①]、世界末日即将来临;她相信,如果晴朗的星期天晚祷的蜡烛没有熄灭,那么荞麦就会长得很好;她相信,蘑菇如果让人看见,它就不长了;她相信小鬼喜欢住在有水的地方;她相信,每个犹太人胸前都有块血斑;她害怕老鼠、蛇、青蛙、麻雀、蚂蝗;她怕打雷,

---

[①] 古俄罗斯农村风俗,星期四不吃盐。

怕凉水，怕过堂风，怕马，怕山羊，怕长红头发的人和黑猫；她认为蟋蟀和狗都是不洁的动物；不吃小牛肉，不吃鸽子，不吃虾，不吃奶酪，不吃龙须菜和大头菜，不吃兔子，不吃西瓜，因为切开的西瓜像约翰先驱的头颅；一说起牡蛎就浑身发颤；很喜欢吃，但是有严格的节制；她一天能睡上十个小时，但是如果瓦西里·伊万诺维奇害了头痛病，她也能完全不睡；除了《阿列克西斯或林中小屋》，她没有读完任何一本书；她一年写一封，多则写两封信，可是管理家务、晒干果、熬果酱却非常内行，虽然她什么都不用亲自动手，一般来说她是不喜欢活动的。阿里娜·弗拉西耶夫娜心肠十分好，而且就她来说，也不笨。她懂得人世间有专门发号施令的老爷和专门伺候人的平民百姓，所以对于谄媚阿谀和卑躬屈膝也并不厌弃，然而对待手下人仍旧是和颜悦色和温文尔雅的，对于任何乞丐都有所施舍，对任何人都不严词责备，虽然有时也说别人的坏话。年轻时她是一副人见人爱的模样，会弹旧式钢琴，并且能说一点法语。她的出嫁是被迫的，多年来跟着丈夫到处奔波，身体发胖了，也忘记了音乐和法语。对于自己的儿子，她又爱又说不出来地怕。庄园的管理，她交给了瓦西里·伊万诺维奇，她已经什么事情都不过问了，所以她的老伴一谈起即将到来的改革和他的计划，她就唉声叹气，摇摇手绢不愿听下去，并且由于内心的惊恐而眉毛抬得越来越高。她是个多愁善感的人，总感到要有巨大的灾祸临头，而且一想到某件伤心的事情，马上就会哭泣起来⋯⋯这样的女人现在已经绝迹了。上帝知道，这是否值得高兴！

二十

　　阿尔卡季起床之后，打开窗户——首先映入眼帘的便是瓦西里·伊万诺维奇。老头穿着布哈拉睡衣，用手绢扎着腰，正一丝不苟地在菜园里挖地。他看到了年轻的客人，便扶着铁锹大声说道：

　　"身体好呀！睡得怎样？"

　　"好极啦！"阿尔卡季回答。

　　"你瞧，我像那个辛辛纳图斯①似的，要在这里种一畦晚萝卜。感谢上帝，现在这个时代每个人都应该用自己的双手为自己取得食物，指望别人是没什么希望的：应当亲自参加劳动。归根结底还是卢梭正确。我的先生，如果半小时之前，您会看到我的另一种全然不同的姿态。有个女人说她腹痛下坠，这是他们的说法，按我们的说法是痢疾，我……怎么说好呢……我给她服鸦片；另一个女人，

---

　　① 辛辛纳图斯，罗马贵族，公元前458、公元前439年曾为罗马独裁官，据说他是谦虚和忠于职守的典范。

我给她拔了一颗牙。我要她打麻药……不过她没有同意。我做这一切都是业余爱好,不收费的。并且,对我来说也并不新奇,因为我是平民,是新人,不是出身于世袭贵族,不像我的贤内助……到这阴凉地方来待一会儿,早茶之前呼吸点早晨的新鲜空气好吗?"

阿尔卡季走到他身边。

"再一次表示欢迎!"瓦西里·伊万诺维奇像军人似的把手向盖住他的油渍斑斑的小圆帽上一靠,说道。"我知道,您过惯了豪华、舒适的生活,但是高贵的人往往也不反对在陋舍中住上几天吧。"

"您说哪里的话,"阿尔卡季反驳说,"我算什么高贵的人,而且我也过不惯豪华的生活。"

"岂敢,岂敢,"瓦西里·伊万诺维奇客气地扭捏着说道,"虽然我现在告老还乡,可也在上流社会混过一阵。我会观其言而知其人。而且我还自有一套观察人的心理和相貌的学问。斗胆说一句,如果我没有这点天赋,我早就完蛋了,我这样的小人物早就被排挤掉了。我毫不恭维地对您讲,我看到您和我儿子之间的友谊,我由衷地感到高兴。我刚才同他见过面;他按照自己的习惯——大概您也知道——起得很早,到附近跑步去了。请问,您同我的叶夫盖尼早就认识了吗?"

"从去年冬天。"

"是这样。请允许我再问一个问题,——我们是不是坐下说?请允许我作为父亲,完全开诚布公地问您,您对我的叶夫盖尼持什么看法?"

"您的儿子是我有生以来所遇到的最杰出的人中的一个。"阿尔卡季兴奋地回答说。

瓦西里·伊万诺维奇的眼睛突然一下子睁大了，两颊微微发红。铁锹从他的手中歪倒了。

"就是说，您认为，"他刚要说……

"我相信，"阿尔卡季接着他的话说，"您的儿子前途无量，他会为您脸上增光的。从我们第一次见面我就坚信这一点。"

"这……这是怎么回事呢？"瓦西里·伊万诺维奇快要说不出话了。他心花怒放地笑了，那张开的宽大嘴唇再也合不上了。

"您想知道我们怎么认识的？"

"是的……都想……"

于是阿尔卡季讲起了巴扎罗夫的事，他讲得比那次晚会上同奥金佐娃跳玛祖卡舞时更有热情，更加津津乐道。

瓦西里·伊万诺维奇听着，不断地擤鼻涕，双手用力地揉着手绢，连声地咳嗽，不停地梳弄着头发，最后，再也忍耐不住，向阿尔卡季弯下腰，吻了吻他的肩膀。

"您让我幸福极了，"他笑容可掬地说道，"我应当告诉您，我……崇拜我的儿子；我的老伴，我就不用说了，那母亲是尽人皆知的！但是当他的面我不敢表示自己的感情，因为他不喜欢这个。他反对所有的感情流露。因为他的个性坚强，有些人甚至责备他，认为这是傲慢和无感情的表现，但是像他这样的人是不能用一般尺度衡量的，是不是？若是别人处在他的地位会没完没了地问父母要钱的；可是我们这位，您信不信，他从来不多要一分钱，真的！"

"他是个无私的人，诚实的人。"阿尔卡季说。

"确实是无私的。阿尔卡季·尼古拉伊奇，我不只是崇拜他，我为他而感到自豪，我的全部虚荣心也就是有朝一日在他的传记里能写上这样的词句：'一个普通军医的儿子，但是他很早就看出儿子的才华而不遗余力地培养他……'"老人声音呜咽了。

阿尔卡季用力握了握他的手。

"您是怎么想的,"瓦西里·伊万诺维奇沉默了一会儿之后问道,"要知道他是不会在医学领域取得您所预见的声望的?"

"当然不是在医学领域,虽然在这方面他也会成为第一流的学者。"

"那么是在什么领域呢,阿尔卡季·尼古拉伊奇?"

"现在还很难说,不过他会出人头地的。"

"他会出人头地的。"老人重复了一遍便陷入沉思。

"阿里娜·弗拉西耶夫娜吩咐我请你们去喝早茶。"安菲苏什卡端着一盘熟透的马林果从旁边走过时说。

瓦西里·伊万诺维奇又精神振作起来。

"吃马林果有凉奶酪吗?"

"有的。"

"真是凉的,您瞧!阿尔卡季·尼古拉伊奇,不要客气,请多吃点。叶夫盖尼怎么还不来呢?"

"我在这里。"从阿尔卡季的房里传来巴扎罗夫的声音。

瓦西里·伊万诺维奇回头一看。

"啊哈!你想拜会你的朋友,可是你迟到了,朋友,我同他已经交谈半天了。现在应该去喝茶;你母亲在叫我们呢。顺便我要同你说几句话。"

"说什么?"

"这儿有个农民,患伊克捷尔症[①]……"

[①] 伊克捷尔症,ieterus,黄热病。原文系拉丁文的俄语拼音。

"也就是黄热病吧?"

"是的,是慢性的而且很顽固的黄热病。我给他开了矢车菊和小连翘,强制他吃胡萝卜,给过他苏打;但这都是保守疗法。要想个更有效点的办法。尽管你看不起医学,可是我相信,你能给我出个切实可行的主意。不过这件事以后再说。现在我们去喝茶。"

瓦西里·伊万诺维奇灵活地从长椅上一跃而起,唱起了《罗伯特》中的一段曲子:

　　法则,法则,我们制定法则,
　　是为了愉、愉、愉快地生活!

"多么出色的生命力啊!"巴扎罗夫说着,从窗边走开了。

日近中午。太阳从薄薄的一层连绵不断的白云后面晒得人火烧火燎。万物都寂静无声,只有几只公鸡在树下彼此呼唤着,使每个听见的人心里产生一种奇怪的困倦和无聊的感觉;在高高的树顶上鹞鹰的幼雏无休无止地吱吱叫着,像是如泣如诉的呼唤。阿尔卡季和巴扎罗夫躺在不大一堆干草的阴影里,身下铺着两包已经干得发脆但仍旧发绿和发着香味的杂草。

"那棵白杨,"巴扎罗夫说,"使我想起我的童年;它长在砖棚倒塌后留下的一个大坑的边上,那时我很相信,这个坑和白杨都拥有一种特殊的护身符,所以在它们跟前我从来不感到寂寞。当时我不明白,我之所以不感到寂寞,是因为我还小。现在我长大成人,护身符就不起作用了。"

"你在这里总共待了多长时间?"阿尔卡季问。

"一连住了两年多;后来我们就走了,我们过的是流浪生活,大多是在各个城市里来来去去。"

"这座房子早就有吗?"

"早就有,那是外公,我母亲的父亲盖的。"

"你的外公是个什么人呢?"

"鬼知道是什么人。大概是个准少将吧。在苏沃洛夫手下当过差,他总讲跨过阿尔卑斯山的故事。很可能是撒谎。"

"你们客厅里挂着苏沃洛夫的画像。我喜欢像你们这样的房子,古老而又温暖,里面有一种特别的气味。"

"是神灯曲和草木樨的味儿,"巴扎罗夫打着哈欠说,"可是这些可爱的房子里苍蝇太多了……哈!"

"你说说,"阿尔卡季沉默了一会儿又说,"小时候管得你很严吧?"

"你已看见我的父母是什么样的人,他们不是很严厉的。"

"你喜欢他们吗,叶夫盖尼?"

"喜欢,阿尔卡季!"

"他们是这样爱你!"

巴扎罗夫沉默了。

"你知道我在想什么?"他把双手垫在头下说道。

"不知道。你想什么呢?"

"我在想,我的父母这辈子过得很好。父亲60岁了还在忙忙碌碌,谈论'保守'疗法,给人看病,对农民宽厚仁慈,总之一句话,活得有滋有味;我母亲也很好:她整天忙于各种事物,长吁短叹,连想一想的工夫都没有,可是我呢……"

"你怎么样?"

"我在想:现在我躺在草垛旁……我所占的窄窄的这点地方,

同没有我存在，而且与我无关的其余空间相比，简直微乎其微；我得以生存的这段时间，对于不曾有我的过去和不将有我的未来的永恒，也是微不足道的……在这个原子中，这在这个数学的点上，血液在循环，大脑在工作，也有某种欲望！真是纷乱一团！简直荒诞无稽！"

"不过我要告诉你，你所说的，对所有人都是普通适用的……"

"你说得对，"巴扎罗夫接着说，"我是想说，他们，也就是我的父母，整天忙碌，并不为自己的卑微而担忧，他们感觉不到这一点……然而我……我却只是感到无聊和怨恨。"

"怨恨？为什么怨恨？"

"为什么？干吗问为什么？莫非你忘了？"

"一切我都记得，但是我终究不能承认你有怨恨的权利。你很不幸，我同意，但是……"

"哎，我看，阿尔卡季·尼古拉伊奇，你对爱情的理解也同所有新派年轻人一样：来，来，小母鸡，可是小母鸡刚一靠近，你又抬腿就跑！我不是这样的人。不过算啦，不说这个。帮不上忙的事，就不好意思说它了。"他侧过身去。"哎呀！瞧，这蚂蚁好样的，拖着一只半死的苍蝇。拖，老弟，拖！不要管它挣扎不挣扎，充分利用你作为动物有不承认同情感的权利，你不是我们这班兄弟，自己毁自己！"

"叶夫盖尼，这话不该你来说！你什么时候毁过自己？"

巴扎罗夫稍稍抬起头。

"我为此只感到骄傲。自己没有毁过自己，而且女人也毁不了我。阿门，到此为止，你再不会听到我说这样的话。"

两个朋友默不作声地躺了一会儿。

"是的，"巴扎罗夫开口道，"人是个奇怪的东西。一旦这样从侧面和远处来看父辈们在这里过的默默无闻的生活，就会觉得：有什么更好的吗？就算你有吃，有喝，对你的行为方式的对错，合理与否，都有自知之明。仍旧不行，仍旧会忧愁难耐。总想同人们来往，哪怕是骂他们一顿，也还是要同他们来往。"

"应当这样来安排生活，让它的每个瞬间都是有意义的。"阿尔卡季沉思地说。

"真是出口不凡！有意义的东西即便是虚假的，也还是甜蜜的，而且对无意义的东西也可以容忍……可是这无谓的争吵，无谓的争吵，这才糟糕呢。"

"如果一个人不想理会这些无谓的争吵，那么对他来说无谓的争吵便不存在了。"

"嗯……你说的是普遍观点的相反看法。"

"什么？你说的是个什么名称？"

"是这样，比如说，教育是有益的，这是普遍观点，而如果说教育是有害的，这就是普遍观点的相反看法了。它好像更讲究辞藻，其实是一样的。"

"那么真理在哪里，在哪一边？"

"在哪里？我就像回声似的来回答你：在哪里？"

"你今天心情忧郁，叶夫盖尼。"

"真的吗？大概是我太阳晒得过头了，而且马林果也不该吃这么多。"

"在这种情况下小睡一会儿倒不错。"阿尔卡季说。

"也许；不过你不要看我，任何人睡着的时候，他的脸都是愚蠢的。"

"别人怎么想你,你不是无所谓吗?"

"我不知道怎么给你说。真正的人是不应该关心这件事的。真正的人,对他是没有什么可想的,对他应当服从或者仇恨。"

"怪哉!我不恨任何人。"阿尔卡季想了想,说道。

"但是我恨许多人。你是一副软心肠,无心无肺,你怎么会恨别人呢!你胆怯,对自己缺乏信心。"

"那你呢,"阿尔卡季打断他,"对自己很有信心吗?"

巴扎罗夫沉默了一会儿。

"如果我能遇上一个人,他在我面前不表示屈服,"他一字一句地说道,"那时候我就会改变对自己的看法。仇恨!就比如今天路过我们村长菲利普的房子时你说的话。那幢白房子是那么漂亮。那时你说,当最后一个农民都拥有这样的住宅时,俄罗斯就达到理想境界了,我们所有人都应该促进这件事……可是我恨最后这个农民,不管是菲利普还是西多尔,为了他我就应该拼命地工作,他甚至不会对我说一声谢谢……况且我要他的谢谢又有何用?他能住上白房子的时候,我身上已经长出牛蒡草了;况且以后又当如何?"

"别说了,叶夫盖尼……听你今天这番话,不能不同意那些责备我们缺乏原则的人的话了。"

"你说话同你伯父一样。原则是根本没有的,你到现在还不明白这一点!然而感觉是有的,一切都取决于感觉。"

"这怎么讲?"

"就是这样。比如我吧:我持否定的态度,是由于感觉。我高兴否定,这样我的头脑才合适,这就够了!为什么我喜欢化学?为什么你喜欢苹果?也是因为感觉。这一切都是一致的。人们永远都不会说得比这更透彻的。不是任何人都会对你说这种话的,就是我以后也不会对你说了。"

"什么?连真诚也是感觉吗?"

"当然啦!"

"叶夫盖尼!"阿尔卡季以悲切的声音开口说。

"啊?什么?不合胃口吗?"巴扎罗夫打断他说,"不对,老弟!既然下决心横扫一切,那么对自己也要连根拔掉!……好啦,不过我们别再大谈哲学了。'大自然勾起梦的沉寂',这是普希金说的。"

"他从来没说过这样的话。"阿尔卡季说道。

"好,没说过,那么作为诗人他可能会说,应该说。顺便说一句,他大概可能在军队里工作过吧?"

"普希金从来不是军人!"

"得了吧,他的书上每页都是:战斗、战斗!为俄罗斯的荣誉而战!"

"你这是杜撰些什么胡言乱语呀!说到底这都是诽谤。"

"诽谤?这么重要!你倒想出个吓唬人的词!一个人,对他无论如何诽谤,实际上他要更坏二十倍。"

"最好让我睡觉吧!"阿尔卡季厌烦地说。

"十二分赞成。"巴扎罗夫回答。

但是两个人都没有睡着。一种近乎敌对的感情充塞着两个年轻人的心。过了五分多钟,他们睁开眼睛,无言地互相看了一眼。

"你瞧,"阿尔卡季突然说道,"一片椒树的枯叶脱离树枝,落向地面;它的动作同蝴蝶的飞行完全相像。不奇怪吗?最悲惨的、死亡的东西同最欢快的、活生生的东西居然相像。"

"啊,我的朋友,阿尔卡季·尼古拉伊奇!"巴扎罗夫大声喊道,"我只求你一件事:别说得这么好听。"

"我会怎么说就怎么说……况且说到底这是蛮不讲理。我脑袋里有想法,为什么不能说出来?"

"是的。那为什么我不能说出自己的想法呢?我认为,话说得好听是不礼貌的。"

"那么什么是礼貌的呢?骂人吗?"

"哎!我看你真要跟你伯父亦步亦趋了。假如他听见你刚才的话,这个白痴准会乐坏了!"

"你叫巴维尔·彼得罗维奇什么?"

"我叫他白痴,名正言顺。"

"但是这是令人不能忍受的!"阿尔卡季大声喊道。

"啊哈!亲族感情说话了,"巴扎罗夫平静地说道,"我发现,这种感情在人的心里是非常顽固的。一个人能够放弃一切,摆脱各种偏见,但是比如说,倘若承认偷了别人手帕的兄弟是小偷,却超乎他的力量。确实如此:我的兄弟,我的,即使不是天才,也是……是不是这样?"

"在我这里是普通的正义感在说话,根本不是亲族感情,"阿尔卡季气呼呼地回答,"因为你不懂这种'感情',你没有这种感觉,所以你也不能够评判它。"

"换句话说,阿尔卡季·基尔萨诺夫是大大地高于我的理解力的,那我只能表示佩服和闭口不言了。"

"叶夫盖尼,别说啦,我们终于吵起架来了。"

"唉,阿尔卡季!你劳劳驾,咱们就痛痛快快地吵上一架,吵个天翻地覆,人仰马翻。"

"然而若是这样,那结果我们就会……"

"就会打起来?"巴扎罗夫接住他的话头,"好吗?在这里,在草堆里。在田园诗般的环境里,远离尘世和人们的目光,这没有关系。不过你不是我的对手。我马上就掐住你的喉咙……"

巴扎罗夫大张开他的又长又硬的手指……阿尔卡季侧身准备抵抗,仿佛闹着玩似的……但是他朋友的面容,在他看来是那么样凶恶,那撇嘴冷笑的双唇,发光闪亮的眼睛,使他感到是那样非同小可的威胁,他不禁心生怯意了。

"啊!你们跑到这里来了!"恰在这时传来瓦西里·伊万诺维奇的声音,接着老军医便来到年轻人的面前,他穿着家做的亚麻布上衣,头上戴的也是家做的草帽。"我找了你们半天了……你们挑了个好地方,想出这么件美事。躺在'地上',仰望'天空'……你们知道吗,这其中还有某种特殊的意义呢!"

"我只在要打喷嚏时才看天空,"巴扎罗夫不满意地说,又转脸对阿尔卡季小声说,"可惜让他给搅了。"

"算了吧,"阿尔卡季小声说,悄悄地握了握朋友的手。"长此以往任何友谊也禁受不住这样的冲突。"

"我的青年朋友们,看着你们,"这时瓦西里·伊万诺维奇摇着头说,他双手交叉拄着一根巧妙地拧成花的自造手杖,一个土耳其人像充作了顶端的雕饰,"看着你们,不能不赞赏你们。你们身上凝聚着多少力量,多少风华正茂的青春,多少才干和才华!简直就是……卡斯托尔和波吕舌刻斯[①]!"

"瞧,都扯到神话上了!"巴扎罗夫说道,"现在仍看得出,想

---

① 卡斯托尔和波吕舌刻斯,希腊神话中的孪生英雄。

当年你的拉丁文很棒!我记得你的作文曾获得过银质奖章,是吗?"

"狄俄斯库里,狄俄斯库里①!"瓦西里·伊万诺维奇一再重复着。"够了,父亲,别这么含情脉脉的了。"

"百年不遇,有这么一次也是可以的,"老人喃喃地说,"不过,先生们,我到处找你们可不是为向你们说恭维话来了,而是为着:第一,向你们报告,马上就要吃午饭;第二,我想预先告诉你,叶夫盖尼⋯⋯你是个聪明人,你了解人,也了解妇女,因此,请原谅⋯⋯你的母亲为你的到来要做一次祈祷。你不要以为我来叫你去参加祈祷;祈祷已经完毕,但是阿列克谢教父⋯⋯"

"神父?"

"不错,教士,他要在我们这里吃饭⋯⋯我没有预料到,甚至也没有提出⋯⋯但是结果就是如此⋯⋯他没有懂我的意思⋯⋯还有阿里娜·弗拉西耶夫娜也⋯⋯不过在我们这里他可是个好人,是个很有头脑的人。"

"吃饭的时候他总不会吃掉我那一份吧?"巴扎罗夫问道。

瓦西里·伊万诺维奇大笑起来。

"得了吧,瞧你说的!"

"我没有任何更多的要求。我同任何人都可以同桌吃饭。"

瓦西里·伊万诺维奇正了正自己的帽子。

"我早就坚信,"他说道,"你是超脱于一切偏见的。我老头子活到62岁了,图什么,我也没有偏见(瓦西里·伊万诺维奇不敢承认,他自己也愿意做祈祷⋯⋯他笃信上帝丝毫不亚于妻子。)阿列克谢神父想同你认识。你看见他,就会喜欢他的。他还会玩牌,

---

① 狄俄斯库里,希腊神话中的孪生英雄,即卡斯托尔和波吕舌刻斯的共称。

甚至……不过这是在我们之间说……他甚至还抽烟斗。"

"什么？午饭后我们要玩牌，那我非把他赢光不可。"

"嘀——嘀——嘀，走着瞧吧！说不定谁赢谁呢。"

"怎么？难道还照老规矩办吗？"巴扎罗夫以特别重的语气说道。

瓦西里·伊万诺维奇那青铜色的面颊隐隐地发红了。

"叶夫盖尼，你别不害臊……过去的事情早就过去了。不错，我准备向他们承认，年轻时我有这个嗜好，一点不错，而且为它付出了代价！不过，天气真热。让我在你们旁边坐下吧。我不妨碍吧？"

"一点儿也不。"阿尔卡季回答。

瓦西里·伊万诺维奇哼哼唧唧地坐在干草上。

"我的先生们，你们现在坐的地方使我想起，"他开口说道，"我军人的露营生活，包扎所有时也设在这样的干草堆旁，那就谢天谢地了。"他叹了口气。"我这一辈子吃了许多苦，若是你们愿意听，比如说，我给你们讲一段在比萨拉比亚发生鼠疫的有趣的故事。"

"因此你曾获得弗拉基米尔勋章？"巴扎罗夫接住他的话茬说道，"我们知道，知道……不过，你干吗不戴上它呢？"

"我不是给你说过，我没有一定之规嘛。"瓦西里·伊万诺维奇嘟嘟囔囔地说道（前一天他刚刚让人把绶带从燕尾服上拆下来），并开始讲述鼠疫的故事。"瞧，他已睡着了。"他突然指着巴扎罗夫向阿尔卡季挤挤眼睛，小声对他说。"叶夫盖尼！起来！"他大声喊道，"该去吃午饭了……"

阿列克谢神父是个身材魁梧、仪表堂堂的男子，一头精心梳理的浓发，浅紫色绸袍上扎着绣花腰带，他是一个非常机灵、聪敏的人。他首先赶过去同阿尔卡季、巴扎罗夫握手，仿佛事先就明白他们并不需要他的祝福、祈祷，总地说来他是举止大方的，既不使自己难堪，也不去招惹别人；适可而止地嘲笑一下神学院的拉丁文，为自己的上级主教辩护几句；干尽两杯酒后，第三杯便谢绝了；接过阿尔卡季的雪茄，但是并没有立即吸它，说是要把它带回家去。他只有一点不太让人喜欢，就是他总是缓慢而又小心地捕捉脸上的苍蝇，有时就把它们按死在脸上。他带着适度的满意表情坐下来打牌，结果赢了巴扎罗夫两卢布五十戈比纸币：在阿里娜·弗拉西耶夫娜家里是没有用银币算账的概念的……她仍旧坐在儿子身边（她不玩牌），仍旧把脸颊靠在拳头上，只在吩咐人再端点食品时才站起身来。她不敢对巴扎罗夫表示爱抚，他不鼓励，不招引她的爱抚，况且瓦西里·伊万诺维奇一再告诫她不要过分"打搅"巴扎罗夫。"青年人不喜欢这个，"他一再对她说，（那天的午餐是没什么可说的：季莫菲伊奇清晨一早亲自驰马去买一种特殊的切尔卡斯牛肉；村长去另一个地方买鳕鱼、鲈鱼和虾；单为蘑菇妇女们就得到了四十二戈比。）但是阿里娜·弗拉西耶夫娜那双凝视巴扎罗夫的眼睛所流露的却不单纯是忠诚和温情，它们还表现出某种夹杂着好奇和恐怖的忧伤，某种压抑的责备。

但是巴扎罗夫并不关心他母亲眼睛中流露的感情；他很少同她讲话，只偶尔简短地问她一下。有一次他请她伸出手来为自己增添"手气"，她便悄悄地把柔软的小手放在他硬实宽大的手掌里了。

"怎么，"过了一会儿，她问，"不管用？"

"更糟糕了。"他漫不经心地一笑回答说。

"他们已经在出险牌了，"阿列克谢神父说道，他似乎怀着惋惜的心情,并且抚摸着美丽的胡须。

"拿破仑的玩法,老兄,拿破仑的玩法。"瓦西里·伊万诺维奇说着打出一张爱司。

"他的玩法已经把他送到圣海伦岛去了。"阿列克谢神父说完便用一张王牌压住了他的爱司。

"你要不要喝点醋栗水,叶纽什卡?"阿里娜·弗拉西耶夫娜问道。

巴扎罗夫耸了耸肩膀。

"不行!"第二天他对阿尔卡季说,"明天我就离开这里。真无聊,想工作,可是在这里却无法工作。还到你们农村去吧。我的全部标本都留在那里了。在你们那里至少可以关起门来做事。而在这里父亲总对我说:'我的书房归你使用,任何人都不会妨碍你,'可他自己就一步也不离开我。况且真若把他关在门外也不好意思。还有母亲也是如此。我听得见她在隔壁叹息,可是走到她面前,对她又无话可说。"

"她会很难过的,"阿尔卡季说,"他也是。"

"我还会回到他们这里来的。"

"什么时候?"

"临去彼得堡的时候。"

"我特别可怜你的母亲。"

"什么缘故?她请你吃浆果是吗?"

阿尔卡季垂下眼睛。

"你不了解你的母亲,叶夫盖尼。她不仅是个很好的女人,她很聪明,真的。今天早上她同我谈了半个来小时,那样实际、有趣。"

"大概总在传扬我的事情吧?"

"也不光是谈你。"

"可能；你是旁观者清。如果一个女人能够谈上半个小时的话，这就是个良好的信号。不过我总归要走。"

"告诉他们这件事对你也不是那么容易呢。他们总在议论两星期之后我们要做些什么。"

"是不容易。今天我鬼使神差地去逗弄父亲：前几天他命令鞭打一个佃农。他做得很对，是的，是的，你不要这样惊奇地看我，他做得很对，因为那是个不可救药的小偷和酒鬼；只是父亲怎么也没想到，就像俗话说的，让我听到了风声。他很不好意思，如今我又要让他伤心了……没关系！很快就会好的。"

巴扎罗夫嘴上说"没关系"，但是过了整整一天他都没有下决心把自己的想法告诉瓦西里·伊万诺维奇。最后在书房里同他告别时才很不自然地打着哈欠说：

"嗯……差一点忘记告诉你……请你明天把咱家的马派到费多特去，以便在那里换马。"

瓦西里·伊万诺维奇大吃一惊。

"莫非基尔萨诺夫先生要走吗？"

"是的，我和他一块儿走。"

瓦西里·伊万诺维奇在原地转了一圈。

"你也走？"

"是的……我有事。请安排好马吧。"

"好吧……"老人嘟嘟囔囔地说，"准备换马……好吧……不过……不过……这是怎么回事呢？"

"我有事要到他那里去一下，时间很短。过后我就再回到这里来。"

"是了!时间很短……好吧。"瓦西里·伊万诺维奇掏出手帕,擤着鼻涕,弯下腰去,几乎弯到地面。"有什么办法呢?这……终归是免不了的。我本以为,你在我们这里……会多住几天。才三天……三天之后,这,这,太少点了,太少点了,叶夫盖尼!"

"我不是对你说过,我很快就会回来的嘛。我有事。"

"有事……有什么办法?首先应当履行职责嘛……就是说要派马?好的,当然,我同阿里娜没有料到会这样。她刚从邻居那里要来许多花,要给你布置一下房间。(他只字没提,每天早晨,天刚亮,他光脚穿着拖鞋同季莫菲伊奇商议,并伸出颤抖的手指一张一张地取出破烂不堪的纸币,让他去采购各种物品,特别嘱咐要采购食品和红酒,十分明显,青年人很喜欢喝红酒。)主要的是自由;这是我的原则……不要勉强……不……"

他突然闭住嘴,向门口走去。

"我们很快会见面的,父亲,真的。"

但是瓦西里·伊万诺维奇只是挥了挥手,头也不回地便出去了。回到卧室,他见妻子已睡在床上,怕把她吵醒,便小声祈祷起来。但是她已经醒了。

"这是你吗,瓦西里·伊万诺维奇?"她问。

"是我,夫人!"

"你从叶夫盖尼那里来?你知道,我总担心,他在沙发床上能睡得安稳吗?我让安菲苏什卡给他铺上你的行军褥子,放上新枕头;我本来想把我们的鸭绒褥子给他,可我记得他不喜欢睡软床。"

"不要紧,夫人,别担心。他很好。上帝啊,宽恕我们这些罪人吧。"他又小声地祈祷起来。瓦西里·伊万诺维奇怜惜自己的老伴,不想在临睡前告诉她,即将到来不幸。

第二天，巴扎罗夫同阿尔卡季走了。从早晨起家里人人情绪低落。安菲苏什卡失手摔了家什；费季卡不知做什么好，最后竟稀里糊涂地脱下靴子。瓦西里·伊万诺维奇比平常更忙碌：他显然在装出一副勇敢无畏的样子，大声说话，不断地跺脚，但是他的面容却消瘦了，而且他的目光总是从儿子的身旁一滑而过。阿里娜·弗拉西耶夫娜在轻轻地哭泣；倘若不是丈夫一清早就劝说她整整两个小时，她准会神智慌乱而完全控制不住自己了。当巴扎罗夫一再许诺不过一个月准回来之后终于挣脱父亲的拥抱坐进马车；当马匹起步，车铃叮当响起，车轮开始转动，当追踪的目光再也看不见什么，当尘土散落，季莫菲伊奇，全身躬着，摇摇晃晃地拖着脚步走回自己的小屋时，当仿佛突然变得清冷衰颓的房子里只剩下两个老人的时候，刚刚还在台阶上充好汉似的挥动手帕的瓦西里·伊万诺维奇一下子坐到椅子上，脑袋低垂到胸前。"他抛弃了，抛弃我们了，"他嘟嘟囔囔地说，"他抛弃了，他同我们在一起感到无聊了。孤单一人，现在是孤单一人了！"他连说了几遍，每说一次都把挠着食指的手向前伸去。这时阿里娜·弗拉西耶夫娜走到他跟前，把她那满头银发的头和他的也是满头银发的头紧靠在一起，说道："有什么办法呢，瓦夏！儿子翅膀硬了，他像只鹰似的，想来就飞来，想走就飞走。我和你如同树洞里的蘑菇，蹲在一起，动弹不了，只有我才能永远不变地留在你身边，如同你在我身边一样。"

瓦西里·伊万诺维奇从脸上移开双手，拥抱了自己的妻子，自己的伴侣。他紧紧地拥抱她，甚至年轻时也不曾这样紧紧地拥抱过，因为在他悲伤的时刻，她安慰了他。

二十一

我们的两位朋友一路上只偶尔交谈几句无关紧要的话,默默地到达费多特。巴扎罗夫对自己不太满意。阿尔卡季也对他不满。而且他心中感到一种只有年轻人才有的莫名的忧伤。车夫换好马,爬到座位上问:向左走还是向右走?

阿尔卡季犹豫了。向右是进城的道路,可以从那里回家;向左的路却是通向奥金佐娃家的。

他看了一眼巴扎罗夫。

"叶夫盖尼,"他问,"向左走?"

巴扎罗夫背过身去。

"这是不是胡来呀?"他嘟嘟囔囔地说。

"我知道这是胡来,"阿尔卡季回答说,"但这不是坏事吧?难道我们是第一次?"

巴扎罗夫把便帽一拉,盖住前额。

"随你便。"最后他说。

"向左走!"阿尔卡季大喊一声。

轻便马车向尼科尔斯科耶村的方向驶去。但是两位朋友决定要去胡来之后,比刚才更固执地沉默着,甚至有点气呼呼的样子。

从奥金佐娃家的管家在台阶上迎接他们的态度,两个朋友已经隐约感到他们突发奇想的行动是缺乏考虑的。显然,人家没有料到他们会来。他们脸上带着相当尴尬的表情在客厅里坐了很长时间。奥金佐娃终于出来见他们了。她像平常一样殷勤地欢迎他们,但是对于他们的迅速返回却感到惊奇,从她那迟缓的行动和慢条斯理的言谈可以判断,对于他们的返回并不特别高兴。他们赶紧说明,他们只是顺路走过这里,四小时后便继续赶路,到城里去。她只轻轻地感叹一声,便请阿尔卡季向他父亲致意,并派人去请姨妈出来。公爵小姐睡眼惺忪地出来了,这使她那满是皱纹的、苍老的脸上更增加了恶狠狠的表情。卡佳不舒服,在房间里没有出来。阿尔卡季突然感到,与其说他想看到安娜·谢尔盖耶夫娜,倒不如说更想看到卡佳。四个小时在说东道西毫无意义的闲聊中过去了;安娜·谢尔盖耶夫娜无论听人说话,还是对人说话,脸上都没有笑容。只是在告别时往日的友谊之情才在她心中仿佛略有所动。

"近来我犯了忧郁症,"她说,"不过你们不要在意,请过些日子再来玩,我这是对你们两人说的。"

巴扎罗夫和阿尔卡季默默地一鞠躬作为对她的回答。他们坐上马车,没在任何地方停留,直接回家,第二天傍晚便顺利地到达玛里伊诺。一路上他们二人提都没提奥金佐娃的名字;特别是巴扎罗夫,他几乎没有开口说话,一直注视着大路的一旁,脸上一副紧张严肃的神情。

在玛里伊诺大家都特别高兴地欢迎他们。儿子长期不在家使尼古拉·彼得罗维奇心里不安起来；当费涅契卡两眼闪着光芒飞奔进来向他报告"少爷们"的到来时，他欢呼一声，两脚摆动着，几乎在沙发上跳起来。巴维尔·彼得罗维奇感到某种欢快的激动，宽厚地笑着，握住归来游子的双手摇动着。绵绵叙语，一连串的询问。话大多是阿尔卡季说的，尤其是在晚饭桌上，这顿晚饭一直吃到午夜以后。尼古拉·彼得罗维奇吩咐拿出几瓶刚从莫斯科运来的黑啤酒，开怀畅饮，直喝得两颊通红，他一直在笑，有点像孩子似的又带点神经质地笑着。普遍的兴奋情绪也感染到仆人身上。杜尼亚莎不住脚地跑前跑后，弄得门不停地砰砰作响；甚至在深夜三点彼得还想用吉它弹奏哥萨克华尔兹舞曲。在静寂无息的夜空中琴弦发出如泣如诉悦耳的声音，不过，除了开头一段不长的装饰音，这个受过教育的侍仆没有弹出什么东西，他缺少音乐天赋，正如他缺少所有其他方面的天赋一样。

但是玛里伊诺的生活却并不怎么美满，不幸的尼古拉·彼得罗维奇日子很难过。农场的事务一天天增加，整天毫无乐趣、毫无意义地忙碌着。同雇工的纠纷越来越令人难以忍受。有的人想找便宜或要求加薪，有的人拿到定金便溜之大吉；马匹生病，刀具像在火上烤过一样坏得很快。活计干得马马虎虎。从莫斯科订购的一架脱粒机由于自身太重而不合用，另一台只用了一次便坏了；因为一个瞎眼的年老仆妇大风天拿着点着火的木头去熏自己的母牛而把半个牲口院都烧光了。……不错，据这个瞎眼婆子的说法，全部灾难的发生都是由于老爷想要生产某种过去没做过的奶酪和牛奶制品。管家突然变得懒惰起来，甚至开始发福了，正如所有俄罗斯人一吃上"自由自在的面包"必然发胖一样。远远望见尼古拉·彼得罗维奇,他为了表现自己的尽责尽力,便向在旁边跑着的小猪扔一木块或者对衣不蔽体的小男孩训斥几句,然而,大多是整天睡觉。签定了代役契约的农民不按时交钱,偷伐森林。守卫人员几乎每晚都能在"农场"牧草地上捉到农民的马,有时打上一架才能把农民的马匹带走。尼古拉·彼得罗维奇本想为踏坏禾苗而定出罚款,然而事情的结局往往是这些马匹在东家的牧马场上停留一两天便又回到自家主人那里去了。除此之外,农民之间常常吵架,兄弟们要求分家,他们的妻子不能在一幢房子里住了;一场斗殴突然而发,全村像听到口令似的都动员起来,拥聚到管理处的台阶前,要见老爷,有的打得鼻青脸肿,有的一副醉醺醺的样子,都来要求评理和惩处;喧嚣、呼号,女人的尖声哭号夹杂着男人的咒骂。虽然事先知道是不可能找到正确的解决办法的,但是仍旧要去辨明敌对双方的是非,自己也喊得声嘶力竭。收割人手不够;邻近一家小地主出价一俄亩两卢布提供收割手,别看他脸上一副最和善的表情,骗起人来却是最没有心肝。本村的女人们也提出前所未闻的高价,而这时庄稼却在掉粒,这边收割还没安排好,那边奥彼昆斯基议会却在威胁着要求立即一点不欠地缴付利息……

"我一点力气都没有了!"尼古拉·彼得罗维奇不止一次绝望地呼喊,"自己没有能力去跟人家打架,去叫警察局长来,为人做事的原则又不允许,可是没有惩罚的威吓是什么也做不成的!"

"别急,别急,"巴维尔对这件事总是这样说,他本人不过从鼻子里哼两声,皱皱眉头,捋捋胡子而已。

巴扎罗夫对这些"麻烦事"远远地保持着距离,况且他作为客人也不便干预人家的事务。来到玛里伊诺之后第二天他便开始研究青蛙,鞭毛虫,化学成分,一直忙这些事情。阿尔卡季却正好相反,他认为即使不能帮助父亲,至少也要做做准备帮助他的样子,这是义不容辞的。他耐心地听父亲讲话,有一次他甚至出了个主意,不过不是为了让人采纳,而是为了表示自己的参与。他对经营管理的事物并不反感;他甚至津津有味地幻想着有关农事的活动,然而那时另外一些想法在他的头脑中开始形成了。阿尔卡季自己也很惊奇,他不断地思念尼科尔斯科耶村;假如有人对他说,同巴扎罗夫住在一起(而且是怎样在一起!——住在父母的房顶下。)他会感到寂寞,在以前他不过耸耸肩膀而已,可现在他确实感到寂寞了,想要远走高飞了。他想出个散步的办法,一直走到精疲力尽,然而无济于事。有一次阿尔卡季同父亲谈话,知道尼古拉·彼得罗维奇手上有奥金佐娃的母亲当年写给尼古拉·彼得罗维奇已故妻子的几封非常有趣的信;他便寸步不离地跟着尼古拉·彼得罗维奇,不拿到这几封信绝不罢休。于是尼古拉·彼得罗维奇不得不翻遍二十几个盒子和箱子。一旦拿到这几片半毁坏的信纸之后,阿尔卡季似乎完全安下心来,仿佛他已看到他所追求的目标已近在眼前了。"我这是对你们两人说的,"他不停地低声说着,"她亲口添上的这句话。我一定去,一定去,管他妈的!"但是他想起最后一次拜访,想起那冷淡的招待和上次的尴尬,于是心中又升起怯意。年轻人"碰碰运气"的心理,悄悄体味自己的幸福的愿望不要任何人的保护,单枪匹马地试试自己力量的愿望,终于占了上风。回到玛里伊诺不到十天,他便借口研究星期日学校的机构问题又向城里急驰,从城里直奔尼科尔斯科耶。他不断地催促着马车夫,向那里飞奔,就如同年轻的军官奔向战场,又害怕,又高兴,急不可耐的心情使他喘不上气来。"主要的是不要想。"他再三对自己说。他的这个马车夫十分剽悍;每遇到小酒馆都要停下来,还劝别人:

"来一杯？"或者"要不要干一杯？"然而干杯以后，便毫不怜惜马匹了。终于那幢熟悉的房子的高高的房顶已经遥遥在望了。……"我在做什么？"阿尔卡季的头脑中突然闪过这个念头。"不过反正不能回去了！"三套马协调地奔驰着，车夫喊叫着，吹着口哨。小桥在马蹄和车轮下轰然而过，修剪整齐的枞树林荫道迎面而来……浓绿的树丛中闪现着女人的玫瑰色衣裙，飘柔的伞穗下露出年轻的面庞……他认出了卡佳，她也认出了他。阿尔卡季命令马车夫勒住狂奔的马匹，从车厢中一跃而下，向她走去。"这是您哪！"她说道，整个脸庞都微微地红了。"咱们到姐姐那里去吧，她就在这边花园里呢。看到您她会很高兴的。"

卡佳领着阿尔卡季到花园去。他感到同她相遇是个分外幸福的预兆。他很高兴同她在一起，仿佛同亲姐妹在一起一样。一切都非常圆满，既没有管家，也不用通报。在小路的转弯处他看见了安娜·谢尔盖耶夫娜。她正背对他站着。听到脚步声，她轻轻地回过头来。

阿尔卡季起初有点腼腆，但是她的第一句话立刻使他平静下来。"您好啊，逃亡者！"她声音平缓而和蔼地说着，迎面向他走来，她微笑着，阳光和风使她眯缝起眼睛："你在哪里遇见他的，卡佳？"

"安娜·谢尔盖耶夫娜，我给您，"他开始说，"我给您带来的东西是您完全预料不到的……"

"您把自己带来了，这就是最好的。"

二十二

　　巴扎罗夫怀着讥笑怜悯的心情送走阿尔卡季，并且让他明白，关于这次出行的真正目的，是一点也瞒不过他的，之后，他便完全与世隔绝了：他浑身洋溢着工作的热情。他同巴维尔·彼得罗维奇已不再争论，况且有他在场时那一位往往过分地做出一副贵族的姿态，不用言语而用声音来表示自己的意见。只有一次，巴维尔·彼得罗维奇本来要就当时时髦的波罗的海东部贵族权利问题同虚无主义者争论一番，但是他本人突然打住了，冷淡而礼貌地说了声：
　　"不过我们彼此不能理解，至少我没有理解您的荣幸。"
　　"当然啦！"巴扎罗夫大声嚷道，"人能够理解一切，无论是以太阳的颤动，还是太阳上发生的事情；至于别人擤鼻涕同他本人不一样，他就无法理解了。"
　　"怎么，俏皮话？"巴维尔·彼得罗维奇问了一句，便走到一边去了。

不过，在巴扎罗夫做实验的时候，他偶尔也要求允许他参观，有一次甚至把他那洒了香水、用优等药剂洗干净的面孔贴近显微镜，观看透明的边毛虫吞食绿色花粉，手忙脚乱地用长在喉头上的一些很灵便的小爪嚼碎它的情形。尼古拉·彼得罗维奇比哥哥更经常拜访巴扎罗夫。假如不是经营管理的忙碌使他分心的话，如他所说，他会每天都来"学习"的。他不会使年轻的自然科学家感到拘束：他随便坐在房间的一个角落里，聚精会神地看着，偶尔小心翼翼地提出个问题。在吃午饭和晚饭的时候，他努力把话题引向物理学、地质学或者化学，因为其他一切话题，即使是经营管理的话题都有可能不是引起冲突，便是引起相互的不满。尼古拉·彼得罗维奇猜度，他哥哥对巴扎罗夫的仇恨丝毫没有减少。在许多事情中间，一件无关紧要的事情证实了他的猜想。附近有的地方发生了霍乱病，甚至在玛里伊诺当地也有两个人被霍乱"夺走"了。夜里巴维尔·彼得罗维奇发病了，相当严重。他一直折腾到早晨，但是并不去求助于巴扎罗夫的医术，第二天同巴扎罗夫见面时，对于巴扎罗夫问他"为什么不派人去叫他"的问题，他回答说："我记得您亲口说过，您不相信医学，是吗？"他脸色苍白，但是已刮过脸，头发梳得整整齐齐。这样过了好几天。巴扎罗夫顽强而又阴郁地工作着……但是在尼古拉·彼得罗维奇家里有一个人，他不但能与之闲聊，而且很乐意与之谈心……这个人便是费涅契卡。

他同她见面大多在清晨一早，在花园或院子里；他从没到她的房间去过，她也顶多不过走到他的门口问他一句：她要不要给米佳洗个澡？她不仅信任他，不仅不害怕他，而且在他面前比在尼古拉·彼得罗维奇面前还要自如和随便。很难说这是怎么发生的；也许是因为她无意识地感觉到巴扎罗夫身上没有那种贵族气，没有那种令人神往而又害怕的高不可攀的东西。在她的眼中他是个高明的医生，也是个普通人。当着他的面，她照应自己的婴孩，一点不害羞，有一次她突然头晕、头痛起来，巴扎罗夫还喂她吃药。在尼古拉·彼得罗维奇面前她似乎有意疏远巴扎罗夫：她这样做并不是出于心计，而是出于某种礼貌感。她比以前更加害怕巴维尔·彼得罗维奇。不知从什么时候起，他开始监视她，他穿着英国式的服装、脸上毫无表情而又十分机警，两手插在口袋里，仿佛在她背后从地里冒出来似的突然出现在眼前。费涅契卡对杜尼亚莎诉苦说："他简直让你浑身发冷。"但是杜尼亚莎回答她的却是连声叹息，她在想另一个"无情的"人。巴扎罗夫自己也没有想到，竟会成为她心上的"狠心冤家"。

费涅契卡喜欢巴扎罗夫，他也喜欢她。他同她谈话的时候，他的容貌都发生了变化：脸上的表情是神采奕奕的，几乎是慈祥的，在他平素随随便便的言行中加进了某种玩笑般的关注之情。费涅契卡一天天变得好看了。年轻女人的生活中常有这样的时候，她们会像夏天的玫瑰似的突然盛开，艳丽异常。费涅契卡正处在这样的时候。一切都是有利于此的，包括当时连绵的7月暑热。穿着薄薄的白连衣裙，她本人似乎更白、更轻盈了：她没有晒黑，她无法躲避的暑热给她的面颊和耳朵稍稍增添了红润，给她的整个身体注入一种安详的慵困之态，使她娇好的眼睛映现出蒙眬的倦意。她几乎不能工作：她的两手一个劲地在双膝上滑动。她勉强能走路，总是唉声叹气，抱怨这有趣的倦怠。

"你要常洗澡。"尼古拉·彼得罗维奇对她说。

他在一个还没有完全干枯的池塘中用亚麻布挡起来做成一间大浴室。

"哎哟，尼古拉·彼得罗维奇！走不到池塘，就该死了，往回走也是死。要知道花园里一点阴凉地方都没有啊。"

"不错，没有阴凉。"尼古拉·彼得罗维奇揉着眉毛回答说。

有一天，早晨六点多钟，巴扎罗夫散步归来，在丁香花亭中遇见了费涅契卡。丁香花早已开过了，但枝叶浓密，一片青绿。她坐在长凳上，头上蒙着一块儿平素常用的白手帕，她身边放着一束露水湿润红白两色的玫瑰。他向她问好。

"啊！叶夫盖尼·瓦西里伊奇！"她稍稍掀开手帕边，看了看他说道；这时她的手臂直到肘部都裸露出来。

"您在这里干什么呢？"巴扎罗夫说着在她身边坐下，"捆花束吗？"

"是的，早饭桌上用的。尼古拉·彼得罗维奇喜欢这个。"

"可是吃早饭还早哪。这么多的花呀！"

"现在我多采点，等会儿热起来就出不来了。只有这会儿才喘得出气来。这暑热弄得我一点力气也没有了。我真担心会不会病倒呀？"

"别胡思乱想了！让我给您摸摸脉。"巴扎罗夫拿起她的手，找到平稳跳动的血管，甚至没有数它跳动的次数。"您可以活上100岁。"他放下她的手，说道。

"唉，上帝保佑吧！"她喊道。

"怎么？难道您不愿意长寿？"

"哪里能活100岁呀！我们家老奶奶活了85岁，真是活受罪呀！又黑又聋，躬腰驼背，不停地咳嗽；自己也受罪。这算什么生活！"

"那么只有年轻才好？"

"难道不是吗？"

"年轻又好在哪里呢？请您告诉我！"

"好在哪里？比如我这会儿，年轻，什么都能做：来来去去，拿拿东西，我谁也不用求……哪儿不好呢？"

"可我觉得我年轻也罢，年老也罢都无所谓。"

"您这是怎么说呢，无所谓？您说的这是不可能的。"

"那么请您想一想，费朵西娅·尼古拉耶夫娜，我的年轻于我有什么用？我一个人生活，孤家寡人……"

"这不全在您嘛。"

"恰恰就是不由我嘛！但愿有个人可怜可怜我就好啦。"

费涅契卡从旁边看了巴扎罗夫一眼，但是什么也没说。

"您这是一本什么书？"过了一会儿，她问道。

"这本吗？这是本有学术价值的书，很艰深呢。"

"您总在学习吗？您也不感到枯燥？就是现在这样，我觉得，您什么都知道。"

"当然不会什么都知道。您不妨读一点试试。"

"我一点也看不明白的。您这是本俄文书吗？"费涅契卡两手接过这本封面厚重的书，"多么厚呀！"

"是俄文的。"

"反正我是一点也看不懂的。"

"我也不是说让您都看懂了。我是想看着您，看看您读书的样子。您读书的时候，您的鼻子尖动得很可爱。"

费涅契卡本来要小声地细读她翻到的一篇《论杂酚油》的文章，这时大笑起来，把书一扔……书从长凳滑到地上。

"我也喜欢您笑的样子。"巴扎罗夫说。

"有完没完呀！"

"我喜欢您说话的声音，就像溪流的潺潺声。"

费涅契卡扭过头去。"您说什么呀！"她一边用手指摆弄着花束，说道，"我的话您有什么可听的？您是同那些聪明的夫人们谈话嘛。"

"唉，费朵西娅·尼古拉耶夫娜！请相信我：世界上所有聪明的夫人抵不上您的胳臂肘。"

"瞧您又想出这话来了！"费涅契卡小声说着，并且把两只手臂卷起来。

巴扎罗夫从地上拾起书。

"这是本医书，您干吗把它扔了？"

"医书？"费涅契卡重复着，并向他转过身来。"您知道吗？自从您给了我那些药水，您记得吗？米佳一直睡得很好！我真想不出应如何感谢您呢；您真是大好人，真的。"

"说真的，应该给医生付钱的，"巴扎罗夫笑眯眯地说，"您自己知道，医生们都是些财迷。"

费涅契卡抬起眼睛望着巴扎罗夫，她的眼睛由于照到脸上部的淡白色反光而更显得浓黑了。她不知道，他是不是在开玩笑。

"倘若您觉得合适，我们很乐意……不过要问一问尼古拉·彼得罗维奇……"

"您以为我想要钱哪？"巴扎罗夫打断她说，"不，我向您要的不是钱。"

"那是什么呢？"费涅契卡说。

"什么？"巴扎罗夫又说一次，"您猜猜看。"

"我可不是会猜谜的人！"

"那么我告诉您：我要……这些玫瑰中的一朵玫瑰。"

费涅契卡又笑起来，甚至两手拍了下巴掌，她觉得巴扎罗夫的愿望简直好笑极了。她笑着，同时感到一种被赞美的喜悦。巴扎罗夫目不转睛地看着她。

"请吧，请吧，"她说，于是向着长凳弯了腰去，挑选起玫瑰来，"您要什么颜色的？红的还是白的？"

"红的，不要太大的。"

她站直身子。

"这朵，请收下吧，"她说道，但是立即又缩回伸出去的手臂，咬着嘴唇，向凉亭门口瞥了一眼，然后又凝神细听。

"怎么回事？"巴扎罗夫问，"尼古拉·彼得罗维奇？"

"不是……他下地去了……而且我也不怕他呀……这是巴维尔·彼得罗维奇……我好像觉得……"

"什么？"

"我好像觉得，他就在附近走动。没有人……什么人也没有，您收下吧。"费涅契卡递给巴扎罗夫一朵玫瑰。

"为什么您害怕巴维尔·彼得罗维奇呢？"

"他总让我骇怕。话也不说，就这样高深莫测地看着你。您也不喜欢他嘛。您记得吧，以前您总是同他争论不休呢。我不知道你们争论什么，可是我看出您是这样地摆布着他，这样地……"

费涅契卡照她的意思用双手表示着，巴扎罗夫如何摆布巴维尔·彼得罗维奇。

巴扎罗夫微微一笑。

"假如他要把我赢了，"他问道，"您会出来护着我吧？"

"哪里用得着我来护着您呢？没有的事，您是败不了的。"

"您这样想吗?可是我知道,有一只手,只要它愿意,伸个指头就能把我打倒。"

"这是只什么手呀?"

"您大概不知道吧?您来闻闻,您给我的玫瑰香味多么好闻啊。"

费涅契夫伸长脖颈,把脸挨近花朵……头巾从她的头上滑到肩膀,露出了一头柔软、乌黑油亮、略微蓬松的秀发。

"等等,我要跟您一块儿闻,"巴扎罗夫说毕,弯下身去,紧紧地吻住了她那张开的嘴唇。

她颤动了一下,两手抵住他的胸膛,但是抵得软弱无力,所以他又重新吻住她久久不放。

丁香花丛后面传来一声干咳。费涅契卡迅即坐到长凳的另一端。巴维尔·彼得罗维奇现出身来,他微微一鞠躬,怀着一种恶意的阴沉说了声:"你们在这里。"便走开了。费涅契卡立即捡起全部玫瑰,从凉亭里走出去了。临走时她小声地说了句"您不该这样,叶夫盖尼·瓦西里伊奇"。从她这句轻轻的话语中可以听得出她发自内心的责备。

巴扎罗夫想起不久前的另一个场面,他不禁惭愧起来,鄙弃地感到懊恼。但是他立即摇了摇头,嘲讽地祝贺自己"正式进入好色之徒的行列",便向自己的房间走去。

巴维尔·彼得罗维奇走出花园,缓慢踱步,来到林边。他在那里待了很长时间,当他回来吃早饭时,尼古拉·彼得罗维奇关切地问他,是不是病了?他的脸色阴沉得很。

"您知道的,我不过偶尔胆汁过盛罢了。"巴维尔·彼得罗维奇平静地回答他。

二十三

大约两个小时之后他敲响了巴扎罗夫的房门。

"很抱歉打搅您的学术活动，"他说着便在窗前一把椅子上坐下，双手扶着顶端镶有象牙雕刻的漂亮手杖（他平常走路是不带手杖的），"而且我还要请您给我五分钟的时间……不会更多。"

"我的全部时间都可以为您效劳。"巴扎罗夫回答说。巴维尔·彼得罗维奇一迈进门坎，某种表情就在他的脸上一闪而过。

"给我五分钟就足够了。我是来向您提出一个问题的。"

"问题？关于什么？"

"请细听端详。在您到我弟弟家之初，我尚未放弃同您交谈的快意，那时在下曾有机会听到您对许多事物的高论；但是就在下所记忆，无论是您我之间，还是有我在坐，从未谈起决斗的话题，从未泛泛地议论决斗。请问，您对这件事持何种看法？"

巴扎罗夫本来准备站起来迎接巴维尔·彼得罗维奇的，这时他两臂相交，靠坐在桌子边上。

"我的看法是，"他说道，"从理论角度而言，决斗是荒谬之极的事，从实际的角度看则另当别论。"

"如果我听明白了您的话的话，您是想说：无论在理论上您对决斗持何种观点，实际上您如果蒙受屈辱也会提出决斗的？"

"我的意思您完全领会了。"

"很好。听到您这番话我很高兴。您的话使我摆脱不知如何……"

"您是想说摆脱踌躇不决吧。"

"这无所谓；别人能明白我的意思就行了；我……可不是神学院里的耗子。您的话使我免得做一件必然可悲的事了。我决定要同您决斗。"

巴扎罗夫睁大了眼睛。

"同我？"

"正是同您。"

"倒是为什么？请原谅。"

"我本来是可以对您说明原因的，"巴维尔·彼得罗维奇开口说道，"但是我宁肯不要提它。就我的志趣而言，您在这里是多余的；我不能忍受您，我蔑视您，如果您还嫌不够……"

巴维尔两眼射出明亮的光芒……巴扎罗夫的眼睛也灼灼逼人。

"很好，"他说道，"更多的说明没有必要。您幻想要在我身上试试您的骑士精神。我本来可以不让您得到这种满足，那好，就这样吧！"

"非常感谢您，"巴维尔·彼得罗维奇回答，"现在我希望，无须我采用暴力手段您就会接受我的挑战了吧。"

"直话直说,也就是说无须动用这根棍子了?"巴扎罗夫头脑冷静地说,"这是完全合理的。您根本用不着羞辱我。再说那样做也不是全然保险的。您可以保持绅士风度……我也会像绅士般地接受您的挑战。"

"好极啦,"巴维尔·彼得罗维奇说完,便把手杖立在墙角。"现在我们要简单地谈谈我们决斗的条件;不过,首先我想知道,您是否认为有必要借助于一场小争吵的形式来作为我提出挑战的借口?"

"不必,最好不要形式的一套。"

"在下也这样想。我认为深究我们冲突的真正原因同样是不合适的。我们彼此不能相容,还不够吗?"

"还不够吗?"巴扎罗夫嘲讽地重复说。

"至于说到决斗的条件本身,那么,因为我们都不会有副手,——到哪里去找副手呀?"

"不错,到哪里去找副手?"

"所以我荣幸地向您提出如下建议:明天早晨决斗,比如说,六点钟,在树林后面,用手枪,距离十步……"

"十步?是这样,这就是我们互相仇恨的距离吧。"

"也可以八步。"巴维尔·彼得罗维奇说。

"可以,有什么不可以的!"

"射击两次;为以防万一,每个人写封信放在口袋里,上面写明他的死只怪自己。"

"这一点我不完全同意,"巴扎罗夫说,"这有点儿像法国小说了,不太真实。"

"也许罢。不过您还是同意吧,不然被怀疑为谋杀岂不招来麻烦吗?"

"这我同意,不过有办法避免这种令人伤心的责难。我们没有副手,但是可以有证人。"

"请问,您指的是谁呢?"

"就是彼得。"

"哪个彼得?"

"您弟弟的仆人。他是一个站在当代教育高度的人,他能按照这类情况所要求的全部要求扮演好自己的角色。"

"我觉得。您在开玩笑,仁慈的先生。"

"一点儿都不。您仔细考虑一下我的建议,您就会相信,这个建议充满健全的思想而又简单易行。纸里包不住火,我会妥当地给彼得做做工作……并把他带到决斗现场。"

"您还在开玩笑,"巴维尔·彼得罗维奇说着从椅子上站起来,"不过在您一番盛情的工作之后,我就没有权利对您不满意了……好吧,一切都谈妥……顺便问一句,您没有手枪吧?"

"我哪里来的手枪呀,巴维尔·彼得罗维奇?我不是军人呀。"

"既然这样我把我的枪借给您。您可以完全相信,我已五年没有用它射击了。"

"这是个非常令人欣慰的消息。"

巴维尔·彼得罗维奇拿起手杖……

"为此,仁慈的先生,我只有对您表示感谢,不再打搅您的工作。有幸致一敬礼。"

"很高兴见到您,我仁慈的先生。"巴扎罗夫一边送客一边说道。

巴维尔·彼得罗维奇走了,巴扎罗夫在门口站了一会儿,突然大声喊道:"呸,你见鬼吧!多么漂亮又多么愚蠢!我们居然演了这么出喜剧!有学问的狗用后脚立起来跳舞。不过拒绝也是不可能的。说不定他真的会打我的,那么……(想到这里,巴扎罗夫脸色刷地变白了;然而他的全部傲气又在激烈地反对)。那么也只好像掐死只小猫似的把他掐死。"他回到显微镜前,但是他的心纷乱了,观察所需要的平静消失了。"今天他看见我们了,"他想,"莫非他竟这样袒护弟弟吗?何况接个吻又算什么要紧事?这里一定有其他缘故。噢对了!莫不是他自己爱上她了吧?不错,他爱上了。这像晴天白日一样清楚。麻烦透了,你想想吧!……真糟糕!"他终于想明白了,"无论从哪方面看都很糟糕,首先要把额头伸出去让人打,不管怎么样都得离开这里;况且还有阿尔卡季……那个大老实人尼古拉·彼得罗维奇。糟糕,糟糕。"

这一天过得特别的平静和无精打采。费涅契卡仿佛从人世间上消失了。她像躲进洞里的小耗子似的坐在自己的房间里。尼古拉·彼得罗维奇一副忧心忡忡的样子。他得到报告,他抱期望很大的小麦地里出现了黑穗病。巴维尔·彼得罗维奇以其冷冰冰的谦恭令所有人,包括普罗科菲伊奇,望而生畏。巴扎罗夫本来要给父亲写信,后来撕碎了扔到了桌下。"我死了,"他想,"他们会知道的。我不会死。不,我还要在人世间长久地受苦受难呢。"他吩咐彼得第二天早晨天刚亮就到他那里去,有要紧的事。彼得还以为他想带自己去彼得堡呢。巴扎罗夫很晚才躺下,整整一夜,乱七八糟的梦境使他备受煎熬……奥金佐娃在他面前转来转去,她是他的母亲,她身后跟着一只黑胡子小猫,这只小猫就是费涅契卡;巴维尔·彼得罗维奇呈现在他面前竟是一座庞大的森林,而他却要同这座森林决斗。——四点钟彼得叫醒了他;他马上穿好衣服,同彼得一块儿出来。

　　这是一个美好的清新的早晨。白蒙蒙的蓝天上朵朵片片地浮着零星的彩云；细小的露珠沾满树叶和青草，在蜘蛛网上闪烁着亮银的光芒；湿润的黑土地似乎还保存着朝霞的绯红色痕迹；云雀的歌声响彻整个天空。巴扎罗夫走到树林，在林边树影里坐下，只在这时才向彼得说明，要他做什么事。这个有文化的仆人吓得要死，但是巴扎罗夫让他相信，他只需站在远处观看，不负任何责任，除此以外别无他事，这样方才使他平静下来。"不过，"他补充说，"你要想想，你所扮演的角色是何等重要！"彼得无可奈何地摊开双手，低下头，满脸发青，靠在一棵白桦树上。

　　从玛里伊诺过来的道路沿树林绕了个弯；路面上有一层细细的尘土，从昨天到现在还没有车轮和人的脚步在上面经过的痕迹。巴扎罗夫情不自禁地时时沿着道路张望，拔下一棵草来，放在嘴里咬着，不断自言自语地重复着："真是胡闹！"清晨的凉意使他禁不住哆嗦两下……彼得无精打采地看了他一眼，但是巴扎罗夫只是淡然一笑：他没有怯意。

　　大路上传来马蹄声……一个农民从树后面走出来。他赶着两匹拴在一起的马，走过巴扎罗夫身边的时候，没有摘下帽子，却惊奇地看着他，这显然是个不祥的预兆，因而使彼得很感不安。"瞧这位也起得很早，"巴扎罗夫想道，"然而人家至少是为了正经事，我们呢？"

　　"好像是老爷来了。"彼得突然小声说。

　　巴扎罗夫抬起头来，看见了巴维尔·彼得罗维奇。他穿了件花格子薄上衣，白得像雪似的裤子。他在大路上快步走着；腋下挟着一只绿毯包裹着的匣子。

"对不起，似乎我让您久等了，"他说道，先向巴扎罗夫，后向彼得，鞠了一躬，此刻他是把他当作副手来尊重的。"我不想吵醒我的仆人。"

"不要紧，"巴扎罗夫回答说，"我们也刚到。"

"啊！那更好！"巴维尔·彼得罗维奇向四周打量了一下。"一个人也看不见，谁也不会来打搅……我们可以开始吗？"

"可以开始。"

"我想，您不要求新的解释吧？"

"不要求。"

"您来装子弹可以吗？"巴维尔·彼得罗维奇问道，一边从匣子里取出手枪。

"不，您装吧，我来量步数。我的腿长点。"巴扎罗夫笑着补充说。

"叶夫盖尼·瓦西里伊奇，"彼得吃力地喃喃说道（他像发疟疾似的在发抖），"听您的，我要离开点。"

"四……五……可以离开点，老兄，可以离开点。你甚至可以站到树后边，捂上了耳朵，只是不要闭上眼睛；如果有人倒下了，赶紧跑过去扶起来。六……七……八……"巴扎罗夫站住了。"够了吗？"他面对巴维尔·彼得罗维奇说道，"要不要再加上两步？"

"随便。"他一边压着第二颗子弹，一边说道。

"好，那就再加两步。"巴扎罗夫用靴尖在地上画了一道线。"就是以此为界啦。还有：我们每个人应该离开这条界线几步？这也是个重要问题。昨天没有讨论这一点。"

"我想，要十步，"巴维尔·彼得罗维奇回答说，同时给巴扎罗夫两支手枪。"恭请挑选。"

"请。巴维尔·彼得罗维奇,您同意吧,我们的决斗太不寻常啦,简直可笑。您看看我们那位副手的尊容。"

"您总爱开玩笑,"巴维尔·彼得罗维奇回答说,"我不否认我们的决斗不同寻常。但是我认为有责任预先告诉您,我是要认真搏斗的。有耳朵的人就会听明白的①!"

"噢!我并不怀疑我们决心要消灭对方;但是为什么不能笑一笑,不能把有益和愉快②结合起来吗?来吧,您对我说法语,我对您说拉丁语。"

"我是要认真搏斗的。"巴维尔·彼得罗维奇又说一遍,便向自己的位置走去。这边,巴扎罗夫也从分界线量了十步,站住了。

"您准备好了吗?"巴维尔·彼得罗维奇问道。

"好了。"

"可以开始啦。"

巴扎罗夫轻轻地向前移动着,巴维尔·彼得罗维奇向他迎面走来,他左手插在口袋里,缓缓地抬起手枪的枪口……"他在瞄准我的鼻子,"巴扎罗夫想道,"多么用心地眯着眼睛,这个强盗!这是个令人不快的感觉。我要看着他的表链……"紧贴巴扎罗夫的耳朵猛地一声尖响,就在这一瞬间传来了射击声。"能听见声音,大概不要紧,"这个思想迅速在他脑子中闪过。他又迈了一步,瞄也没瞄便扣动了扳机。

巴维尔·彼得罗维奇轻微地颤动了一下,便用手抓住了大腿。

---

① 此句原文为法语。
② 此处原文为拉丁文。

一缕鲜血顺着白色的裤子流下来。

巴扎罗夫把手枪往旁边一扔，便走到对手的跟前。

"您受伤了？"他说。

"您有权利把我叫到分界线去，"巴维尔·彼得罗维奇说道，"这算不了什么。按规定每个人还可以开一枪。"

"对不起，这以后再说吧，"巴扎罗夫回答道，他抱住了脸色逐渐苍白的巴维尔·彼得罗维奇。"现在我不是决斗者，而是医生，首先应该检查一下您的伤势。彼得！到这儿来，彼得！你躲到哪里去了？"

"胡说八道……我不需要任何人的帮助，"巴维尔·彼得罗维奇拖着长腔说道，"应，应……再……"他本来想捋一下胡子，但是他的手臂没有力气了，眼睛向后一翻，他失去了知觉。

"真是新闻！晕过去了！从何说起哪！"巴扎罗夫不禁大喊起来，他把巴维尔·彼得罗维奇放到草地上。"让我们看看，这是怎么回事？"他掏出手帕，擦去血迹，在伤口周围抚摸着……"骨头完好无损，"他咬着牙齿喃喃地说，"子弹从浅处穿过，不过皮肉之伤，三个星期后就可以跳舞的！……可是却晕过去了！唉，这些神经质的人啊！瞧，多么细嫩的皮肤。"

"打死了？"他背后传来彼得颤抖的声音。

巴扎罗夫回头看了一眼。

"快，老兄，去拿水来，他会比你我活得更长久。"

但是受过完善教育的听差似乎没有听懂他的话，站在那里一动不动。巴维尔·彼得罗维奇慢慢睁开眼睛。"他要死了！"彼得小声说，便画起十字。

"您说得对……一副蠢猪的嘴脸！"受伤的绅士勉强挤出一点

笑容，说道。

"快去拿水呀，混蛋！"巴扎罗夫喊道。

"不必了……这是短暂的眩晕①，帮我坐起来……就是这样……这种擦伤只要包扎起来就行了，我能走回家去，不然的话也可以派辆轻便马车来接我。如果您愿意的话，决斗不必再进行了。您的行为很高尚……今天，是今天，请注意。"

"过去的事何必再提呢，"巴扎罗夫反驳说，"至于说到将来，也不必为它伤脑筋，因为我马上就要溜之大吉。现在让我给您把腿包扎上；您的伤不危险，不过最好要止住血。但是首先必须让这个死鬼清醒过来。"

巴扎罗夫抓住彼得的领子把他摇了摇，便派他去叫轻便马车。

"注意别把弟弟吓着了，"巴维尔·彼得罗维奇对他说，"不用向他报告。"

彼得飞奔而去；在他跑去叫马车的这段时间，两位对手坐在地上，一声不响。巴维尔·彼得罗维奇努力不看巴扎罗夫；他终究不愿同巴扎罗夫和解；他为自己的傲慢、失败而羞愧，虽然他感觉到他预谋的这件事不可能有更好的结局，他仍旧为整个这件事而羞愧。"至少他不会在这里待着了，"他安慰自己，"那也值得感谢。"沉默持续着，沉重而又令人尴尬。两人都感到不舒服。他们之中每个人都意识到，另一个人是明白自己的。这种意识对朋友来说是令人高兴的，而对于敌对的人来说则是极不愉快的，尤其是在既不能说明，又不能分手的情况下。

"是不是我给您的腿包扎得太紧了？"终于，巴扎罗夫开口

---

① 该词原文系法语。

问道。

"不，不要紧，很好，"巴维尔·彼得罗维奇回答，过了一会儿又说："弟弟是瞒不过去的，应该对他说，我们吵架是政治原因。"

"很好，"巴扎罗夫说，"您可以说我骂了所有崇拜英国的人。"

"那好极啦。现在这个人是如何想我们的，你有什么看法？"巴维尔·彼得罗维奇指着决斗前几分钟赶着拴在一起的两匹马从巴扎罗夫身旁走过的那个农民继续说，现在他又从原路回来，看到"老爷们"他摘下帽子，侧身而过。

"那谁知道他！"巴扎罗夫回答，"最可能的是什么也不想。俄国农民是最神秘莫测的陌生人，关于这种人当年拉德克立甫夫人[①]曾说过很多了。谁能了解他？他自己也不了解自己。"

"啊！瞧您说的！"巴维尔·彼得罗维奇刚要开始说话，突然大声喊道，"瞧您那个蠢货彼得干了什么！我弟弟向这里跑来了。"

巴扎罗夫一回头，便看见坐在轻便马车上的尼古拉·彼得罗维奇苍白的面容。马车尚未停稳，他就跳下马车，向哥哥跑去。

"这是怎么啦？"他声音激动地说，"叶夫盖尼·瓦西里伊奇，请问，这是怎么回事？"

"没什么，"巴维尔·彼得罗维奇回答道，"他们多余惊动你。我同巴扎罗夫先生发生点小口角，为此我付出了点代价。"

"到底这一切都是因为什么呢，请看在上帝的分儿上？"

"怎么给你说呢？巴扎罗夫先生说了几句不敬的话评论皮尔先

---

① 拉德克立甫（1764—1823），英国小说家，善于写神秘莫测的小人物。

生①。我要加上一句,这全是我一个人的错,巴扎罗夫先生行为端正。是我向他挑战的。"

"得了吧,你身上有血呢!"

"那你以为我的血管里是水吗?这样放放血对我有好处呢。对不对呀,医生?扶我上马车吧,别再愁眉苦脸的啦。明天我就好了。就这样坐,好极啦。车夫,走吧。"

尼古拉·彼得罗维奇跟着马车走去。巴扎罗夫本来落在后面……

"我要请您照顾哥哥,"尼古拉·彼得罗维奇对他说道,"直到我们从城里请到另一个医生。"

巴扎罗夫默默地点一点头。

大约一小时后,巴维尔·彼得罗维奇已经躺在床上,腿已仔细地包扎过了。全家都忙乱起来;费涅契卡很难受。尼古拉·彼得罗维奇不动声色地绞着双手,巴维尔·彼得罗维奇却笑声不绝,开玩笑,尤其是同巴扎罗夫;他穿了件很薄的麻纱衬衫和很讲究的清晨穿的短上衣,戴着菲斯卡小帽。他不让放下窗帘,兴致勃勃地抱怨不该节制饮食。

但是到了夜里他却发起烧来,头也痛。从城里请来了医生。(尼古拉·彼得罗维奇没听哥哥的话,而且巴扎罗夫本人也愿意这样;他整天坐在自己的房间里,面色发黄,怒气冲冲,跑去看看病人也只待很少时间;有一两次他偶尔遇见费涅契卡,但是她惊慌地躲开了)新来的医生建议多喝清凉饮料,而且证实了巴扎罗夫的诊断,伤势没有任何危险。尼古拉·彼得罗维奇告诉他,哥哥不小心打伤了自己,对此医生回答一个:"哼!"但是手里

---

① 罗伯特·皮尔(1788—1850),英国政治家,曾任英国首相。

拿到二十五个银卢布之后,马上又说:"您说呢!这种事常有,没错。"

全家没有一个人躺下睡觉,没有一个人脱衣服。尼古拉·彼得罗维奇不断地踮着脚尖走进哥哥的房间,又踮着脚尖从那里出来;那一位一直昏昏沉沉的,轻声叹息,用法语对他说:"你睡觉去吧。"然后就要水喝。尼古拉·彼得罗维奇吩咐费涅契卡给他端去一杯柠檬水。巴维尔·彼得罗维奇凝神看了看她,一饮而尽。到早晨的时候,热度又微微升高,出现了轻微的呓语。一开始巴维尔·彼得罗维奇说些不连贯的词句;后来他突然睁开眼睛,看见弟弟关切地俯身站在床前便说道:

"费涅契卡身上有种和涅利共同的东西,是不是,尼古拉?"

"和哪个涅利呀,巴沙?"

"这个你也问?同公爵夫人P……尤其是脸的上半部,气质也一样①。"

尼古拉·彼得罗维奇什么也没有回答,只是暗自惊奇于一个人身上旧情的持久性。

"这时候又往事重提了。"他想。

"啊,我多么喜欢这个头脑单纯的人啊!"巴维尔·彼得罗维奇苦恼地把双手垫在脑后,呻吟着说。"任何胆大妄为之徒胆敢碰她一下,我都不能忍受……"过了一会儿,他喃喃地说道。

尼古拉·彼得罗维奇只是叹息一声,他并没有细想,这些话是对谁说的。

第二天八点钟左右,巴扎罗夫来见他。他已整理好行装,放掉

---

① 此句原文为法语。

了所有青蛙、昆虫和飞鸟。

"您是来同我告别的？"尼古拉·彼得罗维奇一边起身迎接他，一边说。

"正是这样。"

"我理解您，也完全赞同您。当然，是我不幸的哥哥的错：为此他已受到惩罚。他亲口对我说，他迫使您别无选择。我相信，您是无法回避这场决斗的，在某种程度上它……其原因只不过是你们彼此观点长期对立的结果。（尼古拉·彼得罗维奇语无伦次了。）我哥哥是旧派人，容易发火，又固执……谢天谢地，总算这样了结啦。我已采取了一切必要措施，以免宣扬出去……"

"如果有什么事，我给您留下地址以防万一。"巴扎罗夫不在意地说。

"我想，不会有什么事的，叶夫盖尼·瓦西里伊奇……我很遗憾，您在我家做客会得到这样的……这样的结果。尤其使我难过的是，阿尔卡季……"

"我大概会见到他的。"巴扎罗夫回答说。任何"解释"和"表白"总要在他心里激起不可忍受的感觉，"如果见不到的话，请您替我向他致意，并表示惋惜。"

"我也请……"尼古拉·彼得罗维奇躬身回答。但是巴扎罗夫不等他这句话说完，便走出去了。

巴维尔·彼得罗维奇知道巴扎罗夫要走，便想同他见见面，握握手。但是巴扎罗夫却依然冷若冰霜；他明白，巴维尔·彼得罗维奇想要表现他的宽宏大量。他也没能同费涅契卡告别：他同她只是从窗子里互相看了一眼。他觉得她的脸色是忧伤的。"她大概是遭受磨难了！"他心里说，"不过，总会挣扎过来的！"然而彼得却大动感情,他抱着巴扎罗夫的肩膀放声大哭,直到巴扎罗夫问他一句"他的眼睛湿没湿",才使他冷静下来,杜尼亚莎却只能躲到树林里去掩饰自己的激动心情。整个这场痛苦的罪魁祸首爬上大车,点燃雪茄,当走过三俄里多路,在大道的拐弯处,一字摆开的基尔萨诺夫庄园以及老爷的新房最后一次展现在他的眼前时,他只是唾了一口,含混不清地说了句:"可恶的老爷们。"然后严严实实地裹紧了大衣。

巴维尔·彼得罗维奇很快便好转了;但是他仍不得不在床上躺了近一个星期。他很有耐心地忍受着如他所说的不自由,只是对于修饰打扮过于热心,总让人给他洒香水。尼古拉·彼得罗维奇读杂志给他听,费涅契卡照旧服侍他,给他送鸡汤、柠檬水、荷包蛋、茶;每当她走进他的房间,她总感到一种内心的恐惧。巴维尔·彼得罗维奇出人意料的举动吓坏了家里所有人,而她尤甚。只有普罗科菲伊奇一人毫不介意,并且大谈在他那个时候老爷们经常决斗,"不过只是高贵的老爷们自己之间决斗,对这样的恶棍,为句粗话,他们不过吩咐一声,拉到马厩,鞭打一顿而已。"

费涅契卡几乎没有感到良心的责备,但是关于这场吵架的真正原因的思虑却不时在折磨着她;而且巴维尔·彼得罗维奇总是那样奇怪地看着她,因而,即使她调转身背对着他,依然能在自己身上感觉到他的目光。由于无休无止的内心焦忧,她消瘦了,因而也更可爱了。

有一天——这是早晨的事——巴维尔·彼得罗维奇感到身体很好,便从床上移到沙发上,尼古拉·彼得罗维奇问过他的健康之后,就到打谷场去了。费涅契卡端来一杯茶,放到茶几上,想要离开。巴维尔·彼得罗维奇拦住了她。

"您要急着到哪里去，费朵西娅·尼古拉耶夫娜？"他开口说话了，"莫非您还有事吗？"

"没有……啊有……还要去那边斟茶。"

"您不在杜尼亚莎也会做好的；同病人稍坐一会儿吧。同时，我也有话同您讲。"

费涅契卡默默无言地坐在安乐椅边上。

"您听我说，"巴维尔·彼得罗维奇说着捋了捋他的小胡子，"我早就想问问您：您似乎是害怕我吧？"

"我？……"

"是的，您。您从来也不看我，仿佛您有心病似的。"

费涅契卡脸红了。她瞥了巴维尔·彼得罗维奇一眼。她觉得他的样子有点奇怪，不禁暗自心跳起来。

"您真是有心病吧？"他问她。

"怎么会有心病呢？"她小声说。

"那怎么不会！不过，您能对谁有错呢？对我？这不大可能。对这个家中的其他人？这也是不可能的事。难道是对弟弟吗？然而您不是很爱他吗？"

"爱。"

"全心全意，心甘情愿？"

"我全心全意地爱着尼古拉·彼得罗维奇。"

"真的？您看着我，费涅契卡（他第一次这样叫她……）您知道，说谎可是莫大的罪过！"

"我不说谎，巴维尔·彼得罗维奇。如果我不爱尼古拉·彼得罗维奇，我以后也不要活了！"

"不想舍弃他而另找别人吗？"

"我能舍弃他去找谁呀?"

"要找自然会有!比如刚离开这里的那位先生。"

费涅契卡站起身来。

"我的天哪,巴维尔·彼得罗维奇,为什么您这样折磨我?我怎么得罪您啦?怎么能说出这种话来?……"

"费涅契卡,"巴维尔·彼得罗维奇悲腔悲调地说道,"因为我看见……"

"您看见什么啦?"

"在那边……凉亭里。"

费涅契卡顿时满脸飞红,直到耳边。

"我在那里又有什么错啦?"她吃力地说道。

巴维尔·彼得罗维奇欠起身来。

"您没错?没有?一点没错?"

"人世间我只爱尼古拉·彼得罗维奇一人,而且爱他一辈子!"费涅契卡以突如其来的力量说道,要放声痛哭的感觉不停地涌向她的喉头。"您看到的事情,即使到可怕的法庭上我也要说,这种事过去、现在都不是我的错,如果有人在这种事上怀疑我对我的恩人尼古拉·彼得罗维奇……那我不如马上去死……"

但是这时她说不出话来了,同时她感觉到,巴维尔·彼得罗维奇抓住了她的手,紧握着……她看了他一眼,顿时便僵住了。他的脸色比先前更苍白了;他的眼睛闪着光芒,而最使人惊奇的是一颗沉重的泪珠在他的面颊上滚动着。

"费涅契卡!"他的话犹如一种奇妙的低声细语,"爱我,爱我的弟弟吧!他是那样善良,那样一个好人!在这个世界上,无论为了何人都不要背叛他,不要听任何人的话!您想想吧,还有什么能比爱人而不被人爱更可怕呢！永远也不要离开我可怜的尼古拉！"

费涅契卡的眼泪干了，她的恐惧消失了，她只感到莫大的惊异。然而当巴维尔·彼得罗维奇，正是巴维尔·彼得罗维奇本人把她的手贴到嘴唇上，一个劲地紧贴在它上面，并不吻它，只是间或抽筋似的长出气时，她不知如何是好了……

"天啊！"她想，"他不会再犯病吧？"

一瞬间他心中那整个断送的生命又颤荡起来了。

迅速的脚步声踏得楼梯咯吱作响……他把她推开，一仰头躺在枕头上。门大敞开——心情愉快、朝气蓬勃、脸色红润的尼古拉·彼得罗维奇走了进来。米佳，和父亲一样充满朝气和面色红润，只穿了一件衬衣，光着小脚蹬着父亲的乡村大衣的大纽扣，在他的胸膛上跳动着。

费涅契卡立即朝他扑过去，两手抱住他和儿子，把头贴到他的肩上。尼古拉·彼得罗维奇吃了一惊：羞怯而又谦恭的费涅契卡从来不当着第三者的面对他表示爱抚。

"你怎么啦？"他看了哥哥一眼，说着，把米佳递给她。"你没不舒服吧？"他走近巴维尔·彼得罗维奇问道。

他把头埋进麻纱头巾中。

"没有……这样……没什么……不，我觉得好多了。"

"你不该过早地挪到沙发上来。你到哪里去？"尼古拉·彼得罗维奇转身又对费涅契卡说，但是她已关上门出去了。"我本想抱着我的壮士来给你看看，他想念伯父呢。她为什么又抱着他走啦？可是你怎么啦？刚才你们闹别扭啦还是怎的？"

"兄弟！"巴维尔·彼得罗维奇庄重地说道。

尼古拉·彼得罗维奇为之一震。他害怕起来，他也不明白为什么。

"兄弟,"巴维尔·彼得罗维奇又说,"答应我,满足我一个要求。"

"什么要求?你说吧。"

"这个要求至关重要,就我的理解,它决定着你一生的全部幸福。现在我要对你说的话是我这段时间里思谋良久的……兄弟,履行你的义务吧,停止这场诱惑吧,不要让你这个优秀人物做出的坏榜样再继续下去了!"

"你想说什么呀,巴维尔?"

"同费涅契卡结婚……她爱你,她是你儿子的母亲。"

尼古拉·彼得罗维奇后退一步,两手一拍。

"你是说这个呀,巴维尔?我总以为你是坚决反对这类婚姻的呢!你是说这个呀!难道你不知道,我之所以没有做你这样公正地称为我的义务的那件事,唯一的原因是出于对你的尊重!"

"在这件事上你不该尊重我的,"巴维尔·彼得罗维奇脸上带着苦涩的微笑说道,"我在想,巴扎罗夫责备我有贵族派头是对的。不,亲爱的弟弟,我们不能再扭扭捏捏,考虑上流社会了;我们都是旧式的人,温顺的人。我们该把所有杂务放到一边。正像你说的,开始完成我们的义务。你瞧吧,我们还能额外得到幸福呢。"

尼古拉·彼得罗维奇跑过去拥抱哥哥。

"你彻底地打开了我的眼睛!"他欢呼起来,"我没有看错,始终相信,你是世界上最善良、最聪明的人;现在我还看出,你不仅深明大义,而且宽宏大量。"

"小声点,小声点,"巴维尔·彼得罗维奇打断他的话,"别再碰伤你深明大义的哥哥的腿呀，快五十岁的人了，他还像个准尉似的去跟人决斗呢。好吧，这件事就算定了：费涅契卡将是我的……弟媳①。"

"我亲爱的巴维尔呀！不过阿尔卡季将会怎么说呢？"

"阿尔卡季？他必定会很高兴的。放心吧！婚姻不合他的心意，但是他心中的平等感却能得到满足。确实如此，都19世纪了②还讲什么等级啊！"

"啊，巴维尔，巴维尔！让我再吻你一下。别担心，我小心点。"

兄弟俩拥抱在一起。

"现在是不是要向她宣布你的意愿呢，你意下如何？"巴维尔·彼得罗维奇问。

"干吗这样匆忙呢？"尼古拉·彼得罗维奇反问，"莫非你们已经谈过了？"

"我们？谈过？想到哪里去了③！"

"那好极了。首先你身体要好起来，这事我们是不会放下的，要好好想想，设计一下……"

"你真是下定决心了？"

"当然是下定决心了，衷心感谢你。现在我出去一会儿，你要休息一下；任何激动对你都是有害的……不过以后我们再细谈。睡一会吧，我亲爱的，上帝保佑你健康！"

---

① 原文为法语。
② 原文为法语。
③ 原文为法语。

"为什么他这样感谢我呢？"巴维尔·彼得罗维奇独自一个人时想道，"好像这不是由他自己决定的！至于我，只要他一结婚，我就走得远远的，去德累斯顿，或者去佛罗伦萨，在那里一直住到去见阎王。"

巴维尔·彼得罗维奇往额头上洒了点香水，便闭上了眼睛。他的头，美丽而又瘦削，枕着白色枕头，在日间明亮的光线照射下，犹如死人的头颅……他也就是个死人了。

二十四

　　在尼科尔斯科耶的花园里，卡佳和阿尔卡季坐在一棵高大的白蜡树树荫下的草土墩上。菲菲在他们身旁，趴在地上，它的长长的身躯优雅地折了一个弯，猎人们称赞说这是"鱼美人的卧姿"。阿尔卡季和卡佳都默不作声；他手里拿着一本半打开的书，而她正在从提篮中挑选里面残余的白面包屑，把它们抛给一个不大的麻雀之家，这些麻雀以它们特有的怯生生的勇敢在她的脚边跳来跳去，叽叽喳喳。微风摇动着白蜡树的树叶，推动一片片淡金色的光斑，在阴暗的小路上和菲菲的黄背上，来来回回地滑动着。阿尔卡季和卡佳身上罩着一片匀称的树荫；只是她的头发上偶尔闪亮一条明亮的光线。他们两人都默不作声，然而正是这沉默不语和并肩而坐之中说明了他们那种信赖的亲近：他们每个人仿佛都不用去想身旁的人，只是暗自高兴彼此近在身旁。自从上次我们见到他们，他们的面容发生了变化：阿尔卡季仿佛更平静了，而卡佳则显得更妩媚，更大胆。

"您不觉得吗,"阿尔卡季开口说,"白蜡树在俄语里真是个好名字。没有一种树能像它似的在大气中那么容易地透过光亮,而且那么明亮①。"

卡佳举目向上看去,说道:"是的。"阿尔卡季想,"这一位倒不嫌我辞藻美丽。"

"我不喜欢海涅,"卡佳用目光示意阿尔卡季手中拿着的那本书说,"无论他是笑还是哭我都不喜欢;可是我喜欢他的沉思,他的忧郁。"

"我喜欢他笑。"阿尔卡季说。

"这还是您身上讽刺倾向的旧痕迹……("旧痕迹!"阿尔卡季想,"让巴扎罗夫来听听!")过些时候,我们会把您改变过来的。"

"谁来改变我呀?您吗?"

"谁?姐姐呗;波尔菲里·普拉托内奇呗;您已经不同他吵架了;还有姨妈,您陪她去教堂已是第三天了。"

"那是我无法拒绝!至于安娜·谢尔盖耶夫娜,您记得,她本人在很多问题上是同意巴扎罗夫的意见的。"

"那时姐姐是在他的影响之下,正如同您一样。"

"同我一样!莫非您现在看出我已经摆脱他的影响啦?"

卡佳没有出声。

"我知道,"阿尔卡季继续说,"你们从来都不喜欢他。"

"我不能对他进行评断。"

---

① 白蜡树俄文为ясень,和ясен"明亮"发音相近。

"您知道吗,卡捷琳娜·谢尔盖耶夫娜?每当我听到这个回答的时候,我都不相信它……没有我们每个人不能对之进行评断的人!这只不过是个托词罢了。"

"那好,我先告诉您,他……不是我喜欢不喜欢他的问题,而是我感觉到,他同我是心性不同的人,我对他是心性不同的人,连您对他也是心性不同的人。"

"这是为什么呢?"

"怎么对您说呢……他是凶猛的,而我同您是驯顺的?"

"我也是驯顺的?"

卡佳点点头。

阿尔卡季在耳后挠了挠。

"您听我说,卡捷琳娜·谢尔盖耶夫娜,要知道这实际上是叫人挺不高兴的。"

"莫非您愿意当个凶猛的人?"

"倒不是凶猛的人,而是强有力的、刚毅坚定的人。"

"这不是想做就成的……比如您的朋友并不想做这一点,可是他身上就有。"

"嗯!那么您是说,他曾对安娜·谢尔盖耶夫娜有很大影响?"

"是的。但是任何人都不能长久地对她占据上风。"卡佳小声地补充说。

"为什么您这么想呢?"

"她很高傲……我的意思是说……她非常珍重自己的独立。"

"谁不珍重独立呢?"阿尔卡季问,而他的脑子里却闪过:"它有什么用呢?""它有什么用?"也在卡佳的脑子里闪过。经常友爱地聚在一起的年轻人,必定会产生同样的想法。

阿尔卡季微微一笑，稍稍向卡佳靠了靠，小声对她说：

"您得承认，您有点怕她。"

"怕谁呀？"

"她。"阿尔卡季意味深长地重复说。

"那您呢？"卡佳也反过来问他。

"我也是；请注意，我说的是：我也是。"

卡佳伸出手指威吓他。

"这让我很惊奇，"她开口说，"姐姐从来没有像现在这样对您抱有好感，比您第一次来时好得多。"

"原来这样！"

"您没有注意到吗？这不让您高兴？"

阿尔卡季沉思起来。

"我何以能得到安娜·谢尔盖耶夫娜的厚待？莫不是因为我给她带来了您母亲的信？"

"有这个缘故，还有别的原因，我不告诉您。"

"这是为什么呢？"

"我不说。"

"噢！我知道：您很固执。"

"很固执。"

"善于观察。"

卡佳从旁看了阿尔卡季一眼。

"大概，这惹您生气了吧？您在想什么呢？"

"我在想，这种观察力您是怎么得来的，您身上确实有这种观察力。您是这样的胆小，很不容易相信人，落落寡合……"

"我一个人生活久了，不由得便习惯思考。我真的落落寡合吗？"

阿尔卡季向卡佳送去感激的目光。

"这一切都很好，"他继续说下去，"但是处在您的地位的人，我是说有您这样的家业的人，很少具有这种天赋；真理很难达到他们那里，就如很难达到沙皇那里一样。"

"可我也不是富人啊。"

阿尔卡季吃惊了，没有立即明白卡佳的意思。他顿时想道："真的，整个家产都是姐姐的。"这个念头对他并非不愉快。

"这一点您说得多么好啊！"他说。

"什么呀？"

"您说得好。简单，既不羞怯，也不卖弄。顺便说，在我想象中，一个人知道自己穷并且马上公开说他很穷，在他的感情里必定有种特别的东西，有某种的虚荣心。"

"由于姐姐的仁爱，这方面的东西我一点都没有体会到。我之所以提到财产是因为话说到这里了。"

"是的。但是您应承认，我刚才所说的虚荣心，您身上也有点儿。"

"比如说呢？"

"比如说，您——请原谅我的问题——您不会反对嫁给一个有钱的人吧？"

"假如我很爱他……不，看来，即使那时我也不会……"

"啊，您瞧瞧是吧！"阿尔卡季大声喊道，过了一会儿，又说，"为什么您不愿嫁给他呢？"

"因为连歌曲里都在演唱那种不般配的状况。"

"您大概是想当家主事或者……"

"噢不！这有什么意思？相反，我愿意俯首听命，只不过不平等是很不好受的。尊重自我而又俯首听命,这我能理解,这是幸福;但是屈从人下过日子……不,这样也可以。"

"这样也可以。"阿尔卡季跟着卡佳又重复一遍。"是的,是的,"他接着说下去,"您真不愧是同安娜·谢尔盖耶夫娜一个血统;您像她一样独立不羁;但是您比较内向。我相信,无论如何您是不会首先表示自己的感情的,不管它是多么强烈,多么圣洁……"

"不这样又该如何?"卡佳问道。

"你们同样的聪明;您同她一样,个性很强,如果不是更强的话……"

"请您不要拿我同姐姐做比较,"卡佳急忙打断他,"这对我太不利了。您似乎忘了,姐姐又漂亮又聪明,尤其是您,阿尔卡季·尼古拉伊奇,不该说这样的话,而且还这样板着严肃的面孔。"

"尤其是您;这是指什么呢,根据什么您认为我是在开玩笑?"

"当然,您在开玩笑。"

"您这样想吗?如果我确信我说的话,又当如何?如果我认为我表达得还不够强烈呢?"

"我不明白您的话。"

"真不明白吗?那么现在我承认,我似乎过高地估计了您的观察力。"

"怎么?"

阿尔卡季一言不发地扭过身去,卡佳又在篮子里找到几块面包屑,便把它们扔给麻雀,但是她手臂挥动过大,吓得麻雀没有吃上便飞走了。

"卡捷琳娜·谢尔盖耶夫娜!"阿尔卡季突然说道,"这对您,大概是无所谓的,但是您要知道,对于我,世界上任何人都不能代替您,包括您的姐姐。"

他站起来迅速走开了,仿佛是被他刚才脱口而出的话吓坏了。

卡佳两只手连同提篮都垂到膝盖上,低下头,久久地注视着阿尔卡季的背影。渐渐地,一片鲜艳的红晕微微地浮上她的面颊,但是嘴边并没有笑意,黑色的眼睛流露出疑惑不解的神情和另外一种暂时无以名之的感情。

"你一个人?"她身边响起安娜·谢尔盖耶夫娜的声音,"你好像是同阿尔卡季一块儿到花园来的。"

卡佳不慌不忙地把目光转向姐姐(她穿着优雅,甚至讲究,站在小路上,正在用张开的伞边轻轻抚动菲菲的耳朵),不慌不忙地说道:

"我一个人。"

"这我看见了,"她笑着回答,"他大概是回房间去了?"

"是的。"

"你们在一块儿看书了?"

"是的。"

安娜·谢尔盖耶夫娜托住卡佳的下巴,稍稍抬起她的脸。

"我希望,你们没有吵架吧?"

"没有。"卡佳说罢,轻轻地推开了姐姐的手。

"你回答得多么庄重!我以为能在这里找到他,叫他陪我去散散步呢。他一直求我这件事。从城里给你带来了皮鞋,你试试去吧:昨天我就注意到,你的旧皮鞋穿坏了。你平常不太管这种事,可是你的一双小脚多漂亮啊!你的手也很好……只是大点儿。那就要以脚为胜。不过你在我这里倒不是个卖弄风流的女子。"

安娜·谢尔盖耶夫娜沿小路往前走去,她的漂亮的连衣裙发出轻微的沙沙声。卡佳从长凳上站起来,拿起海涅诗集也走了——只不过不是去试皮鞋。

"漂亮的小脚,"她想着,缓步轻轻地走上被太阳晒得灼热的露台的石台阶,"漂亮的小脚,您说的……等着吧,他以后要拜倒在这双脚前的。"

但是她马上感到不好意思了,便急忙向上跑去。

阿尔卡季沿着走廊向自己的房间走去;管家赶上他报告说,巴扎罗夫先生正在他房间里坐着等他。

"叶夫盖尼!"阿尔卡季几乎吃惊地喃喃着,"他早就来了吗?"

"刚到,让我不要报告安娜·谢尔盖耶夫娜说他来了,让我把他直接带到您的房间里。"

"我们家是不是出事啦?"阿尔卡季想着,匆匆跑上楼梯,一下子打开房门。巴扎罗夫的样子使他立即平静下来,虽然更有经验的眼睛大概会发现,这位不速之客,他的身躯虽然依然强健,但显得瘦削,在他身上有一些内心激动的症状。他肩上披着满是灰尘的大衣,头上戴着软帽,坐在窗台上,甚至当阿尔卡季高声喊叫着扑到他的脖子上的时候,他也没有站起来。

"真想不到!什么运气把你带来的?"他一再说着,在房间里忙来忙去,像一个想尽办法表现自己快乐的人那样。"我们家一切顺利,都很健康,是不是?"

"你们家一切顺利,但不是人人都健康,"巴扎罗夫说道,"你别说个没完,让人给我倒杯克瓦斯,坐下,听我说,我希望用简短的但相当强烈的话告诉你一件事。"

阿尔卡季安静下来，于是巴扎罗夫向他讲述了他同巴维尔·彼得罗维奇决斗的事。阿尔卡季非常吃惊，甚至很感到忧伤，但是他认为没有必要表现出来；他仅仅问了问，他伯父的伤势果真没有危险吗？他的伤势是最令人感兴趣的，不过不是在医学方面——得到这样回答之后，他勉强笑了笑，但在心里却害怕起来，甚至有惭愧之感。巴扎罗夫仿佛明白了他的意思。

"是的，老弟，"他说道，"这就叫同封建主一块儿生活。自己混到封建主一伙里，就要参加骑士比武。好吧，现在我要到'父辈'那里去了，"巴扎罗夫这样结束他的话："半路上我绕道这里……把这一切告诉你，假如我认为说谎能有用的话，我该胡说一通。不，我绕道这里，鬼知道是为什么。你瞧见没有，有时候人若能揪住自己的头发，像在菜畦上拔萝卜似的把自己揪起来，倒是颇有益处；最近我就办了这样一件事……但是我想再看一眼与之分手的东西，曾经蹲过的菜畦。"

"我希望这些话不是对我说的。"阿尔卡季不安地反驳说，"我希望，你不是想同我分手吧。"

巴扎罗夫凝重地、几乎入木三分地看了他一眼。

"似乎这很使你伤心？我觉得好像你已经同我分手了。你是这样朝气勃勃，衣冠楚楚，大概你同安娜·谢尔盖耶夫娜的事情进行得很顺利吧。"

"我同安娜·谢尔盖耶夫娜有什么事呀？"

"难道你不是为了她才从城里到这里来的吗，小伙计？顺便问一句，那边星期日学校的活动怎么样？你难道不是爱上她了吗？或者你现在又谦虚起来了？"

"叶夫盖尼，你知道，我一向对你都是坦诚相见的，向上帝保证,我会让你明白,你想错了。"

"哼!真是新鲜事,"巴扎罗夫小声说,"不过你先不必着急,这对我完全无所谓。用罗曼蒂克的话来说,我感到我们要各行其道了,而用我的话说很简单:我们彼此厌倦了。"

"叶夫盖尼……"

"我亲爱的,这不是坏事,世界上烦人的事多得很哪!我想,现在我们该告别了吧?自从我来到这里,我就感到恶劣透顶,好似饱读了果戈理致卡鲁加省长夫人的信。而且我也没有吩咐卸马。"

"得了吧,这不行啊!"

"为什么?"

"我先不说自己;这对安娜·谢尔盖耶夫娜是极其不礼貌的,她一定要见见你。"

"不过,这一点你错了。"

"相反,我确信我是对的,"阿尔卡季反驳道,"你装什么糊涂?若说到这件事,难道你不是为她才来这里的?"

"这也许有理,不过你终究错了。"

然而,阿尔卡季是对的。安娜·谢尔盖耶夫娜很愿意会见巴扎罗夫,并通过管家请他到她那里去。在去她那里之前,巴扎罗夫换了衣服:原来他装自己的新衣服时,就把它放在手边了。

奥金佐娃接待他的地方,并不是他突然向她表白爱情的那个房间,而是客厅。她客气地向他伸出她的手指尖,但是她的脸上却不由自主地露出紧张的神情。

"安娜·谢尔盖耶夫娜,"巴扎罗夫急急忙忙地说道,"首先我要请您放心。您面前是个凡人,他本人早已醒悟,而且希望别人也忘却他的蠢事。我这一走要去很久,虽然我不是温和的人,可是，想到您会怀着厌恶的心情想到我，您同意吧，倘若带着这样的思想离去，我也是不愉快的。"

安娜·谢尔盖耶夫娜长长地出了口气，宛如一个人刚刚登上高高的山顶似的，她的脸上绽出妩媚的笑容。她再次向巴扎罗夫伸出手，并且回握了他的手。

"谁提旧事，谁没眼力，"她说，"而且凭良心说，那时候即使不算卖弄风骚，我也有其他错处。总之，让我们像以前一样做朋友吧。那是一场梦，不是吗？谁还常记得那些梦境呢？"

"谁还常记得？实在说爱情……也是一种故意做出来的感情。"

"果真吗？我很高兴听到这种话。"

安娜·谢尔盖耶夫娜持这样的说法，巴扎罗夫也持这样的说法：他们两人都以为，他们说的是真理。他们的话里有没有真理，是否完全都是真理？他们本人当时并不知道，作者更不知晓。但是他们谈得非常投机，仿佛他们彼此是完全信赖的。

谈话间安娜·谢尔盖耶夫娜问巴扎罗夫，他在基尔萨诺夫家做了什么事？他本想给她讲讲同巴维尔·彼得罗维奇决斗的事，但是一想到她会以为他在显摆自己，便缄口不谈，只回答她说，这段时间他一直在工作。

"我呢，"安娜·谢尔盖耶夫娜说道，"先是犯了忧郁症，天知道是什么缘故，甚至打算出国呢，您可想而知了！……后来这事便过去了，您的朋友阿尔卡季·尼古拉伊奇来了，我就恢复常态，扮演起自己真正的角色。"

"请问，这是什么角色呢？"

"阿姨、教师、母亲的角色，随您怎么说都行。顺便说说，您不知道，我先前没有很好地理解您同阿尔卡季·尼古拉伊奇的亲密友谊,把他看作一个无足轻重的人。但是现在我更好地了解他了,我确信,他是个聪明人……主要的是他年轻,年轻……不像我同您,叶夫盖尼·瓦西里伊奇。"

"在您的面前他还是那样害羞吗?"巴扎罗夫问。

"莫非……"安娜·谢尔盖耶夫娜本来想说,考虑了一下,又补充道:"现在他对人更加信赖了,他也同我说话。过去他总躲着我。不过我也没有去找他的一群伙伴。他同卡佳是好朋友。"

巴扎罗夫厌烦起来。"女人就不能不跟人耍心眼儿。"他想。

"您说,他总躲着您,"他冷笑着说,"不过,他曾经爱上您,这大概对您已不是秘密了吧?"

"什么?他也?"安娜·谢尔盖耶夫娜的话脱口而出。

"他也,"巴扎罗夫恭顺地一鞠躬,重复她的话说。"难道您不知道,我对您说了个新闻?"

安娜·谢尔盖耶夫娜垂下眼睛。

"您弄错了,叶夫盖尼·瓦西里伊奇。"

"我不认为,但是我也许不该提起这件事。""那你以后就别跟人耍心眼儿了。"他心里说。

"为什么不能提呢?不过我认为,您过分看重了瞬间的印象。我开始怀疑,您是爱好夸大其词的吧。"

"咱们最好别提这件事啦,安娜·谢尔盖耶夫娜。"

"为什么呢?"她口头上虽然反对,但是自己却把话题引向别的轨道。对巴扎罗夫她毕竟感到不好意思。虽然她对他说了,自己也确信,一切都已忘却。同他随随便便地交谈着,甚至开开玩笑,她有一种轻微的恐惧局促感。在轮船上、在大海里人们常这样无忧无虑地交谈,欢笑,就如同在陆地上一样;但是只要发生最小的一点停顿，出现最小的一点异常征兆，人人的脸上都立刻会出现特别惊慌的表情，这就是时刻意识到存在危险的证明。

安娜·谢尔盖耶夫娜同巴扎罗夫没有谈多久。她沉思起来，答话心不在焉，最后向他提议到大厅里去，在那里他们见到公爵小姐和卡佳。"阿尔卡季·尼古拉伊奇在哪里？"女主人问道，听说他已经一个多小时没有露面，便派人去请他。没有立即找到他：他跑到花园里最偏僻的地方，坐在那里，两手交叉，托着下巴，陷入沉思。这些思绪深刻而又重要，但并不悲伤。他知道，安娜·谢尔盖耶夫娜正单独同巴扎罗夫坐在一起，他没有像往常那样感到妒忌；他的面容反而平静地闪着光彩；他似乎是对某种事情感到惊奇，又感到高兴，并对某件事情下定了决心。

二十五

故去的奥金佐夫不喜欢新秩序,但是允许"某种高尚趣味的游戏",因此他在花园里的池塘和温室之间用俄国砖石建造了一座类似希腊柱廊的建筑物。这个柱廊或称敞廊的后墙上没有门窗,只做了个壁龛,以备放置雕像,这些雕像是奥金佐夫准备从国外定做的。这几尊雕像应当表现:独处、沉默、思考、忧郁、羞怯和敏感。其中之一,即手指放在唇边的沉默女神,本来已经运来放置好了,但是当天就被仆人的几个男孩打掉了鼻子;虽然邻近的一位瓦匠准备给它做一个"比原来的好一倍"的鼻子,但是奥金佐夫吩咐把它收起来,于是它就置身于打谷用的敞棚下一个角落里,在那里站立多年,在农妇们的心里激起一种迷信的恐怖。柱廊的前面早已长起浓密的灌木丛:一片绿荫之上只露出一个个圆柱的柱头。在柱廊里面即使中午也非常凉爽。安娜·谢尔盖耶夫娜自从在里面看到一条毒蛇后,就不喜欢到这个地方来了;但是卡佳常常来这里,坐在一个壁龛前的大石凳上。空气清新，绿荫环绕，她在这里读书、工作或者体味那种完全寂静的感觉，大概这种感觉每个人都熟悉的，其美好之处正在于朦胧意识到而又闭口无言的谛听那在我们周围，在我们心中不停地翻腾着的广阔的生活波浪。

巴扎罗夫来访之后第二天，卡佳坐在她喜欢的长凳上。她身旁坐着的又是阿尔卡季。他央求她同他去"柱廊"走走。

到早餐大约还有一个小时；露水淫淫的早晨已变成灼热的白天。阿尔卡季的脸依然保持着昨日的表情，卡佳却是一副担心的模样。喝完茶后，姐姐马上把她叫到书房，先是对她爱抚一番——这常常使她感到恐惧——然后便劝告她在同阿尔卡季交往时要行为检点，尤其不要同他躲到僻静地方去谈话，这似乎已引起全家人和姨妈的注意。此外，从前天晚上安娜·谢尔盖耶夫娜就不高兴，而且卡佳自己也感到难为情，仿佛承认自己有过错。答应阿尔卡季的要求时，她暗自说，这是最后一次了。

"卡捷琳娜·谢尔盖耶夫娜，"他以某种带羞涩意味的放肆语气说道，"自从我有幸能同您共住在一幢房子里以来，我同您谈了许多事，然而有一个对我非常重要的……问题，迄今还没有谈过。您昨天说过，在这里我被改造了，"他注意到但躲开了卡佳疑问的专注目光，又补充说，"确实，我在许多方面发生了变化，这，您比其他任何人都更清楚，您，实际上，我的这种变化应归功于您。"

"我？归功于我？"卡佳说道。

"现在我已经不是刚来时的那个骄傲的小男孩了，"阿尔卡季接着说，"我没有白白地活到23岁，我仍旧愿意做一个有用的人，愿意把我的全部力量奉献给真理；但是我现在寻求理想目标的地方，已经不是过去的地方了。我想它们……要近得多。迄今为止，我并不理解我自己，我总给自己提出力不胜任的任务……前不久我的眼睛由于一种感情而睁开了……我说得不很清楚，但是我希望，您能明白我的意思。"

卡佳什么也没有回答，但是她不再看阿尔卡季了。

"我想，"他以更为激动的声音又说下去，这时他头上的一只燕雀正在白桦树林中无忧无虑地唱着自己的歌，"我想，每个真诚的人都应该同……同……总之同他亲近的人完全开诚布公，因此我……我愿意……"

但是这时阿尔卡季的辞令没有了，他语无伦次，踌躇起来，于是便沉默了一会儿；卡佳一直没有抬起眼睛。看起来她似乎不明白，他这番话要引向何方，又像是在期待着什么。

"我预见到，我会让您吃惊的，"阿尔卡季重新鼓足力量说下去，"而且这种感情以某种方式……以某种方式，请注意，同您有关。记得吧，昨天您曾责备我不够认真，"阿尔卡季接着说下去，他的样子就像一个人进入沼泽后，感觉到步步深陷，但仍旧急急地向前走，希望能尽快走出去，"这种责备常常指向……落到……年轻人身上，即使他们不该受此责备。假如我身上有更多的自信……（"帮帮我吧，帮帮吧！"阿尔卡季绝望地想道，但是卡佳依然没有转过头来。）假如我能希望……"

"假如我能相信您说的话，"这时响起了安娜·谢尔盖耶夫娜的声音。

阿尔卡季顿时闭口不语，卡佳却面色发白了。在遮蔽柱廊的灌木丛旁有一条小路。安娜·谢尔盖耶夫娜在巴扎罗夫的陪伴下正在这条小路上走着。卡佳同阿尔卡季看不见他们，但是听得清每一个字，衣服的簌簌声和人的呼吸声。他们走了几步，好像有意似的，正对着柱廊站住了。

"您看出来没有，"安娜·谢尔盖耶夫娜继续说，"我同您都错了；我们两人都不是青春少年，尤其是我；我们生活过，疲倦了；我们两人——何必客气呢？——都很聪明：开始您我彼此都感兴趣，好奇心促使……后来……"

"后来我就失去味道了。"巴扎罗夫接口说。

"您知道，我们争吵的原因并不是这个。然而无论怎么说，我们彼此不需要，这才是主要的；我们身上有过多的……怎么说呢，……同类型的东西。我们没有立即明白这一点。相反，阿尔卡季……"

"您需要他吗？"巴扎罗夫问。

"算了吧，叶夫盖尼·瓦西里伊奇。您说他对我不无意思，我自己也总感到，他喜欢我。我知道，我可以当他的阿姨，但是我不想对您隐瞒，我开始常常想他了。在这种青春的、新鲜的感情中有一种美……"

"在类似的情况下更常用'魅力'这个词。"巴扎罗夫打断她；在他的平静而又暗哑的声音中听得出胆汁的沸腾。"阿尔卡季昨天对我隐瞒了什么事，既没有说您，也没有谈到您妹妹……这是个很重要的征兆。"

"他待卡佳完全像个兄弟，"安娜·谢尔盖耶夫娜说道，"他的这一点也是我喜欢的，虽然我也许不应该允许他们之间有这种亲近感情。"

"这是您的心里话……姐姐的心里话？"

"当然……我们干吗老站着？我们走走吧。我们的谈话多么奇怪呀，不是吗？过去我能想到可以这样同您说话吗？您知道，我怕您,同时又信赖您,因为说到底,您很善良。"

"第一,我根本不善良;第二,对于您我已失去任何意义,所以您对我说,我很善良……这无异于在死人头顶上放一只用鲜花做的花圈。"

"叶夫盖尼·瓦西里伊奇,我们没有权力……"安娜·谢尔盖耶夫娜刚开始说,一阵风吹来,吹得树叶哗哗作响,连她的话也吹走了。

"您是自由的。"过了一会儿,巴扎罗夫说。

下面什么也听不出来了;脚步声走远了……一切都寂静下来。

阿尔卡季转脸对着卡佳。她依旧那个姿势坐着,只是头垂得更低了。

"卡捷琳娜·谢尔盖耶夫娜,"他紧握着两手,声音颤抖地说,"我爱您,永远爱您,永无回顾,除您之外,我不爱任何人。我早想告诉您,问问您的意见,并向您求婚,因为我既不富有,又感觉到,已准备好去做任何牺牲……您不回答吗?您不相信我?您认为我的话是随便一说吗?但是您想想最近这些日子吧!难道这么久了您还不相信,其他的一切——请理解我这句话——其他的一切,早已烟消云散,无影无踪了?看着我吧,告诉我一句话……我爱……我爱您……请相信我吧!"

卡佳那骄傲而又明亮的目光向阿尔卡季瞥了一下,经过漫长的思考,她莞尔一笑,说:

"是的。"

阿尔卡季从长凳上跳起来。

"是的!您说了:是的,卡捷琳娜·谢尔盖耶夫娜!这句话是什么意思?是说我爱您,是说您相信我……还是……正是,我真不敢说下去了……"

"是的。"卡佳又说一遍，这一次他明白她的意思了。他抓住她那双秀丽的大手，高兴地喘息着，把它们紧贴到自己的心口上。他几乎站立不住了，一个劲地叫着："卡佳，卡佳……"她有点天真地哭泣起来，却又暗自嘲笑自己的眼泪。谁没有在心爱的人的眼睛里看见过这样的眼泪，他就没有体验过，一个人在世界上会感到多大的幸福，由于感激和羞涩，他会屏息静气，凝然不动了。

第二天清晨一早，安娜·谢尔盖耶夫娜让人把巴扎罗夫请到她的书房，强颜欢笑地交给他一张折起来的信纸。这是阿尔卡季的一封信：他在信中向她的妹妹求婚。

巴扎罗夫迅速地看完信，他尽力克制自己，不要表现出一瞬间涌上心头的幸灾乐祸的感情。

"怎么样，"他说道，"您好像昨天还认为，他爱卡捷琳娜·谢尔盖耶夫娜只是兄弟之爱。现在您打算怎么办呢？"

"您看我该怎么办？"安娜·谢尔盖耶夫娜仍旧笑着问。

"我认为，"巴扎罗夫也笑着回答，虽然他根本没有什么可高兴的，而且一点也没有像她那样笑的意愿。"我认为，应当给两个年轻人祝福。从各方面说这都是很好的一对：基尔萨诺夫的财产是相当不错的，他是父亲的独生子，而且他父亲是个好心肠的人，不会反对的。"

奥金佐娃在房间里来回踱步。她的脸色红一阵白一阵地不停地变化着。

"您认为？"她说，"怎么办呢？我不认为会有阻拦，我为卡佳……也为阿尔卡季·尼古拉伊奇高兴。当然，我要等他父亲的回信。我让他本人去对父亲说吧。您看结果还是我昨天说得对，我告诉您,我们两个都是老人了……我怎么一点儿没看出来呢?这真让我奇怪!"

安娜·谢尔盖耶夫娜又笑起来,而且马上转过脸去了。

"今天的年轻人变得太狡猾了。"巴扎罗夫说罢也笑起来。"再见吧,"沉默了一会儿之后他又说,"愿您以最令人愉快的方式了结这件事;我会在远方为之高兴的。"

奥金佐娃迅即向他转过身来。

"莫非您要走吗?为什么您现在不能留下来呢?请留下吧……同您谈话使人愉快……就像在深渊的边沿上。开始有点胆怯,过后勇气就来了。请留下吧。"

"谢谢您的邀请,安娜·谢尔盖耶夫娜,也谢谢您对我的口才的称赞。但是我认为,即使这样我已经在非我所属的环境中周旋太久了。飞鱼可以在空中待上若干时间,但是接着就应扑通一声落入水中;请让我也回到我的本性的环境中去吧。"

奥金佐娃看了看巴扎罗夫。苦涩的微笑牵动着他苍白的面容。"这个人爱过我!"她想到。她有点怜惜他,同情地向他伸出手。

他也明白了她的意思。

"不!"他说着,向后退了一步。"我是个贫穷的人,但是迄今为止还没有接受过施舍。再见吧,祝您健康。"

"我确信,我们不是最后一次见面。"安娜·谢尔盖耶夫娜不由自主地抖了一下说道。

"人世间什么事没有呢!"巴扎罗夫答道,说毕躬身行礼,走了出去。

"这么说你想给自己垒个窝了?"同一天他蹲着整理皮箱时对阿尔卡季说,"有什么说的?好事一桩。不过你不该耍心眼儿。我原以为你是完全另外一种选择呢。也许，这连你自己也吓一跳吧？"

"同你分手的时候，我确实没有料到会有这件事，"阿尔卡季回答说，"但是你自己为什么也要心眼儿呢，你说：'好事一桩'，莫非我不知道你对婚姻的看法吗？"

"唉，亲爱的朋友！"巴扎罗夫说道，"你怎么说这样的话呢！你看我在干什么：皮箱中有个空地方，我就往那里塞把干草；我们人生的皮箱中也是这样；用什么东西把它填满都行，只要别空着。请不要生气；你大约还记得，我一向对卡捷琳娜·谢尔盖耶夫娜的看法。有的小姐只为会聪明的叹息而得到聪明的名声；而你这一位却能保护自己，而且保护得连你也抓在她的手里了，不过，倒也应该这样。"他关上箱盖，便从地板上站了起来。"现在要分别了我对你再说一遍……因为也没什么可隐瞒的：我们要永远地分别了，这你自己也感觉得到……你做得很聪明；你生来就不是过我们这种痛苦、艰辛、贫穷的生活的。你既不能胆大妄为，也不能心狠手辣，你所具有的是青春的勇敢和青春的热情。对于我们的事业这没用。你们贵族弟兄，除了高尚的驯服和高尚的激昂，不可能达到更高的程度，然而这都算不了什么。比如你们不会打架，可是已经幻想自己是条好汉，而我们是要打仗的。是的！我们的尘土能把你的眼睛呛瞎，我们的泥污会弄你一身肮脏，况且你不会进步到我们这样，你总要情不自禁地欣赏自己，你很高兴自己骂自己；可是我们觉得这很无聊——让我们见识一下别的人吧！我们要摧毁他们！你是个很不错的人，但你毕竟是个软弱的人，自由主义的小少爷，像我父亲说的，如此而已[①]。"

---

① 此句是用俄语拼出的法语：et voilà tout.

"你要同我永别了,叶夫盖尼,"阿尔卡季伤心地说,"你对我就没有别的话了吗?"

巴扎罗夫挠了挠后脑勺。

"有,阿尔卡季,我有别的话,不过我还是不说了吧,因为这是浪漫主义:这意味着过于感情用事。你赶快结婚吧;把自己的窝造好,多生几个孩子。他们将是聪明人,因为他们生得正是时候,不像你我。唉!我看见马已套好了。该走啦!我同所有人都告别了……还有什么呢?拥抱一下吗,是吧?"

阿尔卡季一下扑到他过去的教师和朋友的脖子上,眼泪从他的眼睛里止不住地涌出来。

"这就叫年轻吧!"巴扎罗夫平静地说,"我寄希望于卡捷琳娜·谢尔盖耶夫娜。你瞧吧,她会好好安慰你的!"

"永别了,老弟!"坐上马车之后,他对阿尔卡季说,又指着并排停在马厩房顶上的一对寒鸦说:"这就是你的样子!好好学习吧!"

"这是什么意思?"阿尔卡季问。

"怎么?难道你对自然界的事竟这样无知,还是你忘了,寒鸦是最可敬的、成家配对的鸟?这是你的榜样!再见吧,先生!"

马车隆隆响着,向前驶去。

巴扎罗夫说的是实情。晚上,阿尔卡季同卡佳谈话的时候,已完全忘却了他的教师。他已经开始服从她,而卡佳也感觉到这点,她并不觉得奇怪。他第二天应该回玛里伊诺去见尼古拉·彼得罗维奇。安娜·谢尔盖耶夫娜不愿意打搅年轻人,只是出于礼节才没有让他们过久地单独在一起。她宽宏地让公爵小姐走开了,他们即将结婚的消息使公爵小姐大哭大闹,大发雷霆。安娜·谢尔盖耶夫娜起初担心，他们幸福的情景会让她多少觉得有点沉重感，但是结果完全相反：这种情景不仅没有让她感到沉重，反而引起她的兴趣，最终使她变得仁慈起来。对此，安娜·谢尔盖耶夫娜既高兴又悲伤。"显然巴扎罗夫说得对，"她想到，"好奇，只是好奇而已，既爱好安宁，又自私自利……"

"孩子们！"她高声说道，"怎么，爱情是故意做作的感情吗？"

然而无论卡佳还是阿尔卡季都没有明白她的话。他们在她面前很难为情；他们脑子里总忘不了身不由己偷听到的那番谈话。然而安娜·谢尔盖耶夫娜很快使他们平静下来了；这件事她不难做到：因为她本人已经平静下来了。

二十六

两位巴扎罗夫老人一点儿也没有料到儿子的意外归来,因而尤为高兴。阿里娜·弗拉西耶夫娜手忙脚乱地满屋子跑来跑去,瓦西里·伊万诺维奇竟把她比作"秃尾巴鹌鹑";她的短外衣的短后襟确实赋予她某种鸟的意味。他自己只是鼻子里哼哈着,斜叼着琥珀烟嘴,用手指抓住脖子,旋转一下脑袋,仿佛在试试脑袋是否安得牢固,忽然又张开大嘴,无声地哈哈大笑起来。

"我来你这里要住六个星期,老爷子,"巴扎罗夫对他说,"我要工作,所以呢,请你不要打搅我。"

"你会连我这张老脸都忘记的,你看我会怎么打搅你吧!"瓦西里·伊万诺维奇回答说。

他信守自己的许诺。他仍旧把儿子安置在书房里之后,几乎就是躲开儿子了,而且阻止妻子去做种种爱抚的表示。"我们,我的太太,"他对她说,"叶纽什卡第一次回来时,我们有点使他厌烦了,现在要做得聪明点。"阿里娜·弗拉西耶夫娜同意丈夫的话。但是因此而得到的好处并不多,因为她只在吃饭的时候才能见到儿子,并且彻底地害怕同他讲话了。"叶纽什卡!"往往是她喊一声,他还没来得及回头看一眼,她就连忙整理起手提包的提带来,喃喃地说:"没事,没事,随便叫一声,"然后走到瓦西里·伊万诺维奇身边,贴着面颊对他说:"亲爱的,怎么才能知道,今天午饭时叶纽什卡想吃什么,菜汤还是鸡汤?""那你自己干吗不去问问他去?""人家会烦的!"然而巴扎罗夫自己很快就不再闭门用功了:他的工作热情消退了,代之而起的是忧伤的苦闷和无言的浮躁。他的所有动作都显示着一种奇怪的倦态,甚至他那坚定而又急速大胆的步伐也改变了。他不再独自散步,开始寻求伙伴,在客厅里喝茶,同瓦西里·伊万诺维奇在菜园里漫步,同他闷声不响地一块儿吸烟;有一次还打听阿列克谢神父。这种转变最初使瓦西里·伊万诺维奇很高兴,但是他的高兴没有持续多久。"叶纽什卡使我很痛心,"他悄悄地向妻子抱怨,"他也不是不满意或者生气,那倒没什么;整天忧心忡忡,愁眉不展的,这才可怕呢。总是不言不语,哪怕骂我们几句都好嘛;他越来越瘦,脸色也不好。""天哪,天哪!"老太太小声说,"若能给他脖子上戴个护身符就好啦,可他准不同意。"瓦西里·伊万诺维奇好几次小心翼翼地试图询问巴扎罗夫的工作、健康,打听阿尔卡季……但是巴扎罗夫都是爱搭不理、心不在焉地回答他,有一次他发觉父亲在谈话中有点借着某种因由而步步紧逼,便烦恼地对他说:"干吗你总是像踮着脚尖似的围着我转来转去的?这种做法比以前更糟。""好,好,好,我多事!"面色发白的瓦西里·伊万诺维奇连忙回答。他的政治暗示也同样毫无结果。有一天他谈起近来的解放农民,谈到进步,希望能唤起儿子的同感;但是那一位却漠不关心地说:"昨天我从栅栏边走过,听到这里农民的孩子不是正经八百地唱古老的歌曲,而是在扯着嗓子吼叫:忠诚的时代来到了,心儿感受到爱情……这就是你的进步吧。"

有时巴扎罗夫到农村去,往往是开着玩笑便同农民谈起话来。"喂,"他对农民说,"给我说说你对生活的看法,老兄,有人说,俄罗斯的全部力量和未来都在你们身上,新的历史时代要从你们开始,是你们给予我们真正的语言和法则。"农民,或者什么都不回答,或者说些类似这样的话:"我们也……能够,就是说,这就要看我们能设置什么样的祭坛。""你给我讲讲,你们的世界是什么?"巴扎罗夫打断他的话,"是不是就是三条鱼驮着的那个世界?"

"老爷,三条鱼驮着的是土地,"农民古风质朴、心地善良,不慌不忙像唱歌似的解释说:"我们世界的对面,谁都知道,是老爷的意志,因此您是我们的父亲。老爷的处罚越严厉,农民就越听话。"

有一次巴扎罗夫听完这样一番话后,蔑视地耸耸肩膀,转身便走,农民也蹒跚地回家去了。

"他说什么?"另一个满面愁容的中年农民问这个农民,他在自己房舍门口远远地看到这个农民同巴扎罗夫谈话。"是说欠缴的税款吗?"

"说什么欠缴的税款啊,我的老兄!"头一个农民回答,他的声音里已经丝毫没有古风质朴唱歌似的意味了,相反,倒是流露出一种不大客气的严厉,"随便闲说话,想绕绕舌头。谁都知道,那是老爷,他能懂什么?"

"到哪里懂去！"另一个农民回答说。他抖了抖帽子，塞好腰带，他们两人便谈起他们的家务和穷困。唉！蔑视地耸耸肩膀的巴扎罗夫，善于同农民谈话的巴扎罗夫（他同巴维尔·彼得罗维奇辩论时曾这样自许），这个自信的巴扎罗夫根本没有想到，他在农民眼中终究不过是个类似胡闹取笑的小丑罢了……

但是他终于给自己找到事情做了。有一次他看到瓦西里·伊万诺维奇给一个农民包扎伤腿，但是老人的手发抖，无法缠绷带，儿子便给他帮忙，从此便开始参与他的实践活动，但是对于他本人提出的一些办法和立即如法照办的父亲，却不断地冷嘲热讽。然而巴扎罗夫的嘲讽一点儿也没有使瓦西里·伊万诺维奇感到羞愧；巴扎罗夫的嘲讽甚至使他感到欣慰。他用两个手指轻轻捏住腹部染上油污的睡衣，吸着烟斗，津津有味地听着巴扎罗夫讲话，巴扎罗夫的狂言妄语越是刻薄，这位备感幸福的父亲便越宽宏大度地哈哈大笑，把他那一嘴的黑牙齿显露无遗。他甚至重复着这些有些笨拙而无思想内容的狂言妄语，比如，好几天里他总是毫无来由地一再说："好吧，这是第九件事！"——只因为他的儿子听说他去参加晨祷后，曾说过这句话。"谢天谢地！他的忧郁症总算过去了！"他小声地对夫人说："今天把我痛骂一顿，怪事！"但是一想到他有这样一个助手，又高兴起来，心里充满自豪感。"是的，是的，"他对一个穿着男人的厚呢大衣，戴着有角小帽的农妇说着，一边递给她一小瓶古利亚特药水或一罐黑蓑若药膏，"亲爱的，你要时刻感谢上帝，多亏我儿子在我这里做客：现在是用最科学、最新的方法给你医治，你明白吗？法国皇帝拿破仑，他也没有更好的医生。"这个来抱怨她"浑身刺痛"的（不过这些话的意思，她本人可不会解释）农妇，只是躬身行礼，伸手向怀里掏去，那里放着用毛巾裹着的四个鸡蛋。

有一次巴扎罗夫甚至给卖布头的过路商人拔了一颗牙,虽然这是一颗平常的牙齿,但是瓦西里·伊万诺维奇却把它当作稀世之宝保存起来,在给阿列克谢神父看时,不断地重复着:

"您瞧瞧,这牙根!叶夫盖尼该有多大劲呀!那个卖布头的差点儿飞上天去……我看,就是棵橡树,他也能连根拔了!……"

"了不起!"阿列克谢神父不知如何回答和怎样摆脱这位神魂颠倒的老人,最后这样说道。

有一天邻村的农民把患伤寒病的弟弟送到瓦西里·伊万诺维奇这里来了。患者趴伏在一捆麦草上,气息奄奄;他的身上布满黑斑,人早已失去知觉。瓦西里·伊万诺维奇对没有早点进行医治深表惋惜,他说,现在没救了。确实,这个农民没有把弟弟送到家:病人死在马车上了。

三天以后,巴扎罗夫走进父亲的房间,问他有没有硝酸银?

"有,你干什么用?"

"有用……烧烧伤口。"

"谁的伤口?"

"我的。"

"什么,你的!怎么弄的?什么伤口?伤在哪儿?"

"就这儿,手指上。今天我到农村去,你知道就是送来患伤寒病农民的那个村子。他们不知为什么要对他进行解剖,我很久没有做过这种实习了。"

"怎么样呢?"

"我就请求本县医生让我来做;喏,割破手指了。"

瓦西里·伊万诺维奇顿时整个脸都变白了,一句话没说,赶紧向书房跑去，马上就拿着一块儿硝酸银回来了。

"看在上帝的面上，"瓦西里·伊万诺维奇说道，"让我亲自来做。"

巴扎罗夫淡然一笑。

"你真是个临床实践的爱好者呀！"

"别开玩笑，求求你。给我看看手指。伤口倒不大。疼吗？"

"使劲挤，别怕。"

瓦西里·伊万诺维奇停住手。

"最好咱们用铁烧一烧，你以为如何，叶夫盖尼？"

"再早点儿的时候可以那样做；现在，实在说，连硝酸银也没用了。如果我传染上了，那么现在已经晚了。"

"怎么……晚了……"瓦西里·伊万诺维奇几乎说不出来话来。

"当然啦！已经过去四个多小时了嘛。"

瓦西里·伊万诺维奇又烧了一会儿伤口。

"莫非县医没有硝酸银？"

"没有。"

"怎么能这样，我的上帝！大夫，却没有这种必备的物品！"

"你还没看看他的柳叶刀呢。"巴扎罗夫说完便出去了。

这天直到晚上，第二天全天，瓦西里·伊万诺维奇找各种借口，到儿子房间去，虽然他没有提巴扎罗夫的伤口，甚至尽量说些不相干的事情，但是他那样一个劲地盯着儿子的眼睛，那样胆战心惊地注意儿子的一举一动，使得巴扎罗夫忍不住要以走来威胁了。瓦西里·伊万诺维奇只好保证不再担心；当然，这一切他都瞒着阿里娜·弗拉西耶夫娜，这时她却纠缠起他来：为什么睡不着觉，他出什么事啦？整整两天，他一直坚持着，偷偷地看着儿子，虽然儿子的模样他很不喜欢……但是第三天吃午饭的时候他终于忍不住了。巴扎罗夫低头坐在那里，什么菜都没动一动。

"你怎么不吃呀，叶夫盖尼？"他问道，脸上装出一副完全无忧无虑的表情。"饭菜好像做得挺不错的呀。"

"不想吃，就不吃。"

"你胃口不好？头呢？"他怯声声地又问，"疼吗？"

"疼。怎么能不疼呢？"

阿里娜·弗拉西耶夫娜坐直身子，注意起来。

"叶夫盖尼，你不要生气，"瓦西里·伊万诺维奇继续说，"让我给你摸摸脉好吗？"

巴扎罗夫轻轻站起来。

"不用摸脉我也可以告诉你，我在发烧。"

"打寒战吗？"

"打寒战。我去躺一会儿，你们给我送杯菩提茶来。大概是感冒了。"

"正是，正是，我听见你昨天夜里咳嗽来着。"阿里娜·弗拉西耶夫娜说道。

"感冒了。"巴扎罗夫又说一次，便走了。

阿里娜·弗拉西耶夫娜连忙去用菩提花泡茶，瓦西里·伊万诺维奇却走到隔壁房间里，一声不响地抓住了自己的头发。

这天巴扎罗夫已不能起床了，在半昏迷状态的沉睡中过了一夜。大约早上一点多钟，他吃力地睁开眼睛，借着圣像前油灯的光亮，看见父亲苍老的面庞就在自己面前，便让他走开；父亲顺从地离开了，但立即又踮着脚尖回来，用书橱小门挡着下半身，目不转睛地看着儿子。阿里娜·弗拉西耶夫娜也没有躺下,她把书房的门稍稍开了一条缝,不时地走过来听听,"叶纽什卡呼吸怎样",看看瓦西里·伊万诺维奇。她只能看到他躬着背一动不动的背影,然而即使这样她也就稍稍放心了。早上,巴扎罗夫想起来,他的头发晕,鼻子流血,便又躺下了。瓦西里·伊万诺维奇默默无言地侍候着他;阿里娜·弗拉西耶夫娜走进他的房间,问他感觉如何。他回答说:"好点了。"便面朝墙壁转过身去。瓦西里·伊万诺维奇连连向妻子摆手;她咬住嘴免得哭出声来,赶紧出去了。家里的一切似乎突然都阴暗了,变得出奇地安静,人们的脸都拉长了。院子里一只大嗓门儿的公鸡被人们送到村里去了,它永远不会明白,人们为什么这样对待它。巴扎罗夫照旧面朝墙躺着。瓦西里·伊万诺维奇有各种问题要问他,但是这些问题会使巴扎罗夫心力交瘁,于是老人便坐在安乐椅里发呆,只是偶尔用手指弄得发出清脆的响声。他有时到花园去待一会儿,像尊雕像似的站在那里,仿佛被难以形容的惊异吓呆了(他的脸上一直保持着惊异的表情),然后又回到儿子的房间,尽力地回避妻子的盘问。最后她还是一把抓住他的手,紧张地、几乎是恫吓地说道:"他到底怎么啦?"这时他才醒悟过来,强使自己对她微微一笑作为回答;然而令他害怕的是,他不是微微一笑,而是不知为什么竟然笑出声来了。一清早他就派人去请大夫。他认为必须先让儿子知道这件事……以免他无来由地生起气来。

巴扎罗夫突然在沙发床上翻了个身,费力而迟钝地看了看父亲,他要喝水。

瓦西里·伊万诺维奇给他端水,顺便摸了摸他的前额,烫得很。

"老爷子,"巴扎罗夫声音干哑地慢慢说道,"我的情况糟透了。我受了传染,再过几天你就该埋葬我了。"

瓦西里·伊万诺维奇摇晃了一下,仿佛有人击中了他的双腿。

"叶夫盖尼!"他喃喃不清地说,"你说什么!……上帝保佑你!你是感冒了……"

"别说了,"巴扎罗夫不慌不忙地打断他的话,"医生是不允许这样说话的。全部都是感染的症状,你自己很清楚。"

"哪里有感染的……症状,叶夫盖尼?……没有的事!"

"这是什么?"巴扎罗夫说毕稍稍提起衬衣袖子,给父亲看那些显现出来的不祥的红斑。

瓦西里·伊万诺维奇周身一震,吓得全身都凉了。

"就算是吧,"他终于说,"就算是吧……若是……若真的是什么有点儿像……染上……"

"浓毒血症。"儿子说。

"是的……有点儿像……流行病……"

"浓毒血症,"巴扎罗夫严厉而又清楚地又说一遍,"你难道忘了自己的笔记本啦?"

"好吧,好吧,随你便……反正我们会给你治好的!"

"这是妄想。但是问题不在这里。我没有料到自己这样快就死去;实在说,这是个让人很不愉快的偶然性。现在你和母亲两人应当充分利用你们强大的宗教信仰,这是你们对其进行实验的机会。"他稍稍喝了口水,"我想求你们一件事……趁我还能够控制我的脑袋。你知道,明天或者后天我的脑子就要不管用了。即使现在我也不能完全相信,我说的话是否清楚。我躺在这儿,总觉得一群红色的狗围着我乱跑,你却像狩猎的猎狗似的紧张地对着我,好像对着一只黑琴鸡。我像个醉汉似的。你能听清楚我的话吗？"

"别那么想，叶夫盖尼，你说得清清楚楚。"

"那更好；你对我说，你派人去请医生了……你这只是自我安慰罢了……你也安慰一下我吧：你派个信差……"

"去阿尔卡季·尼古拉伊奇那里。"老人接下去说。

"谁是阿尔卡季·尼古拉伊奇？"巴扎罗夫好似思索地说，"啊，是的！那只小雏鸟啊！不，你不要惊动他：他现在已成为寒鸦了。你不要奇怪，这不是说胡话。你派个信差到奥金佐娃家，到安娜·谢尔盖耶夫娜那里，你知道吗，附近有这样一位女地主？（瓦西里·伊万诺维奇点了点头。）就说，叶夫盖尼·巴扎罗夫吩咐向她致敬，说，巴扎罗夫要死了。你能办好这件事吗？"

"能办好……不过你说要死了，这是否可能呢，叶夫盖尼……你自己想想：果真这样哪里还有公理啊？"

"这我不知道，只是你要派信差去。"

"马上就派人去，我亲自写封信。"

"不用，何必呢；就说表示致敬，什么也不用多说。现在我又要回到我那群狗那里去了。真奇怪！我要好好想想死亡的事，可是毫无结果。我看到有个斑点……其他什么也看不见。"

他又艰难地面朝墙壁转过身去；瓦西里·伊万诺维奇走出书房，蹒跚着走到妻子的卧室，扑通一声便跪在圣像前了。

"祈祷吧，阿里娜，祈祷吧！"他痛楚地呻吟说，"我们的儿子要死了。"

医生，正是那位没有硝酸银的本县医生，来了，检查过病人后，说要等等看，并且马上又说了几句可能痊愈的话。

"您见过我这种状态的人有不到极乐世界去的吗？"巴扎罗夫

问道。他突然抓住沙发床边一张很重的桌子的腿，晃了几下，把它推到一边。

"力量啊，力量，"他说道，"全身的力量都在这儿，可是却应当死！……老人，他至少不能生活了，可我呢……是的，你倒来试试否定死亡吧。它一下把你否定了，全部完结！谁在那边哭？"过了一会儿，又说，"是母亲？可怜的母亲！现在她那妙极的鸡汤又做给谁吃！你，瓦西里·伊万诺维奇，好像也在嘤嘤而泣？好吧，如果基督教帮不上忙，你就当个哲学家吧，斯多葛派哲学家，哪有什么！你不是吹嘘你是哲学家吗？"

"我算什么哲学家？"瓦西里·伊万诺维奇喊叫起来，眼泪从脸颊上滚滚流下。

巴扎罗夫的状况一时不如一时；病情迅速发展，这种情况通常是在外科中毒的时候才发生的。他还没有失去记忆，明白别人对他说的话。他还在挣扎。"我不想胡言乱语，"他握紧拳头，小声说，"多么荒谬！"马上又说："八减去十，得几？"瓦西里·伊万诺维奇像发了疯似的到处乱走，忽而提出这种办法，忽而提出那种办法，然而他能做的只是盖盖儿子的脚而已。"用冷被单裹住……催吐剂……胃部敷芥末膏……放血，"他紧张地说。经他央求而留下来的医生，对他唯唯诺诺，他给病人喝了点柠檬水，而自己却一会儿要烟斗，一会儿要来点"提神暖身的东西"，也就是要喝伏特加酒。阿里娜·弗拉西耶夫娜坐在门口一张矮凳上，不时地出去祷告；几天前，卫生间的一面镜子从她的手里滑下去，打碎了，她总认为这是个不吉利的预兆；安菲苏什卡本人是什么也不会对她说的。季莫菲伊奇去奥金佐娃家了。

巴扎罗夫夜里很不好……他忍受着高烧的折磨。天亮前他好了一些。他叫阿里娜·弗拉西耶夫娜给他梳头,他吻了她的手,并且喝了一两口茶。瓦西里·伊万诺维奇显得稍稍有点精神。

"谢天谢地!"他一遍遍地说,"转机来临了……危机过去了。"

"哎咳,你真会想!"巴扎罗夫说道,"这个词什么意思!拿过来一说'转机',就得到安慰了。人就爱相信字眼儿,真是叫人惊讶的事情。比如,人家叫他一声傻瓜,虽然人家也并没打他一顿,他却伤心透顶;人家说他聪明,可也并没给他一分钱,他却感到心满意足。"

巴扎罗夫这段不长的话语,很像他过去的"狂言妄语",使瓦西里·伊万诺维奇很受感动。

"好!说得妙,妙极啦!"他喊叫起来,并做出要击掌欢呼的样子。

巴扎罗夫伤心地淡然一笑。

"那么你以为怎样,"他说道,"转机是过去了还是来临了?"

"你好点了,这是我看到的,也是让我高兴的。"瓦西里·伊万诺维奇回答说。

"那好极了;高兴总不是坏事。你可记得,派人到她那里去了吗?"

"派人去了,当然。"

好转并未持续多久。病情重又发作起来。瓦西里·伊万诺维奇坐在巴扎罗夫身旁。看起来好像有一种特殊的痛苦在折磨着老人。好几次他想要说话,但是没说出来。

"叶夫盖尼!"他终于说出来了,"我的儿子,我亲爱的、心爱的儿子!"

这异乎寻常的呼唤对巴扎罗夫起了作用……他稍稍转过头,显

然在挣扎着克服神志昏迷的重压,说道:

"什么,我的父亲?"

"叶夫盖尼,"瓦西里·伊万诺维奇接着说;他面对巴扎罗夫跪了下来,虽然巴扎罗夫没有睁开眼睛,看不见他。"叶夫盖尼,这会儿你好点了,上帝保佑,你会痊愈的;你就利用这点时间,给我和你妈一点安慰吧,请你履行基督徒的义务吧!我同你说这话,那是可怕的事;但是如果永远……那就更可怕了,叶夫盖尼……你想一想吧,这样的……"

老人的声音中断了,虽然儿子仍旧闭眼躺着,但是有种奇怪的表情从他的脸上闪过。

"如果这样做能够给你们安慰,我不反对。"他终于说出来,"不过我觉得还不必着急,你自己说的,我好点了。"

"好点了,叶夫盖尼,好点了;但是谁知道呢,要知道,这都是上帝的意志啊,履行完义务之后……"

"不,我要等一等,"巴扎罗夫打断他的话,"我同意你的意见,是转机来临了。如果我和你都错了,那就没法说了!反正失去知觉的人还可以举行圣餐礼呢。"

"别这样说,叶夫盖尼……"

"我要等一等。这会儿我想睡觉了。别打搅我。"

他不像刚才似的把头转过去了。

老人站起身来,坐在安乐椅上,托着下巴咬起自己的手指来……

带弹簧座的马车的响声在这偏僻的乡村里是特别明显的,突然他听到了这样的马车声。轻快的车轮声越来越近;连马的响鼻声都听得清清楚楚了……瓦西里·伊万诺维奇一跃而起,向窗口跑去。一辆套着四匹马的双座轻便马车驶进他的宅院。他还没有弄清楚,这意味着什么,单凭着一种莫名的高兴的冲动,便跑到了台阶上……穿着制服的仆人打开了马车门;一位蒙着黑面纱,穿着黑斗篷的夫人走下马车……

"我是奥金佐娃,"她说道,"叶夫盖尼·瓦西里伊奇还活着吗?您是他父亲?我送医生来了。"

"恩人啊!"瓦西里·伊万诺维奇大声喊道,他抓住她的手,哆哆嗦嗦地贴到自己唇边,这时,安娜·谢尔盖耶夫娜带来的医生,一副德国人面孔的戴眼镜的小个男人,不慌不忙地走下马车。"还活着,我的叶夫盖尼还活着,现在他得救了!夫人!夫人!……天使从天上降临我们家了……"

"天哪,怎么回事呀?"老太太喃喃地说着,从客厅里跑出来,虽然还没弄清所以然,却立刻就在门厅里趴到安娜·谢尔盖耶夫娜脚前,像个疯子似的吻起她的衣服来了。

"您这是干什么!您这是干什么!"安娜·谢尔盖耶夫娜一再地说着;但是阿里娜·弗拉西耶夫娜根本不听她的话,而瓦西里·伊万诺维奇只是重复着:"天使!天使!"

"病人在哪里?[①]患者在哪里呢?"医生不无愤懑地说。

瓦西里·伊万诺维奇顿时醒悟。"在这里,在这里,请跟我来,尊敬的同行[②]。"他按照过去的记忆补了一句。

"哎!"德国人酸溜溜地咧了咧嘴说。

瓦西里·伊万诺维奇带他走进书房。

"安娜·谢尔盖耶夫娜·奥金佐娃派来的医生,"他俯身到儿

---

① 此句为德文。
② 原文是拉丁文。此句为用俄语拼成的德语。

子的耳边说道,"她本人也在这里。"

巴扎罗夫突然睁大了眼睛。"你说什么?"

"我说安娜·谢尔盖耶夫娜·奥金佐娃在这里,她给你请来了这位医生先生。"

巴扎罗夫的目光巡视周围。

"她在这里……我要见她。"

"你会见到她的,叶夫盖尼;但是先要同医生先生谈谈。我要给他们讲讲整个发病的经过,因为西多尔·西多雷奇(本县医生叫这个名字)走了,我们要做个小小的会诊。"

巴扎罗夫看了德国人一眼。"好吧,快点讲,不过不要说拉丁文;因为我听得懂jam moritur[①]的意思。"

"显然,这位先生精通德语[②]。"埃斯库拉皮乌斯[③]的新弟子对着瓦西里·伊万诺维奇开口说道。

"我……有[④]……最好说俄语吧。"老人说道。

"啊!那么这是怎么……请……"

会诊开始了。

半个来小时后,瓦西里·伊万诺维奇陪着安娜·谢尔盖耶夫娜走进书房。医生悄悄地告诉她,病人没有痊愈的希望了。

她看了巴扎罗夫一眼……便在门口站住了,这张激昂的同时又像死人般的脸和那双凝视她的浑浊的眼睛,使她大吃一惊。她简直

[①] 拉丁文:快要死了。
[②] 原文为德语。
[③] 罗马神话中的医神。
[④] 原文是用俄语拼写的德语。

吓坏了，这是一种冰冷的让人心烦意乱的恐怖。一瞬间她脑子里闪过一个念头：假如她真的爱过他，当不会有这种感觉。

"谢谢，"他吃力地说，"我这可没想到。这是好事。我们这不又见面了，像您所答应的那样。"

"安娜·谢尔盖耶夫娜是那样好心肠……"瓦西里·伊万诺维奇开口说。

"父亲，请你离开我们。安娜·谢尔盖耶夫娜，您答应吗？看来，现在……"

他以头示意指着他那四肢伸开的软弱无力的躯体。

瓦西里·伊万诺维奇出去了。

"好的，谢谢，"巴扎罗夫又说一遍，"这颇有沙皇气派。听说，沙皇也探视垂死的人。"

"叶夫盖尼·瓦西里伊奇，我希望……"

"唉，安娜·谢尔盖耶夫娜，让我们都说实话吧。我已经完了。我已经倒在车轮下了。很清楚，关于未来没有什么可想的了。死亡是个古老的玩笑，但是对每个人来说却是崭新的。直到现在，我并不害怕……而那边，无知觉的状态即将到来，完结啦！（他无力地挥挥手。）好吧，我对您说什么呢……我爱过您！过去就没有任何意义，现在更不用说了。爱情是个形式，可我自己这个形式已经在分解了。我最好还是说说您是多么美好吧！这会儿您站在这里，那么漂亮……"

安娜·谢尔盖耶夫娜不禁全身一震。

"没什么，不要担心……请那边坐……不要走近我：我这病是会传染的。"

安娜·谢尔盖耶夫娜迅速走过房间，坐到巴扎罗夫躺的沙发床的旁边的安乐椅里。

"多么慷慨大方!"他低语着,"啊,多么近,那么年轻,那么清新,那么纯洁……在这个龌龊的房间里!……永别了!愿您长寿,这是最好不过的,您好好享用吧,还有时间。您看,这是多糟糕的景象:压得半死的蛆虫,还在鼓起肚子挣扎。因为它也想过:我还有许多事要做呢,我不能死,哪里话!有任务,因为我是巨人!现在巨人的全部任务——尽量死得体面些,虽然这事同任何人都没有关系……总而言之,我不会摇尾巴的。"

巴扎罗夫不说了,用手到处摸自己的茶杯。安娜·谢尔盖耶夫娜没有摘下手套,提心吊胆地喘息着,给他喝了口水。

"您会忘记我的,"他终于开始说了,"死人不是活人的同伴。父亲会对您说,比如,俄罗斯失去了怎样一个人……这是瞎说;但是也不必去纠正老人的话。用什么哄孩子都行①……您知道的。对母亲也请您稍加抚爱。要知道,像他们这样的人,在你们上流社会里是打着灯笼也没处找的……俄罗斯需要我……不,看来是不需要。那又需要什么人呢?需要靴匠,需要裁缝,卖肉的……出售肉食……卖肉的……等等,我糊涂了……这里有片森林……"

巴扎罗夫把手放到额头上。

安娜·谢尔盖耶夫娜向他俯下身去。

"叶夫盖尼·瓦西里伊奇,我在这里……"

他一下子抓住手,欠起身来。

"永别啦,"他以突如其来的力量说道,两眼闪烁着最后的光辉。"永别啦……您听我说……要知道那时候我不曾吻你……对那

---

① 俄国谚语:只要孩子不哭,用什么哄他都行。

即将耗尽的油灯吹口气吧,让它熄灭吧……"

安娜·谢尔盖耶夫娜把嘴唇靠到他的前额上。

"满意啦!"说毕他便躺回到枕头上,"现在……一片漆黑……"

安娜·谢尔盖耶夫娜轻轻地走出去。

"怎么样?"瓦西里·伊万诺维奇小声问她。

"他睡着了。"勉强听得见她的回答。

巴扎罗夫已经注定不会醒来了。傍晚他进入完全昏睡状态,第二天便死了。阿列克谢神父给他做了宗教仪式。在给他做涂油仪式时,圣油刚触及他的胸部,他的一只眼睛睁开了,好像是看到穿着袈裟的神父,香烟袅绕的手提香炉,圣像前的蜡烛,他那死沉沉的脸上一瞬间映现出某种类似恐怖战栗的神情。当他终于吐出了最后一口气,举家掀起一片痛哭声,瓦西里·伊万诺维奇心里突然升起一阵愤怒的感情。"我说过,我要诉冤的,"他声音暗哑地吼叫着,他满脸通红,整个脸都扭曲了;他在空中挥动拳头,像要威胁什么人。"我真冤哪,真冤哪!"但是满脸泪水的阿里娜·弗拉西耶夫娜却紧抱住他的脖子,于是两人一块儿叩头跪拜。"就这样,"后来安菲苏什卡在下房里对人讲,"并排着,两人把头低下去,就像一对正午天的羔羊……"

然而中午暑热会过去,黄昏和夜晚会来临,又可以回到宁静的安身之处,受苦受难,疲惫不堪的人们在这里可以甜甜地酣睡……

二十七

过了六个月。已是白色的冬天,严寒天气万里无云,一派无情的宁静;厚厚的积雪,扎扎作响;树上挂着玫瑰色的霜花;淡淡的天空像绿宝石一般;烟囱顶上罩着一片浓烟,犹如戴着一顶帽子;一团团白气从迅速打开的门里扑出来;人们的脸像被咬着似的疼痛,但是又那样容光焕发;冻得发抖的马儿急急忙忙地奔驰着。一月的一天临近黄昏。傍晚的寒冷更有力地紧抱着凝然不动的空气。血色的晚霞很快就消失了。玛里伊诺的窗口燃起点点灯火。普罗利菲伊奇穿着黑色燕尾服,戴着白手套,神情特别庄重地布置好餐桌,摆上七副餐具。一星期之前,在区小教堂里举行了两个婚礼:阿尔卡季同卡佳,尼古拉·彼得罗维奇同费涅契卡,婚礼悄悄地进行,旁边几乎没有观礼的。同一天,尼古拉·彼得罗维奇为哥哥举行告别宴会;哥哥因事要到莫斯科去。安娜·谢尔盖耶夫娜慷慨地分给年轻人一份财产,婚礼之后,她也马上到莫斯科去了。

三点整，大家都聚集在餐桌旁了。米佳也被安排坐在这里；他有了一个戴着锦缎头饰的奶娘。巴维尔·彼得罗维奇昂然坐在卡佳和费涅契卡中间；新郎们各自挨着自己的妻子。近来我们的朋友们都发生了些变化：似乎人人都变得好看了，健壮了；只有巴维尔·彼得罗维奇削瘦了，不过，这使他富有表情的脸膛更加文雅，更有大贵族气派……就连费涅契卡也成了另一个人。她穿着鲜艳的绸缎连衣裙，头发上束着很宽的天鹅绒头饰，脖子上戴着金项链，恭恭敬敬一动不动地坐在那里，恭恭敬敬是对自己，也对周围的一切；她面带笑容，仿佛要说："请您原谅我，不是我的错。"不单她一人，人人都在面带笑容，仿佛都在表示歉意；人人都感到有点儿难为情，有点儿忧伤，而实质上又感觉良好。每个人都以一种可笑的殷勤来对待别人，仿佛大家都心照不宣地在演一出天真无邪的喜剧。卡佳是最平静的了：她信赖地看着周围，可以看得出，尼古拉·彼得罗维奇已经忘怀一切地喜欢上她了。宴会结束前，他站起来，双手捧着酒杯，对巴维尔·彼得罗维奇说：

"你要离开我们……亲爱的哥哥，你要离开我们，"他开始说，"当然，时间不长，但是我仍旧不能不向你表达我……我们……我多么……我们多么……真丧气，我们不会说祝酒词！阿尔卡季，你说吧。"

"不，爸爸，我没有准备。"

"我就准备好啦！简单说吧，哥哥，让我拥抱你吧，愿你万事如意，尽快回到我们这里来！"

巴维尔·彼得罗维奇同大家亲吻，当然，也包括米佳在内；在费涅契卡身边，他不仅吻了她尚未学会自自然然伸出的手，又斟上满满一杯酒，一饮而尽，深深叹口气说："祝你们幸福，我的朋友们！再见吧[1]！"这句英语结尾没有引起人们注意，但是大家都很感动。

"为纪念巴扎罗夫，"卡佳在丈夫耳边小声说，并和他碰了下杯。阿尔卡季用力地握了握她的手作为回答，但是却不敢大声地举杯祝酒。

看来，该结束了？但是也许有的读者愿意知道，我们介绍的每个人物，现在，正是现在，在做什么。我们准备满足他的愿望。

不久前，安娜·谢尔盖耶夫娜出嫁了，嫁给了一个未来的俄罗斯活动家，虽然不是出于爱情，但却是出于信念；他是个很聪明的人，通晓法律，讲究实际，意志坚强，具有出色的语言才能，是一个年轻、和善……像冰一样冷的人。他们彼此相处，非常和睦，也许他们能得到幸福吧……也许会产生爱情吧。X公爵小姐死了，她一死也就被人遗忘了。基尔萨诺夫父子在玛里伊诺住下来了。他们的事业有了好转。阿尔卡季成了一个很勤奋的主人，"农场"的收入已相当可观。尼古拉·彼得罗维奇当上了调解人[2]，并且全力以赴地工作着；他日不暇给地在自己负责的地区四处奔波，发表冗长的演说（他持这样的意见：农民要"劝导"，也就是说要不厌其烦地重复同一些话，让他们听得疲惫不堪）。不过，老实说，不管是那些冠冕堂皇地或愁容满面地谈论转让所有权的（这个词第一个音节是从鼻子里发出来的）。有文化教养的贵族，还是那些毫无礼貌地大骂"狗屁转让所有权"的没有文化教养的贵族，都很不满意。这两种人都认为，他太软弱了。卡捷琳娜·谢尔盖耶夫娜生了儿子

---

[1] 最后一句为英语。
[2] 俄国农奴制废除后，由贵族中选出，调解地主和农民之间纠纷的中间人。

科里亚,米佳已经像个小伙子似的满地跑了,话也说得口齿清楚。费涅契卡,费朵西娅·尼古拉耶夫娜,除丈夫和米佳之外,就数对儿媳妇最宠爱了。当儿媳妇坐下弹钢琴的时候,费涅契卡高兴得整天也不离开她。我们还要顺便说说彼得。他愚笨而又傲慢,因而完全是一副僵挺的样子,说起话来,总是把耶音说成油音,把捷别尔(现在)说成久比油尔,但是他也结婚了,新娘是城里一个经营菜园的人的女儿,彼得因而得到了可观的嫁妆。这位新娘曾拒绝过两个很好的求婚者,只因为他们没有金表;彼得不仅有表,而且还有半高腰的皮靴。

在德累斯顿的布吕尔台地①上,二点至四点之间是散步的最佳时间;我们可以看到一个年约五十岁的人,一头银发,他好像患痛风病,但仍旧很漂亮,穿着很雅致,带着那种让人一看便知是长期生活在社会上层的人的特殊印痕。他就是巴维尔·彼得罗维奇。他为了恢复健康,从莫斯科出国,在德累斯顿住下来了,在这里他大多是和英国人及过路的俄国人交往。他和英国人来往,周旋自如,几乎是谦恭礼让,但也不无尊严;他们认为他有点无聊,但是尊重他是"a perfect gentleman"②。对俄国人,举止就放肆多了,随便发肝火,有时自嘲,有时也嘲弄他们;但是这一切他都做得很可爱,心不在焉,很体面。他持斯拉夫派的观点:众所周知,在上流社会中这是很受尊重的③。他不读任何俄国读物,但是写字台上却摆着一只农夫树皮鞋形状的银烟灰盒。我们的旅行者们很受他的吸引。暂处

---

① 在易北河德累斯顿要塞的墙上。
② 英语:一位十足的绅士。
③ 此句原文为法语。

在野地位的马特维·伊里奇·科利亚津,去波希米亚温泉的途中,曾堂而皇之地拜访过他。同他很少见面的当地人,几乎都对他崇拜得很呢。任何人都不能像基尔萨诺夫男爵先生①那样轻易而又迅速地弄到宫廷合唱团、剧院等的门票。他总是尽其所能地做好事;他仍旧免不掉发点议论:当年不愧有雄狮称号;但是他生活很艰难,比他本人预想的还要艰难……在俄国教堂里,只要看他一眼,就会看到他在一边靠墙站着,痛苦地紧闭着嘴唇,久久地一动不动地陷入沉思,过后又突然醒悟,几乎是不动声色地画着十字……

库克什娜也到国外去了。现在她在海得尔堡,她研究的已经不是自然科学,而是建筑学,据她说,她发现了建筑学的新法则。她仍旧和大学生们来往密切,尤其是同年轻的俄国物理学家和化学家们来往密切,他们遍布海德尔堡,最初他们对事物的清醒看法,颇使天真的德国教授们感到吃惊,但是后来,这些教授却为他们的毫无行动和懒惰而吃惊了。准备要当伟人的西特尼科夫正在彼得堡闲逛,他伙同两三个分不清氧和氮,而满肚子的否定和自尊的化学家,再加上伟大的叶利谢维奇,照他的说法,继续从事巴扎罗夫的"事业"。据说,他不久前曾让人打了一顿,但是他也给了应有的报复:他在刊登于一本来历不明的小杂志中的一篇不怀好意的文章里,暗示说打他的人是个胆小鬼。他把这称为讽刺。父亲仍旧压制他,而妻子却认为他是笨蛋和……文学家。

在俄罗斯一个偏远的角落里,有一处不大的乡村墓地。像几乎我们的所有墓地一样,它的形状也是让人悲凄的:它周围的沟渠早已长满荒草;灰色的木十字架下沉了,在当年油漆过的顶盖下腐

---

① 此句原文为德语。

烂着；所有的石板块都移开了，好像有人从下面顶起来似的；两三棵树叶稀疏的小树勉强遮出一点可怜的树荫；几只绵羊无拘无束地在坟墓间漫步……但是在这些坟墓中间有一座人未碰到、牲畜不曾践踏的坟墓：只有鸟儿落在上面，迎着朝霞唱歌。一架铁栏杆围着它，两端栽着两棵小枞树。叶夫盖尼·巴扎罗夫就埋葬在这座坟墓中。有两个老态龙钟的老人，丈夫和妻子，常常从不远的村庄里来到这座坟前。他们互相搀扶着，步履艰难地走着，走到栏杆跟前，挨着它跪下去，他们久久地伤心地痛哭着，久久地凝视着无言的石块，石块下躺着他们的儿子；他们简短地交谈几句话，扫去石块上的灰尘，扶正枞树的枝条，又祈祷起来，他们舍不得离开这个地方，仿佛这儿离他们的儿子近点儿，更容易回忆起他……难道他们的祝祷，他们的眼泪都是徒劳无益的？难道爱，神圣的、忠诚的爱不是万能的？啊，不！坟墓中无论掩埋着多么激情满怀、罪恶狂暴的心灵，坟头上长出的花朵都会以它们那无邪的眼睛安然地看着我们：它们向我们诉说的，不单是永恒的安宁，"冷漠的"自然界的伟大安宁，它们也诉说着永恒的和解和生命的无限……